suhrkamp taschenbuch 1269

Florian Wolff 24689

Marguerite Duras, die 1914 in Giadinh/Indochina geboren wurde und heute in Frankreich lebt, ist sowohl durch ihre Romane als auch ihre Dramen, Hörspiele und Filme in Deutschland bekannt geworden.

Zu ihren bekanntesten Werken zählen neben dem Roman *Der Liebhaber* (L'Amant), für den sie 1984 in Frankreich mit dem Prix Goncourt ausgezeichnet wurde, *Hiroshima mon amour* (erschienen als st 112), *Die Verzückung der Lol V. Stein* (st 1079), *Ganze Tage in den Bäumen* (st 1157), *Der Nachmittag des Herrn Andesmas* (BS 109), *Moderato cantabile* (st 1178).

»Ferien in einem kleinen italienischen Ort südlich von Neapel, unweit des etruskischen Tarquinia. Von Sommerfrische keine Spur, statt Rekreation ein Rückfall ins Kreatürliche. Was die Sonne diesem Urlaub an Sinn nimmt, gewährt sie an Sinnlichkeit; auch der Campari bitter, der so reichlich wider Hitze und dumme Gedanken getrunken wird, kann nicht verhindern, daß die Vision des süßen Lebens sich einstellt.

›Du hättest Lust, mich zu betrügen, was?‹ fragt der Mann seine Frau. ›Ganz wie du‹, sagt Sara. Für Sara ist es Gelegenheit zur Flucht aus dem Alltag der Ehe – zur Ausflucht, wie sie tags darauf erkennt. Der Freund der Eheleute spricht es aus: ›Es gibt keine Ferien für die Liebe ..., sowas gibt's nicht. Die Liebe muß man ganz leben samt ihrer Langeweile.‹«

Dieter Hildebrandt, Frankfurter Allgemeine Zeitung

Marguerite Duras
Die Pferdchen von Tarquinia

Roman

In der Übersetzung von
Walter M. Guggenheimer

Suhrkamp

Titel der französischen Originalausgabe:
Les petits chevaux de Tarquinia, Gallimard, Paris 1953
Umschlagfoto: Joel Meyerowitz
Abdruck mit freundlicher Genehmigung von Joel Meyerowitz

suhrkamp taschenbuch 1269
Erste Auflage 1986

Druck: Ebner Ulm
Printed in Germany
Umschlag nach Entwürfen von
Willy Fleckhaus und Rolf Staudt

1 2 3 4 5 6 – 91 90 89 88 87 86

für Ginetta und Elio

KAPITEL I

Sara stand spät auf. Es war etwas über zehn Uhr. Die Hitze war da, unwandelbar sich gleichend. Man brauchte jeden Morgen immer einige Sekunden, um sich daran zu erinnern, daß man hier war, um Ferien zu verbringen. Jacques schlief, immer noch, das Kindermädchen auch. Sara ging in die Küche, schüttete eine Schale kalten Kaffee hinunter und ging dann auf die Veranda hinaus. Das Kind stand immer als erstes auf. Ganz nackt saß es auf den Stufen zur Veranda, überwachte gleichzeitig den Verkehr der Eidechsen im Garten und den der Boote auf dem Fluß.
– Ich möchte mit einem Motorboot fahren, sagte es, Sara erblickend.
Sara versprach es ihm. Der Mann, der ein Motorboot hatte, das, von dem das Kind sprach, war erst vor drei Tagen angekommen, und noch niemand kannte ihn recht. Immerhin versprach Sara ihrem Kind, es werde mit diesem Boot fahren. Dann holte sie aus dem Badezimmer zwei Steinkrüge mit Wasser und duschte das Kind ausführlich. Es war ein wenig abgemagert und es sah müde aus. Die Nächte brachten kaum Ruhe, nicht einmal den Kindern. Als die ersten Krüge leer waren, verlangte das Kind andere, und dann nochmal welche. Sie brachte sie. Es lachte, wiederauferstanden, unter dem kühlen Wasser. Als das erledigt war, wollte Sara, daß es sein Frühstück nähme. Hier hatten es die Kinder niemals sehr eilig mit dem Essen. Dieses Kind liebte Milch, und die Milch wurde hier sauer, schon um acht Uhr früh. Sara bereitete leichten Tee und das Kind trank ihn achtlos. Es weigerte sich zu essen, ganz gleich was, und begab sich wieder auf die Lauer nach Booten und Eidechsen. Sara blieb einen Augenblick neben ihm, dann raffte sie sich dazu auf, das Kindermädchen zu wecken. Das Mädchen brummte und rührte sich nicht. Das lag, wie alles andere, an der Hitze, und Sara beharrte ebensowenig darauf wie auf dem Frühstück des Kin-

des. Sie nahm eine Dusche, zog Shorts und eine Hemdbluse an und hatte, da sie ja in Ferien waren, nichts weiter zu tun als, neben dem Kind auf den Stufen zur Veranda sitzend, die Ankunft Ludis abzuwarten, der ihrer aller Freund war.
Der Fluß strömte nur ein paar Meter von der Villa entfernt, farblos, breit. An ihm entlang führte der Weg bis zum Meer, das ölig und grau dalag, fernhin sich breitend, hinter milchigem Nebel. Das einzig Schöne an diesem Ort, das war der Fluß. Der Ort selbst war es nicht. Sie hatten ihn, um die Ferien da zu verbringen, Ludis wegen aufgesucht, denn der liebte ihn. Es war ein kleines Dorf am Meer, am alten, verschlossensten, glühendsten Meer des Westens, dem von Geschichte beladenen wie kein anderes, und soeben noch war der Krieg über seine Küsten hingegangen.
Drei Tage war es her, genau drei Tage und eine Nacht, da war ein junger Mensch mit einer Mine hochgegangen, am Berg, oberhalb von Ludis Villa.
Am Tag nach dem Unglücksfall war der Besitzer jenes Motorbootes im Hotel eingetroffen.
Dreißig Häuser am Fuße des Berges, dem Fluß entlang, vom übrigen Land durch einen sieben Kilometer langen Feldweg getrennt, der hier, am Meeresufer, sein Ende fand. Das also war dieser Ort. Die dreißig Häuser füllten sich jedes Jahr mit Sommergästen aller Nationalitäten, Leuten, denen das gemeinsam war, daß Ludis Anwesenheit sie anzog, und daß sie alle gleichermaßen glaubten, es zu lieben, ihre Ferien an solchen Orten, in solcher Wildnis, zuzubringen. Dreißig Häuser und der Weg, der nur über hundert Meter makadamisiert war, eben den dreißig Häusern entlang, das war es, was Ludi zu lieben behauptete, was nicht zu verabscheuen Jacques behauptete, daß es nichts gleich sähe und so einsam sei und ohne alle Hoffnung, jemals größer zu werden, wegen der allzu steilen Berge und des allzu nahen Flusses, und das war es, was nicht zu mögen Sara behauptete. Hierher kam Ludi mit seiner Frau Gina seit zwölf Jahren. Hier sogar hatte er sie kennengelernt, es war mehr als zwölf Jahre her.

– Motorboote, sagte das Kind, das ist das Schönste auf der Welt.
Einzig und allein jener Mann war aus Zufall hierhergekommen, und keineswegs Ludis wegen. Eines Morgens war er mit seinem Außenbord-Motorboot dahergekommen.
– Wir werden schon noch auf dieses Boot kommen, sagte Sara.
– Wann?
– Bald.
Dem Kinde rann der Schweiß herunter. In ganz Europa war der Sommer glühend heiß. Hier aber mußten sie alle ihn erleiden, am Fuße jenes Berges, der zu nah war, erstickend, so fand Sara. Zu Ludi hatte sie gesagt:
– Ich bin sicher, daß schon das andere Ufer kühler ist.
– Nun komme ich zwölf Jahre her, hatte Ludi gesagt, du verstehst nichts davon.
Jacques war ohne eigene Meinung, was den Unterschied zwischen den beiden Ufern anbetraf. Für Sara war es ausgemacht, daß ein kühler Wind dort jede Nacht wehen müsse. Das andere Ufer war, in der Tat, zwanzig Kilometer ganz flach, bis zu den Bergen, von denen am Tage nach dem Unglück die Eltern des Minensuchers gekommen waren.
Sie holte Wasser und benetzte die Stirn des Kindes. Glücklich ließ es sich's gefallen. Seit drei Tagen, seit dem Unglück, vermied es Sara, ihr Kind zu küssen. Sie war eben damit fertig, es anzuziehen, als Ludi kam. Da war es schon etwas über elf Uhr. Jacques schlief immer noch, und das Kindermädchen auch. Kaum war Ludi da, suchte sich das Kind ein anderes Spiel. Es machte sich daran, da, wo sie es geduscht hatte, Kuchen zu formen.
– Tag, sagte Ludi, ich wollte dir einen kleinen Besuch machen.
– Tag, Ludi, du solltest Jacques wecken.
Ludi nahm das Kind auf seinen Arm, biß es ins Ohr, stellte es wieder auf den Boden und ging in Jacques' Zimmer. Kaum drinnen, öffnete er die Fensterläden.

– Wann willst du denn baden, wenn du jetzt nicht aufstehst?
– Das ist vielleicht eine Hitze, sagte Jacques.
– Es ist weniger heiß als gestern, sagte Ludi mit großer Bestimmtheit.
– Wann du wohl einmal aufhören wirst, die Leute auf den Arm zu nehmen.
Ludi litt nicht unter der Hitze, so wenig wie ein Feigenbaum, oder wie der Fluß. Er ließ Jacques in Ruhe wach werden und ging hinaus, um mit dem Kind zu spielen. Sara stand auf und ordnete ihr Haar. Ludi sprach von den Herrlichkeiten der Motorboote, die so rasch liefen wie Automobile. Auch er hatte sehr große Lust, mit dem Boot jenes Mannes zu fahren, ganz wie das Kind. Wie sie ihn so hörte, erinnerte Sara sich plötzlich dessen, was Ludi über sie gesagt hatte. Das war nun acht Tage her. Jacques hatte es ihr eines Abends weitergesagt, als sie sich gerade stritten. Am Tage nach jenem Streit, der an sich ohne Bedeutung war, nur daß er ihr eben Gelegenheit gab, zu erfahren, was Ludi über sie gesagt hatte, war das Unglück im Berg geschehen. Sie hatte bis zu diesem Morgen keine Muße gehabt, über die Worte nachzudenken, die Ludi über sie gesagt hatte. Des Unglücks im Berg wegen, und vielleicht auch wegen der Ankunft des Mannes mit seinem Boot.
– Kommst du mit uns baden? fragte Ludi.
– Ich weiß nicht. Übrigens, sind sie immer noch droben?
Zwei Tage und drei Nächte lang hatten die Eltern des Minensuchers die Überreste des Körpers ihres Kindes zusammengelesen. Zwei Tage lang waren sie nicht davon abzubringen, glaubten, es müsse immer noch etwas da sein. Erst seit gestern suchten sie nicht mehr. Aber sie waren immer noch nicht weg, man wußte nicht genau, warum. Die Tanzabende hatten aufgehört. Die Gemeinde trug Trauer. Man wartete, daß sie weggingen.
– Ich war noch nicht dort, sagte Ludi, aber ich weiß von Gina, daß sie immer noch da sind. Ich glaube, was nicht klappt, ist, daß sie sich weigern, die Todeserklärung zu unterschreiben. Die Mutter besonders. Seit drei Tagen verlangt

man von ihr, zu unterschreiben, aber sie will nicht davon reden hören.
– Und sie sagt nicht, warum?
– Offenbar nicht. Warum kommst du nicht mit dem Kleinen baden?
– Die Hitze, sagte Sara. Und dieser blöde Weg, ohne einen einzigen Baum bis zum Strand. Ich ertrage ihn nicht mehr. Er ist mir zuwider, ich ertrag ihn nicht mehr.
Ludi senkte die Augen und zündete sich wortlos eine Zigarette an.
– Der einzige Baum, den es gab, fuhr Sara fort, ist der auf dem Platz. Sie haben es doch fertiggebracht, ihm alle Zweige abzuhauen. In diesem Land ertragen sie keine Bäume, soviel ist klar.
– Nein, sagte Ludi, der Makadam hat ihn umgebracht, ich habe es dir schon gesagt. Der Baum ist abgestorben, als man die Straße makadamisierte.
– Makadam hat noch keinen Baum umgebracht, sagte Sara.
– Aber ja, sagte Ludi ganz ernst, so war es. Das gebe ich dir zu, die Gegend ist nicht gerade gut für Bäume. Für Feigenbäume schon, und auch für Ölbäume, für kleine Lorbeerbäume noch, für die kleinen Mittelmeerbäume, ja, aber für die anderen, wie du welche möchtest, nein, für die ist das Land zu trocken. Aber dafür kann niemand.
Nun war es Sara, die nicht antwortete. Jacques war beim Aufstehen. Er stand in der Küche und trank seinen kalten Kaffee.
– Ich trinke den Kaffee und komme, sagte er zu Ludi.
– Vielleicht, fuhr Sara fort, bringt der Makadam wirklich Bäume um, das ist schon möglich; aber dann durften sie eben keinen am Fuße dieses Baumes legen.
– Die hatten keine Ahnung. Die Leute hier wissen wenig.
So blieben sie einen Augenblick, ohne weiter zu sprechen. Das Kind paßte auf. Es interessierte sich auch für Bäume.
– Ich habe den Burschen in seinem Boot gesehen, sagte Ludi. Er putzte dran und putzte, gerade vor dem Hotel.

Sara mußte lachen.
– Natürlich möchte ich auf dem Boot spazierenfahren, sagte Ludi und lachte, aber nicht allein, mit euch allen. Er fügte hinzu: übrigens kennen wir ihn jetzt, den Burschen. Gestern kam er ganz gemütlich zum Boule-Spielen, auf einmal, er hat mit uns gespielt.
– Na und? Hast du ihm was gesagt wegen des Bootes?
– Immerhin, sagte Ludi, wir haben uns eben erst kennengelernt.
– Ich, sagte das Kind, ich geh mit Papa und Ludi baden.
– Nein, sagte Sara, es wäre mir lieber, du gingest heute früh nicht.
– Warum denn? fragte Ludi.
– Die Hitze.
– Ich geh, sagte das Kind.
– Sonne ist gut für die Kinder, sie vertragen sie sehr gut, sagte Ludi.
– Ich treib es sicher zu weit, du kannst gehen, wenn du magst, sagte sie zum Kind, du sollst tun, was du magst.
Solcher Art war Saras Freundschaft für Ludi, daß sie immer und in jedem Falle geneigt war, ihm zu vertrauen. Ungläubig sah das Kind sie an.
– Du kannst gehen, wenn du willst, wiederholte sie. Ganz wie ihr es alle wollt.
Das Kindermädchen kam aus dem Haus. Sie rieb sich nachdrücklich die Augen und sagte Ludi sehr freundlich Guten Morgen.
Die Männer zogen sie immer an, wie Milch die Katzen.
– Guten Morgen, Herr Ludi.
– Guten Morgen. Was steht ihr alle spät auf in diesem Haus.
– Bei der Hitze ist es unmöglich, ein Auge zuzumachen, also schläft man am Morgen, was bleibt einem übrig.
Sie ging in die Küche und bediente sich ihrerseits mit kaltem Kaffee. Jacques duschte im kleinen Badezimmer am Ende des Ganges. Ludi saß auf den Stufen zur Veranda und machte es

ganz deutlich, daß er auf den Fluß blickte. Sara saß neben ihm und rauchte, auch sie sah auf diesen Fluß hinaus. Das Kind wühlte in den Gräsern des Gartens, versuchte eine Eidechse zu fangen.
– Ist er denn nun gut beim Boule-Spielen? fragte Sara.
– Nicht sehr. Aber ich finde ihn sympathisch. Ein wenig . . . kühl . . . könnte man sagen, ein wenig schweigsam, aber sympathisch.
Das Mädchen erschien am Küchenfenster.
– Also, was gibt es heute mittag?
– Ich weiß nicht, sagte Sara.
– Wenn Sie es nicht wissen, ich weiß es schon gar nicht.
– Wir gehen ins Hotel, rief Jacques aus dem Badezimmer, ich esse nicht hier.
– Dann war's wirklich nicht der Mühe wert, mich in die Ferien mitzunehmen, sagte das Mädchen. Und der da?
Sie zeigte auf das Kind.
– Er wird hier essen, rief Jacques.
– Nein, sagte das Kind, ich geh ins Restaurant mit den Großen.
– Vielleicht kann man ihn mitnehmen, sagte Ludi. Ludi liebte das Kind sehr.
– Nein, sagte Jacques. Ich will, daß wir in Ruhe essen.
– Kaufen Sie ihm Kalbsleber, sagte Sara, und Tomaten.
– Kalbsleber, sagte das Mädchen, wie heißt das in diesem Land?
– Fegato di vitello, sagte Ludi und lachte.
Ludi lachte leicht. Jacques war auch so.
– Nie werde ich das fertigbringen, sagte das Mädchen, mit ihrer Sprache hier. Sie müssen mir das aufschreiben.
– Fegato di vitello, wiederholte Ludi, ich werd es aufschreiben.
Das Mädchen kam auf die Veranda, mit einem Stück Papier und einem Bleistift, und hielt sie Ludi hin.
– Wo holt ihr denn euer Fleisch, fragte Ludi.
– Ich weiß nicht, sagte Sara.

– Beim Metzger, sagte das Mädchen. Da ist es besser als bei dem Verrückten, der den Eltern von dem Minensucher die Seifenkiste gegeben hat.
Jacques kam aus dem Badezimmer, Haare naß, Oberkörper nackt.
– Ach, sagte er, sind die noch da?
– Immer noch, sagte Ludi. Die Frau ist es, glaube ich, die will die Todeserklärung nicht unterschreiben, er, der Mann, täte es schon, aber die Frau gibt nicht nach.
– Es ist ein Jammer, sagte Jacques, wenn man daran denkt, daß sie sie schon soweit bringen werden, zu unterschreiben.
Er sah Ludi an, dann Sara, dann wieder Ludi.
– Los, komm baden, sagte er zu Sara.
– Wenn ich gehe, dann ein bißchen später.
– Also dann los, sagte Ludi und stand auf.
– Aber komm bestimmt, sagte Jacques noch.
Wie unerträglich sie einander auch finden mochten, diese Freunde forderten immer, daß ein jeder da sei, zur Stelle, mit den andern, selbst nachts, abends, beim Boule-Spielen. Was Ludi nicht daran gehindert hatte, über sie zu sagen, was er über sie gesagt hatte, noch Jacques, es zuzulassen. Sie bat das Mädchen, den Hut des Kindes zu holen. Das Mädchen suchte ihn. Das dauerte ziemlich lange.
– Was wirst du anfangen, fragte Jacques, wenn du nicht mitkommst?
– Lesen. Oder nichts tun.
Es gab eine kurze Pause.
– Und der Hut?
– Ist nicht zu finden, sagte das Mädchen. Wenn Sie glauben, daß es einfach ist, mit so einem Fratz . . .
Sie kam heraus und schrie das Kind an:
– Und dein Hut, wo hast du ihn hinverschleppt?
– Weiß nich, sagte das Kind.
– Er ist vier Jahre alt, sagte Jacques. Sie müßten wissen, wo seine Sachen sind, nicht er.

– Was mir das zum Hals heraushängt, sagte das Mädchen.
– Alles was recht ist, sagte Ludi, ihr solltet nicht dulden, daß sie dauernd so daherredet, man wird es satt, am Ende.
– Die Schuld hat Sara, sagte Jacques. Hauptsache, sie stört sie nicht, solang läßt sie ihr alles durchgehen.
Sara stand auf, ging ins Haus, suchte den Hut. Sie fand ihn sehr rasch, setzte ihn dem Kind auf.
– Also, auf Wiedersehen, sagte Ludi.
Jacques sagte ihr nicht Auf Wiedersehen. Sie gingen. Es kam ihr vor, als nähme die Hitze mit einem Schlag noch zu, seit ihrem Abschied. Einen Augenblick blieb sie so, ohne irgendwas zu tun, auf den Stufen zur Veranda sitzen. Sie stellte sich das Kind in der gräßlichen und gnadenlosen Sonne auf dem staubigen Weg vor und erschrak. Die Kinder lieben es nicht, den Hut aufzusetzen, und sie wissen nichts von den argen Folgen der Sonne. Und Jacques und Ludi waren so gebaut, daß sie es nicht für unerläßlich hielten, Hüte aufzuhaben. Sara versuchte, weniger daran zu denken, es gelang ihr nicht recht. Endlich entschloß sie sich, das Buch aufzunehmen, das auf dem Tisch herumlag, jenes, von dem man glauben mußte, sie lese es, jenes, mit dem sie jeden Morgen aus der Villa herauskam. Es war schon vierzehn Tage her, daß sie es am Tag nach ihrer Ankunft begonnen hatte. Sie machte sich ans Lesen.
Sie las bis zum Augenblick, da das Kindermädchen erschien, fertig, um die Besorgungen zu machen, zehn Minuten. Seit einigen Tagen nun schon hatte das Mädchen einen Liebhaber, einen Zollbeamten des Ortes. Nun klagte es nur mehr über die Hitze, nie mehr über den Ort.
– Geben Sie mir das Geld für die Besorgungen, bitte? Sara holte Geld aus dem Zimmer.
– Heut abend, was tun Sie da? fragte das Mädchen.
Sara sagte, sie wisse es noch nicht, es sei zu früh, um es zu wissen. Allabendlich stellte sich das Problem: wer würde beim Kind bleiben. Und das Kindermädchen hatte diesen Liebhaber, den Zollbeamten, der nur abends Urlaub hatte. Und

abends ging jedermann sehr spät schlafen, um die Kühle zu nützen.
– Ich frag Sie das deshalb, sagte das Mädchen, weil ich heute abend gern ausginge.
– Da Sie es schon so beschlossen haben, frage ich mich, warum Sie mich fragen, was ich tun werde, sagte Sara.
Das Mädchen zögerte.
– Und Sie? fragte sie.
– Ich werde dableiben.
– Jeden Abend so, mir tut das leid für Sie, sagte das Mädchen gutartig.
– Das ist ja nicht wahr, sagte Sara, es tut Ihnen nicht im geringsten leid.
– Wenn ich's Ihnen doch sage . . . es sind diese idiotischen Urlaubsstunden, er hat sie nur abends.
– Ja und doch, sagte Sara, heute abend hätte ich vielleicht Lust, auszugehen.
– Wir können ja sehen, sagte das Kindermädchen, ein bißchen später.
Sie ging. Sara und Jacques mochten sie, sie hatten sogar eine Art Zuneigung für sie. Aber es fiel ihnen manchmal wirklich schwer, ihrer Verärgerung über sie Herr zu werden. Jedermann, außer ihnen beiden, war gegen sie. Sie hatte viele Liebhaber, und kaum, daß sie einem neuen begegnete, kehrte ihre Leichtgläubigkeit wieder, uneingeschränkt, unerschütterlich. Sie mochten sie gern dieserhalb, und ihrer Keckheit wegen, die nicht minder unerschütterlich war und sich gleich blieb aller Welt gegenüber.
Kaum war sie weg, machte sich Sara, ohne Zögern, wieder ans Lesen. Das Haus verfiel in Schweigen. Die Gärten aber rundum waren verödet; seit einer Woche gossen die Bauern sie nur abends. Und auf dem Weg zogen nur Autobusse vorbei und dann und wann ein kleiner Lastwagen, zog nichts vorbei als Lärm und Staub. Und dazwischen erschütterte einzig das Dröhnen der Hornissen um die Blumen herum die dichte, zähe Luft des Vormittags. Und die Sonne strahlte

nicht, denn sie erstickte im dichten Dunst, der den Himmel einschloß wie ein Halseisen. Man konnte nichts tun hierzulande, die Bücher schmolzen einem in den Händen. Und Geschichten zerfielen in Stücke unter den dumpfen, lautlosen Schlägen der Hornissen auf der Lauer. Ja, die Hitze zerriß einem das Herz. Nichts widerstand ihr als allein, unberührt, die Lust aufs Meer. Sara legte ihr Buch auf die Stufen zur Veranda. Die andern waren schon im Meer. Oder, sofern sie noch nicht drin waren, würden sie augenblicks hineinspringen. Bereits glückliche Menschen. Sara vermißte das Meer. So sehr vermißte sie es, daß sie sich nicht einmal die Zeit nahm, die Tür zur Villa abzuschließen.

Das Auto war unter einem Schilfdach am Ende des Gartens abgestellt. Um da herauszukommen, mußte man ziemlich lange und umständlich manövrieren. Aber sie war eine recht gute Autofahrerin. In zwei Minuten fuhr sie den Wagen heraus und in fünf Minuten war sie auf dem Platz vor dem Hotel. Sie drängte sich dicht an die Mauer, um ein wenig Schatten von dem Oleander auf den Motor zu bekommen. An dieser Stelle wurde der Weg zum Platz, und in dessen Mitte stand eben jene Platane, von der man an seinen schlimmen Tagen behauptete, keineswegs der Makadam habe sie umgebracht. Unmittelbar auf den Platz blickte das Hotel, der Vorgarten des Hotels, einziger wirklicher Schatten an diesem Ort, da, wo jedermann zu jeder Stunde sich traf, der notwendige geometrische Ort für die Ferien. Sara machte halt. Es war undenkbar, hier nicht haltzumachen, wie alle anderen zehnmal am Tage auch. Sie ging zur Terrasse. Der Mann war dort. Sie sagten einander guten Tag. Dann ging sie ums Hotel herum, ging bis unter Dianas Fenster und rief nach ihr. Diana antwortete, sie komme sofort herunter. Sara war glücklich, daß Diana da war. Sie dachte nicht mehr an das, was Ludi über sie gesagt hatte, sondern nur ans Meer. Sie ging zurück in den schattigen Vorgarten und setzte sich in der Nähe des Mannes. Der Kellner kam. Sie bestellte einen Espresso.

– Ich habe Ludi vorbeikommen sehen, sagte der Mann, mit Ihrem Mann und Ihrem Kind.
– Und Sie, sagte sie, nicht ins Wasser?
– Später. Jetzt wird ein bißchen Boot gefahren.
– Ach ja! Sie fragte: Auf dem Boot ist es gar nicht mehr heiß?
– Überhaupt nicht mehr.
– Muß herrlich sein.
Es war nur zwei Tage her, an einem Vormittag, zur gleichen Stunde, sie kam eben von der Villa, da war es ihm aufgefallen, bestürzend, daß es sie gab. Sie hatte es an seinem Blick erraten. Und seit zwei Tagen führte sie mit ihm, vormittags, zur gleichen Stunde, Unterhaltungen dieser Art.
– Es ist angenehm, sagte er.
Er sah sie an, wie vor zwei Tagen, doch seine Überraschung weniger verbergend. Sie waren allein in dem schattigen Vorgarten und zwischen ihren Worten war das Schweigen beinahe ebenso spannungsgeladen wie über der Landschaft. Er war ein Mann um die dreißig. Allein. Sein Boot war großartig. Noch keiner der Sommergäste war darauf gewesen. Sie hatten alle sehr große Lust darauf, besonders Ludi und das Kind. Bei dieser Hitze, und da doch Ferien waren, dürstete jedermann nach dem Meer, nach baden, nach Spazierfahrten auf dem Boot. Denn es wehte an diesem Ort, ungeachtet der widerspruchsvollen Launen aller, ein brennender Ferienwind. Dieser Mann hatte einen schmalen Körper, einen etwas zerbrechlichen sogar, gebräunten, fürs Meer wie geschaffen. Noch war er allein mit diesem Boot. Als ihm, vor zwei Tagen, bestürzend, aufgefallen war, daß es Sara gab. Es fiel ihm, an jenem Morgen, erneut auf.
Es war sehr heiß, und sie saßen allein zusammen in dem schattigen Vorgarten. Sara fand, er habe den begierig munteren Blick der Freiheit.
– Wenn Sie wollen, sagte er, kann ich Sie mit dem Boot zum Strand fahren.
Es war wohl zwei Tage her, daß er sie bemerkt hatte, aber es war das erste Mal, daß er sich solcherart an sie wandte.

– Ein andermal, sagte sie, ich erwarte Diana. Höchstens wenn Diana mitkäme.
– Wenn Sie es wünschen, sagte er nach einem Augenblick.
– Dann bleibt aber noch die Frage mit Gina, sagte Sara. Wir werden auf sie warten müssen, und das würde uns aufhalten. Vielleicht ein andermal.
– Alles ist sehr verwickelt hier, sagte er lächelnd.
– Ja, es ist ein teuflischer Ort.
– Finden Sie?
– Manchmal schon.
Es fiel ihr ein, was Ludi ihr gesagt hatte.
– Also, Sie haben gestern abend Boule gespielt?
– Ja, ich war ein Stückchen in diese Richtung gegangen, und da hat mich Ludi eingeladen, mitzuspielen. Ich spiele sehr schlecht.
– Macht es Ihnen Spaß?
– Nicht so sehr.
– Es ist eine Gelegenheit wie jede andere, Leute kennenzulernen.
– Ja, eine gute Gelegenheit, Leute kennenzulernen.
– Finden Sie sie nett?
– Sehr. Er sah sie an: Also auf wann diese Bootsfahrt?
Diana kam dazu, in hellem Kleid schritt sie aus dem Hotel. Sie war schön. Sie küßte Sara, sagte dem Mann guten Tag.
– Was für eine Hitze, sagte sie.
– Wann? beharrte der Mann.
– Wann immer Sie Lust haben.
Sie wunderte sich ein wenig. Diana verstand nicht.
– Heute abend?
– Wenn Sie meinen . . . oder morgen früh.
Er stand auf, nahm einen Strandbeutel und entfernte sich.
– Vielleicht treffen wir uns am Strand, sagte er.
Er ging auf sein Boot zu.
– Was will er denn? fragte Diana.
– Er wollte, wir sollten mit ihm Boot fahren.
– Ja warum denn nicht? sagte Diana.

Sie wandte sich um, wollte ihn zurückrufen. Sara hielt sie zurück. Es war nicht anders, jedermann wollte auf dieses Boot.
– Ein andermal.
– Aber warum denn?
– Ich weiß nicht, es ist mir lieber.
– Schön, sagte Diana. Ein Campari bitter?
– Es ist zu früh; wir fangen besser ein bißchen später an.
– Einverstanden. Gehn wir hin? Wo ist der Kleine, mit Jacques?
– Ja, mit Jacques und Ludi; ich wollte nicht gleichzeitig mit ihnen hingehen.
Diana drängte sie zu gehen, sie wußte sie unruhig wegen des Kindes. Zum Strand waren es zehn Minuten, aber an diesem Vormittag war die Hitze so schlimm, daß sie, wäre nicht das Kind gewesen, so behaupteten sie, vielleicht im Hotel geblieben wären. So ging es jeden Vormittag. Sie standen eben auf, als Gina ihnen nachrief. Gina war beinahe so groß wie Ludi. Sie war sehr schön, und, auch dies nach Ludis Art, ohne Grenzen, im Zorn ebenso, und im Verzweifeln, wie in der Freude.
– Hast du diesen unmöglichen Ludi gesehen?
– Er ist am Strand mit Jacques. Kommst du baden?
– Warum nicht?
– Komm rasch, sagte Sara.
Gina erbat fünf Minuten, um ihren Badeanzug zu holen. Ihre Villa lag einige dreißig Meter vom Hotel, aber sie beeilte sich nicht. Diana und Sara setzten sich wieder.
– Du wirst es erleben, daß wir doch noch baden werden, sagte Diana, aber zuvor habe ich wirklich Lust auf einen Campari.
– Wenn wir anfangen, hören wir nicht auf, nein, sagte Sara.
Sie schwiegen. Diana sah abwechselnd nach dem Mann, der sich nun mit seinem Motorboot auf dem Fluß entfernte, und auf Sara.
– Toller Ort, was, sagte Sara.

– Schon, sagte Diana. Sie fügte hinzu: Hast du gut geschlafen?
– Nicht viel, niemand schläft gut, man braucht ja morgens nur die Augen der Leute zu sehen; als wären sie besoffen. Aber der Kleine hat gut geschlafen.
– Na also, sagte Diana. Sie sah nicht mehr nach dem Motorboot, sah nur mehr Sara an, sehr aufmerksam, so wie sie jegliches ansah, mit unermüdlicher und unerbittlicher Klugheit.
– Es ist was los, sagte sie.
– Aber nein doch, sagte Sara.
– Ist es dieser Ort? Immer dieser Ort?
– Es sind immer nur die Orte, sagte Sara und lächelte.
– Gewiß, sagte Diana.
– Es ist ganz wie bei dir, sagte Sara. Ich hacke auf diesem Ort herum, aber was heißt das schon?
– Da kommt Gina, sagte Diana. Sie fügte hinzu: Sie muß wieder mal mit Ludi Krach gehabt haben.
Sie brachen alle drei auf. Der Weg brannte unter den Füßen durch die Sandalen. Sie gingen rasch. Gina machte beim Krämer halt, der die Seifenkiste hergegeben hatte. Ein Kind aus dem Dorf vertrat ihn. Seit drei Tagen nämlich verbrachte er seine Tage bei den Eltern des Minensuchers. Zwei Kunden fragten nach diesen. Bescheid gab ihnen Gina.
– Sie sind immer noch da. Sie schlafen da. Mag ja gehen, solange es nicht regnet. Sie warten, bis die Gendarmen abhauen, bevor sie das Feld räumen, das ist es.
– Sie werden einschlafen, sagte Diana.
Sie gingen. Gina schien beunruhigt.
– Du bist wieder zu den Eltern des Minensuchers gegangen? fragte Sara.
– Ich komme von da, sagte Gina. Sie fügte hinzu: Aus welchem Grunde fragst du?
– Aus gar keinem. Ich brächte es nicht fertig; aus diesem Grund.
– Du bist wie er, sagte Gina, wenn es nur Egoisten gäbe wie euch . . .

– Es muß sicher Leute geben, sagte Diana, die es fertigbringen, aber es wäre mir lieber, es wäre eine andere als du.
Gina zuckte die Achseln und antwortete nicht.
Am Strand waren aber schon wirklich alle Sommergäste des Ortes, an die dreißig Personen. Sie begrüßten viele von ihnen. Sie waren, aus je verschiedenen Gründen, die beliebtesten Frauen am Ort. Im allgemeinen blieben sie zusammen, was den meisten der anderen nicht ganz paßte. Sara und Diana waren überdies Frauen, die zehn Campari am Tage tranken, und dazu Ausländerinnen. Gina freilich trank nichts, jedoch sie war Ludis Frau. Eine Frau, die viel von sich reden machte – in aller Unschuld und Natürlichkeit – und deren Verhalten Ludi gegenüber jedermann so oder so zu beurteilen das Recht sich anmaßte.
Jacques, Ludi waren im Wasser. Jacques machte Toten Mann und sah sie nicht kommen. Ludi sah sie und winkte ihnen breit und freundlich zu. So laut war er, daß auch Jacques aufmerksam wurde, und auch er rief ihnen zu. Der Kleine suchte Krabben unter den Felsen. Auch er wendete kurz den Kopf und fuhr fort, mit ungeheurer Aufmerksamkeit zu suchen. Er hatte ein Tuch über den Schultern. Sara ging ihm entgegen.
– Das ist fein, daß du Krabben suchst, sagte sie. Aber du mußt auch baden.
– Aber laß ihn doch endlich in Ruhe, sagte Diana. Gina hatte nicht sehr beteiligt auf Ludis Rufen geantwortet. Diana hatte recht, sie hatten sich wohl gestritten. Ludi und Gina stritten viel. Lange, schonungslose Zänkereien, die den ganzen Strand, die Nächte, die Ferien, vergifteten. Sie gingen hinter die Felsen, um sich auszuziehen. Ja, Streit um nichts und wieder nichts, der aber das Leben vergiftete. Dennoch war Jacques froh, daß sie gekommen war. Sie, sie liebten sich nun seit sieben Jahren. Das nämliche Verlangen vereinte sie, immer noch, wie am ersten Tage. Diana wartete auf Sara. Zusammen kletterten sie die Felsen herunter. Vielleicht gab es auch anderes als die Liebe, und selbst das Verlangen mochte

über solcher Beständigkeit in Verzweiflung geraten. Wer weiß? Gina war schon weit draußen im Meer. Diana und Sara stiegen nun auch ihrerseits hinein. Diana in schnellem Lauf, Sara vorsichtig.

– Es gibt immer noch das Meer, rief Diana.

Sie lachte und zwinkerte Sara zu. Dann entfernte auch sie sich. Sara schwamm nicht gut genug, um ihnen zu folgen, nur einige Stöße lang. Sie ging zum Kind, das immer noch am äußersten Rande des Strandes nach Krabben suchte.

– Komm mit mir ins Meer.

– Kannst ja nicht schwimmen, sagte das Kind.

Sie ging Jacques entgegen, der auf sie zukam. Sie machte einige Schwimmstöße, richtete sich auf, schwamm wieder. Von weitem lachte Ludi ihr zu. Im Meer konnte man nur lachen. Es war so warm, daß man leicht zwei Stunden darin hätte bleiben können. Da war kein Vergleich zwischen diesem Meer und irgendeinem anderen Meer auf der Welt. Das war der Trumpf derer, die diesen Ort liebten, Jacques' und Ludis. An diesem Meer war nichts auszusetzen. Sara legte sich auf den Rücken und hielt sich unbeweglich. Das war eine Sache, die ihr erst seit einigen Tagen gelang. Das Meer drang dann in die Dichte des Haares bis in alle Erinnerung.

– Aber das geht ja sehr gut, sagte Jacques.

Er war an der Seite Saras aufgetaucht.

– Aber ich komme nicht vom Fleck, sagte Sara.

– Komm dahin, wo du keinen Grund hast, da ist es viel leichter.

– Geht nicht.

– Komm mit mir, ich bleibe neben dir.

– Es macht mich verrückt, wenn ich keinen Grund mehr habe.

Jeden Tag war es das gleiche.

– Aber nein, sagte Jacques, du willst eben nicht.

Er entfernte sich. Sie machte wieder Toten Mann. So, auf dem Rücken, sah man nichts als den Berg. Und mitten drin die

weißen Mauern des verlassenen Hauses, wo der junge Mann mit der Mine hochgegangen war. Sara richtete sich auf und ihr Blick suchte nach ihrem Kind. Es war ins Meer gegangen und kam, mit hochgereckten Armen, ohne Zögern auf sie zu. Lächelnd ging sie ihm entgegen.
– Papa will ich, sagte das Kind.
Jacques war auf dem Weg zurück. Sara rief nach ihm und er kam ihnen entgegen. Er nahm das Kind auf die Schultern und lief ins Meer. Ludi schrie, er komme. Der Strand war voll vom Lachen des Kindes und von Ludis Rufen.
Sara ging zum Strand und legte sich unter einen Sonnenschirm, um die Frische des Bades nicht zu verlieren. Und während sie da war und den Kleinen überwachte, fuhr in der Ferne der Mann mit seinem Boot vorbei. Jedermann folgte ihm mit den Augen. Er zog einen weiten Kreis. Das dauerte zehn Minuten. Einen so weiten Kreis, daß er, am Horizont angekommen, nur mehr einen Punkt auf dem Meer bildete. Dann kam er zurück, wurde immer größer, stellte seinen Motor ab und glitt langsam und still mitten durch die Badenden. Er warf an die hundert Meter vom Strand Anker und sprang ins Meer. Das Kind – Jacques hatte es zurückgebracht – starrte, im Wasser stehend, wie alle Kinder am Strand, gebannt auf das Boot. Sara sah, daß der Mann ihr Kind unter den anderen herauskannte und daß er am Strand nach ihr suchte. Sie winkte ihm mit der Hand. Er kam bis zu ihr, das Wasser rieselte an ihm herab, er bat um eine Zigarette, zündete sie an, fing an zu rauchen.
– Wie schön es im Meer ist, sagte er endlich.
– Man möchte nicht wieder raus, sagte Sara.
– Sie gehen nicht mehr ins Wasser?
– Ich gehe wieder rein. Sie fügte hinzu: Es ist so schön, daß man nicht widerstehen kann.
Er wandte den Kopf nach ihr.
– Ich habe schon im Meer geschlafen, sagte er, also ich will sagen, es ist mir fast gelungen, im Meer zu schlafen.
– Das könnt ich nie.

– Schade, daß sich das nicht beibringen läßt, sonst brächte ich es Ihnen bei.
Jacques kam zurück auf sie zu. Er hatte wieder den Kleinen auf die Schultern genommen, nachdem er versucht hatte, ihn zum Schwimmen zu bringen. Er setzte ihn am Strand ab, nicht weit von Sara, und rief ihr zu, er lasse ihn ihr, jetzt gehe er richtig schwimmen. Der Kleine sah seinem Vater zu, wie er wegschwamm, wie er einen Augenblick zuvor dem Boot zugesehen hatte: gebannt. Sein Badehöschen hatte sich aufgerollt und ließ seinen nackten Hintern sehen. Beim nackten Hintern ihres Kindes hatte Sara immer lachen müssen. Der Mann merkte, was sie lachen machte, und auch er lachte.
– Sie haben ein schönes Kind, sagte er.
– Ich weiß nicht, sagte Sara. Sie gestand es ihm mit einem Lächeln: Seit der Minute, als er geboren wurde, lebe ich in einer Art Wahnsinn.
– Man merkt es Ihnen an, sagte er leise.
Er sah sie auf die gleiche Weise an, wie eben noch im Hotel, und Sara senkte die Augen.
– Merkt man es so sehr?
– Ah ja. Wenn Sie ihn ansehen, sofort. Es ist sogar manchmal ein wenig . . . ein wenig schwer zu ertragen.
– Ich weiß, sagte Sara lächelnd.
Der Kleine kehrte gemütlich zu den Felsen zurück und begann wieder nach Krabben zu suchen.
– Baden gehn? fragte er.
– Ich kann nicht gut schwimmen, aber mir ist es schon recht.
Sie stand auf und folgte ihm. Diana kam zurück und sie vertraute ihr den Kleinen für die Zeit des Badens an. Auch Jacques kam wieder zurück.
– Du gehst wieder raus?
– Eine Minute, sagte Sara, ich komme gleich zurück.
Jacques sah ihnen nach, wie sie sich entfernten, schwankte, ob auch er ins Wasser zurück solle, und verzichtete am Ende darauf. Sara tat einige Schwimmstöße neben dem Mann, legte sich auf den Rücken und blieb so, unbeweglich. Sie sah nichts

als den Himmel und sie hörte gar nichts. Da, nach einigen Sekunden, sah sie den Mann sich gegen den Himmel abzeichnen. Er hatte sich ihr zur Seite gestellt. Er sagte etwas zu ihr, was sie nicht hörte. Er wiederholte es und an den Bewegungen seiner Lippen erriet sie, daß er sie aufforderte zu versuchen, vorwärtszukommen. Sie versuchte es und unmerklich kam sie vorwärts aufs offene Meer zu. Der Mann sah ihr lächelnd zu und sagte ihr, so sei es gar nicht schlecht und so müsse man es machen. Sie hielt mit einem Ruck inne, merkte mit einem Ruck, daß sie aufs offene Meer zusteuerte.

– Kann nicht weiter, sagte sie.

– Sie haben Angst. Es liegt nicht daran, daß Sie nicht schwimmen können.

– Ich habe Angst vor dem Meer.

Er sagte ihr, sie solle wieder anfangen, aber sie wollte nicht. Dann fragte er wieder:

– Also? Auf wann die Bootsfahrt?

– Vielleicht morgen früh?

– Morgen früh.

Sie machte eine Bewegung, als wolle sie gehen, er aber rührte sich nicht.

– Muß ich es den anderen vorschlagen?

– Es wäre mir lieber, sagte Sara.

Er lächelte.

– Gut, sagte er nach einem Augenblick, dann werde ich es den anderen vorschlagen.

Schwimmend kehrten sie zurück, ganz langsam und Seite an Seite. Alle Welt war da. Der Himmel hatte ein wenig aufgeklart wie alle Tage um diese Stunde.

– Heute jedenfalls wird es noch nicht regnen, sagte Diana.

– Nein, das glaube ich nicht, sagte Gina.

– Ich finde, man jammert zu viel über die Hitze, sagte der Mann.

– Sie mit Ihrem Boot, sagte Ludi, das will ich schon glauben, Sie leiden nicht darunter.

– Wenn Sie Lust haben, sagte der Mann, könnte man morgen früh eine ordentliche Bootsfahrt machen.
Ludi schien ein wenig fassungslos. Er war wieder schlechter Laune.
– Oder heute, wenn es Ihnen lieber ist, sagte der Mann.
– Nein, sagte Ludi, morgen. Nicht heute. Was ich heute gern täte, das wäre ein Spaziergang auf den Berg.
Er sah auf Gina, zu ihr sprach er.
– Da gibts nichts zu sehen, am Berg, sagte Gina.
– Und doch hätte ich Lust, sagte Ludi. Seitdem diese Menschen da sind, kann man nicht mehr atmen, ich mag das nicht.
– Selbst wenn sie nicht da wären, sagte Diana lachend, könnte niemand atmen. Schließlich, wer mag das schon?
– Wenn du gehst, sagte Jacques, ich geh mit dir.
– Ich nicht, sagte Gina, ich geh ohnehin schon genug auf den Berg.
– Niemand zwingt dich, sagte Ludi.
– Selbst dann, sagte Gina, ginge ich nicht. Ich mag diese Art von Spaziergängen nicht mehr.
– Früher, sagte Ludi, sagtest du das Gegenteil, daß es dich begeistere, in den Bergen zu gehen, so in der Hitze und unter den Bienen.
– Das ist nicht wahr, sagte Gina, am Ufer des Meeres, ja, aber nicht am Berg.
Ludi lächelte stumm, mit bösem Spott.
– Warum sagst du das, rief er, warum?
– Weil's wahr ist, sagte Gina.
Mit einem Mal war sie voller Zorn.
– Selbst dann, schrie sie, selbst wenn ich es früher liebte, am Berg herumzugehen, und wenn ich es jetzt nicht mehr liebe? Muß man immer die gleichen Dinge lieben, weil man sie einmal in seinem Leben geliebt hat?
Ludi antwortete nicht. Er senkte die Augen. Jacques versuchte ein Lächeln.
– Man sollte von etwas anderem reden, sagte Sara.

– Ich weiß nicht mehr, sagte Ludi mit leiser Stimme, was sie noch liebt.
– Wer will einen Campari bitter? fragte Diana.
Sara und der Mann wollten. Ludi und Jacques hörten nicht.
– Du bist meine Frau, sagte Ludi ruhig. Ich möchte wissen, warum du es nicht mehr liebst, mit mir in die Berge zu gehn, ich muß es wissen, darum handelt es sich. Aber wenn du mir nicht einmal mehr so etwas sagen kannst, dann bitte ich um Verzeihung, sprechen wir nicht mehr davon.
– Ich liebe es nicht mehr, sagte Gina. Sie zögerte, sagte dann doch noch: Und die Leute, die das noch lieben, nachdem sie es zwanzig Jahre lang geliebt haben, sind mir widerlich, widerlich.
– Und Amerika ist dir auch widerlich?
– Ich will nicht mehr reisen, sagte Gina. Ich will nur mehr draufgehn.
– Komm und trink einen Campari bitter, sagte Diana.
Gina stand brav auf und folgte Diana. Auch Sara und der Mann standen auf.
– Warum Amerika? fragte der Mann.
– Ludi ist seit fünf Jahren von Freunden nach Amerika eingeladen, sagte Sara. Sie will nicht hin. Sie setzte lächelnd hinzu: Ich weiß nicht, woher Sie sind, aber hier in der Gegend werden die Leute sehr gerne wütend.
Sie erreichten alle vier die kleine Bar, die am anderen Ende des Strandes am Wege lag. Die Campari bitter waren kühl und sie tranken sogleich zwei, auch der Mann. Gina trank nur einen und schnitt eine Grimasse. Der Mann entfernte sich, ging zum Geländer des Kiosks.
– Seit heute morgen sucht er Streit mit mir, sagte Gina, ich hätte sagen können, was ich wollte, ganz etwas anderes, es wäre aufs Gleiche hinausgelaufen. Sie ließ sich quer über die Bar gleiten.
– Ach, was ich dessen müde bin, dieses Lebens, das ich mit ihm führe.

– Trink noch einen Campari, sagte Diana, ich glaube sehr an Campari bitter.
Aber Gina trank wieder nur mit einer Grimasse.
– Du wirst mich doch nicht betrunken machen wollen wegen eines derartigen Mannes, oder? Das ist es nicht wert. Und es ist ja nicht, weil ich schon alt bin. An dem Tag, an dem ich genug hab, an dem er es zu weit treibt, hau ich ab, wie mit zwanzig Jahren.
Sie fügte leiser hinzu:
– Das ist es, das darf man nie vergessen, immer abhauen, wie mit zwanzig Jahren.
Der Mann kam zurück, noch einen Campari bitter trinken. Er schien an dem Streit keinen Anteil zu nehmen. Sara näherte sich ihm.
– Das geht nun schon Jahre so, erklärte Sara.
– Ich weiß, sagte der Mann, man erzählt es im ganzen Dorf.
– Bei jeder ihrer Streitigkeiten denken sie, es ist die letzte. Seit Jahren.
– Aber wenn man sie so beisammen sieht, sagte der Mann, selbst das erste Mal, sind sie ein Anblick, ich weiß nicht, wie von Ewigkeit.
Und er trank seinen Campari. Dann sah er sie wieder an wie morgens im Hotel.
– Finden Sie, daß Gina recht hat in dieser Geschichte?
– Man versucht, keine Frage von Recht und Unrecht daraus zu machen.
– Es ist schwierig, sagte der Mann. Man ist ja kein Elefant.
– Es ist schwierig.
– Also morgen, sagte der Mann, fahren wir mit dem Boot los. Wohin Sie wollen.
– Vielleicht hinter die Berge, sagte Sara, Ludi spricht dauernd von den Felsklippen von Pointa Bianca. Da hab ich daran gedacht.
– Wohin Sie wollen, sagte der Mann, wirklich wohin Sie wollen.

Sara hatte darauf keine Antwort. Sie stand auf und schloß sich Gina und Diana an.
– Ihr natürlich, sagte Gina, ihr seid jung, ihr könnt noch Männer wechseln. Und du außerdem, sagte sie zu Sara, du hast den Schatz da.
Sie zeigte auf den Kleinen, der im Meer spielte.
Schweigend sahen sie ihm alle drei beim Spielen zu. Ludi und Jacques stritten sich. Die Frauen hörten nicht, was sie zueinander sagten. Ludi schrie und Jacques suchte offenbar ihn zu beruhigen. Der Mann stand immer noch allein am Geländer des Kioskes, dem Meer zugewandt.
– Ich muß zu ihnen hinaufgehen, ehe wir zu Mittag essen, sagte Gina.
Sara und Diana beschlossen, sie zu begleiten. Der Mann sagte, er warte auf Jacques und Ludi. Sara rief Jacques zu, er solle den Kleinen ins Hotel zurückbringen und ihn fürs Mittagessen dem Kindermädchen anvertrauen. Jacques wäre gern auf den Berg gegangen, aber Ludi wollte nicht sogleich losgehen und so blieb er bei ihm. Die Frauen waren noch nicht um den Kiosk herumgegangen, da kam schon der Kleine angelaufen. Er hängte sich an Sara.
– Ich geh mit dir.
– Das geht nicht. Papa macht die Schiffe, sag ihm, er soll dir Schiffe machen. Sie rief Jacques zu: Mach ihm Schiffe.
– Komm, rief Jacques, ich mach dir Prachtschiffe.
Aber der Kleine rührte sich nicht. Da verließ der Mann das Geländer, ging zu Sara und nahm den Kleinen bei der Hand. Er sah nochmal zu Sara hin auf eine etwas eindringliche, spöttische Art – Diana sah den Blick – und führte den Kleinen Jacques zu.
Eine kurze Zeit lang folgten sie dem Lauf des Flusses, dann dem Weg, der am Hotel vorbeiführte; dann, knapp nach dem Hotel, wandte Gina sich nach links, auf einen Saumpfad, der schroff ins Gebirge führte. Es war fast Mittag. Die Sandbeersträucher summten von Bienen, und immer mischte, um diese Stunde, der kräftige Geruch der Aschen-

pflanze seinen Weihrauch in die Luft. Der Wind erhob sich meist später, gegen zwei Uhr. Aber schon befreite sich, wie jeden Tag, der Himmel allmählich vom Dunst, was bedeutete, daß es noch nicht regnen würde. Auf dem Berge gab es so wenig Zuflucht vor der Hitze, daß man sie fast besser ertrug als unten, am Ufer des Meeres. Hier stand sie einem ins Angesicht gegenüber, in ehrlicher Feindschaft, gnadenlos.

– Ich habe Angst vor den Bienen, sagte Sara.

– Wovor hast du eigentlich keine Angst, sagte Diana.

– Geh hinter mir, sagte Gina.

Sie stellte sich an den Wegrand und ließ sie hinter sich gehen.

– Es gibt auch die Sonnenangst, sagte Diana, ich wußte es nicht, ehe ich in dieses Land kam.

– Was ihm not täte, murmelte Gina, das wäre eine kleine, sehr junge, die sehr stolz darauf wäre, mit diesem großen Mann zu sein. Ich kenn ihn halt zu gut. Und ich bin nicht stolz auf ihn, eher das Gegenteil. Eine kleine von zwanzig Jahren. Und ich hätte meine Ruhe.

– Aber bestimmt, sagte Diana, und in diesem Augenblick würde alles wirklich beginnen. Und alles, was bisher geschehen ist, würde nicht mehr gelten. Du bist dumm.

Gina machte halt, stellte sich Diana gegenüber.

– Ich weiß, daß ich dumm bin, aber nicht, wenn ich von ihm spreche. Dann nicht.

– Doch, sagte Sara, ganz besonders, wenn du von ihm sprichst.

– Wen man aus der Ehe kennt, sagte Diana, kennt man wohl am wenigsten von allen.

Gina schüttelte den Kopf, sie machte sich wieder auf den Weg mit ihren Gedanken.

– Was schlimm ist, murmelte sie, das ist, daß ich's noch mit dem Lieben habe.

Weder Diana noch Sara antworteten. Gina ging rasch, eine Ziege, und sie hatten Mühe, ihr zu folgen.

– Es muß doch sicher Mittelchen geben, Medikamente, was

weiß ich, fuhr Gina fort, die einem die Lust auf sowas nehmen . . .
Diana lachte los. Gina drehte sich um, lachte nicht.
– Ihr könnt lachen, sagte sie, aber ich, ich weiß, daß wenn ich keine Lust mehr aufs Lieben habe, wenn ich darüber hinaus bin, daß ich dann meine Ruhe habe.
– Wenn's bloß das ist, sagte Sara, kannst du's ja mit anderen treiben.
– Nein, sagte Gina, abwechseln hab ich nie können. Wenn ich mit einem Mann lebe, kann ich's nicht mit anderen zur gleichen Zeit. Ich hab's nie gekonnt, schon als ich ganz jung war, in meiner ersten Ehe.
– Das ist Gerede, sagte Sara.
Gina drehte sich um. Sie hatte wundervolle Augen, vom gleichen Grün wie die Aschenpflanzen.
– Wenn dir Liebe nur mit einem einzigen Mann Spaß macht, dann macht dir Liebe eben überhaupt keinen Spaß, sagte Sara.
– Das glaube ich auch, sagte Diana.
– Ihr seid einfach Huren, sagte Gina.
– Ich habe den Eindruck, ich könnt es mit fünfzig Männern, sagte Sara.
– Du vielleicht, aber Diana nicht, sagte Gina.
– Wen sollte ich denn betrügen? sagte Diana. Ich glaube auch, um es mit vielen anderen tun zu können, müßte man wissen, was es heißt, es jahrelang mit dem gleichen zu tun.
Sie langten an dem verlassenen Haus an. Seit drei Tagen kam Gina jeden Tag her, gelegentlich sogar zweimal am Tag.
Die Eltern des Minensuchers, immer noch in Gesellschaft des Dorfkrämers, waren noch da und warteten, im Schatten der zwei stehengebliebenen Mauerreste. Vor ihnen stand eine Seifenkiste mittlerer Größe. Der Krämer hatte sie hergegeben. Dahinein hatten sie alle Überreste gesammelt, die sie von ihrem Kinde gefunden hatten. Die Kiste war jetzt zugenagelt. Auf ihr standen eine Flasche Wein, Gläser, Brot, ein Stück Wurst und Apfelsinen. Ihr gegenüber saßen die Alten auf dem Boden, der Krämer etwas seitlich davon. Die zwei jun-

gen Zollbeamten hielten die Kiste im Auge, bis die Eltern sich entschließen würden, die Todeserklärung zu vollziehen. Auch sie saßen am Boden, in dem schwarzen Steingeröll der Explosion, im Schatten des anderen Mauerstücks. Sie litten unter der Hitze, waren bis zum Halse eingezwängt in ihre Khaki-Uniformen mit den schweißigen Mondscheiben unter den Achseln. Unter ihren schlaffen Mützen rann der Schweiß in kleinen Bächen. Quer über die Schulter trugen sie ihre alten Karabiner. Der Schatten der Mauer war um diese Stunde so schmal, daß sie mit den anderen saßen, der Seifenkiste gegenüber, wie Freunde.

Die Alten kamen aus den Bergen jenseits der Ebene. Niemand kannte sie. Auch ihren Sohn nicht, niemand kannte ihn. Er war, im Verlauf der Minensuche, vom Norden gekommen und hatte das Dorf noch nicht erreicht, als er auf die Mine trat. Alles was man wußte war, daß er dreiundzwanzig Jahre alt war. Den Krämer freilich kannte jedermann. Er war die berühmteste Persönlichkeit des Dorfes. An die sechzig Jahre alt, seit zwei Jahren Witwer. Ein Freund von Ludi und Gina. Seitdem der junge Mann mit der Mine in die Luft geflogen war, oder genauer: seitdem die alten Eltern angekommen waren, verbrachte er den größten Teil seiner Zeit, seiner Nächte sogar, bei dem verlassenen Haus, mit den beiden Alten. Es war für ihn eine Abwechslung. Er mochte diesen Ort nicht mehr, wo sein ganzes Leben sich abgespielt hatte, allzu langsam, allzu lange. Das wenigstens behauptete er.

– Er hat fünfundvierzig Jahre gewartet, ehe er explodierte, sagte Diana, als sie seiner ansichtig wurde, aber er ist wirklich explodiert.

Er war ein sehr kleiner Mann, schmächtig, und er mochte nicht viel mehr wiegen als ein Kind. Aber seine Augen füllten sich mit Sonne bei der mindesten Neuigkeit. Es machte ihm Freude, an jederlei Sache teilzunehmen, und wenn es nur dieser große Schmerz der Eltern des jungen Minensuchers war.

– Grüß euch beisammen, sagte Gina.

Sie antworteten alle zur gleichen Zeit, auch die Zollbeamten,

nur die Alte nicht. Gina beschimpfte gleich die beiden Zöllner.
– So so, immer noch bei eurem Idiotengeschäft?
– Wenn's nach uns ginge, sagte der eine von ihnen.
– Es ist dieser blöde Beruf, sagte der Krämer. Aber im Grunde sind sie doch so ziemlich wie jedermann. Auch nicht schlechter.
– Ich weiß schon, sagte Gina.
Sie setzten sich in den Schatten der Mauer. Man machte ihnen ein wenig Platz. Auch die alte Frau, sie rückte ein wenig zum äußersten Ende der Mauer. Sie schien älter zu sein als der Krämer. Ihre Hände waren schwarz von Erde und Blut. Während zweier Tage und zweier Nächte hatten sie und ihr Mann in den Steinen und Disteln des verlassenen Hauses herumgegraben. Jetzt war's getan. Sie ruhte aus, sie schlief, döste fast die ganze Zeit. Ihre Hände waren beschmutzt geblieben, weil es am Berg kein Wasser gab und sie sie noch nicht hatte waschen können.
– Ich werde euch Pasteten bringen lassen, sagte Gina. Von Zeit zu Zeit ist es unerläßlich, etwas Warmes zu essen. Sonst wird man krank, und krank werden ist nie eine Lösung.
Die Frau lächelte und sagte schwach:
– Sie haben Kinder.
– Ich nicht, sagte Gina, aber sie, ja, sie hat eins.
Sie zeigte auf Sara.
– Wie alt? fragte die Frau schwach.
– Vier Jahre.
– Schatz, sagte die Frau.
Alle sahen sie an. Der Krämer sah sie seit drei Tagen an wie ein irrer Liebhaber.
– Ich bin dahintergekommen, sagte der Krämer, mit den Kindern. Früher einmal, nein, aber jetzt . . .
Wenn man bei ihm eintrat und ihn fragte, ob er beispielsweise Salz habe, oder etwas anderes, Schuhwichse, dann sagte er: »Kein Salz. Da bin ich schon lange dahintergekommen, mit dem Salz.« Oder auch: »Nein, was bilden Sie sich denn ein?

Ich und Schuhwichse? Da bin ich schon lange dahintergekommen, mit der Schuhwichse.« Er verkaufte nur mehr Gemüse, manchmal Fleisch, verderbliche Ware, die gleich wegging. Allein und alt inmitten seiner leeren Auslagen rieb er sich die Hände vor Vergnügen. Es war das blankeste Werk seines Lebens. Nie hätte er sich für fähig gehalten, eines Tages in solchem Grade auf alles zu pfeifen.

– Auch er, sagte der Alte, auch er hat Unglück gehabt.

– Ja er, sagte Gina, freilich – sie fing sich wieder – gewiß hat er Unglück gehabt.

– Ja, sagte der Krämer. Man hat sie tot über dem Ladentisch gefunden. Der Tod ist immer ein Unglück, immer, selbst nach dem ärgsten Leben, das man miteinander hat führen können.

Der eine Zollbeamte nahm eine der Apfelsinen auf der Seifenkiste und begann sie zu schälen. Der Alte reichte dem anderen Zollbeamten eine andere Apfelsine.

– Nimm schon, sagte der Krämer. Da drum wirst du sie nicht weniger gut bewachen.

– Wenn's nur nach uns ginge, sagte der fragliche Zollbeamte, wissen Sie . . .

– Und die Damen? fragte die Frau schwach.

– Nein, sagte Gina, wir werden jetzt Mittag essen.

– Ich kann freilich nicht sehen, sagte der Krämer ganz leise, wo man sie hätte tot finden können, wenn nicht über dem Ladentisch. Sie hatte sich daran geklammert, die Arme, die arme Kleine.

Die Hitze war ungewöhnlich. Man erstickte. Nicht allerdings die Frau, nicht der Alte, nicht einmal der Krämer. Gina sah unverwandt auf die Seifenkiste.

– Das kann nicht mehr lange so gehen, sagte sie ganz leise, bei dieser Hitze.

– Nein, sagte der Krämer, sie schließt gut. Und die Ritzen sind voll Seife.

– Trotz allem, sagte Gina auf einmal ganz laut, sie können ja nicht vierzehn Tage hier bleiben, oder?

Niemand antwortete. Den Zollbeamten schien es unbehaglich zu werden.
– Hört mal, sagte Gina zu den Zollbeamten, also wir zahlen alle Kosten und ihr laßt sie in Frieden.
– Wenn's nur wegen der Kosten wäre, sagte der Zollbeamte, aber Sie wissen sehr gut, daß da noch die Todeserklärung ist.
– Stimmt, sagte Gina.
Sie sagte es ganz so, als wäre die alte Frau nicht, oder als hinge die Erklärung gar nicht von ihr ab.
– Stimmt, das hatte ich vergessen, begann Gina wieder, da ist noch die Todeserklärung.
– Das ist Vorschrift.
– Sie will sie nicht unterschreiben, sagte einer der Beamten, selbst wenn man sie ihr hier heraufbringt, fix und fertig.
Sein Ton war freundlich und verständnisvoll. Die Frau horchte und schaute. Unfähig, diese Unmöglichkeit zu klären, der sie sich gegenübersah, die Erklärung zu unterschreiben, sah sie abwechselnd auf Gina und auf die Zöllner.
– Also Sie wollen diese Erklärung nicht ausfertigen? fragte Gina.
Zum Zeichen der Weigerung schüttelte die Frau den Kopf.
– Wenn sie es nicht tun will, ich tu's bestimmt nicht, sagte der alte Mann. Und fügte hinzu: Außerdem ist immer noch Zeit.
– Sie ist böse auf die Gemeinde, sagte der Zollbeamte. Aber es ist doch niemand daran schuld.
– Ich begreif sie, sagte der Krämer. An ihrer Stelle würde ich keine Erklärung abgeben.
Die Frau sah ihn, ein wenig unsicher geworden vielleicht, mit ihrem sonnengeröteten Blick an. Offenbar begriff sie nicht ganz den Krämer, der behauptete, hinwiederum sie zu begreifen.
– So eine Erklärung, sagte sehr sanft Diana, ist im Grunde gar nichts. Ein Stück Papier.
Die Frau sagte nichts und senkte die Augen.

Gina nahm ihre Hand und streichelte sie. Die Frau ließ es geschehen.
– Sie haben schon recht, sagte Gina.
– Ja, durchaus, sagte Sara.
Die Frau begann zu zittern. Ihr Mund öffnete sich, wie um neuen Atem zu schöpfen. Gina drückte ihre Hand.
– Trotzdem können Sie nicht immer und ewig hier bleiben, sagte sie.
– Sie ist böse auf die Gemeinde, sagte der Zollbeamte, das ist es.
Die Frau verneinte mit einem Kopfschütteln. Sie begann wieder zu weinen.
– Sprechen wir nie mehr von dieser Erklärung, sagte nun Diana.
– Ich begreif sie, sagte der Krämer.
– Sie will nicht, sagte leise der Alte, aber sie weiß sicher nicht genau, warum nicht.
– Sprechen wir nicht mehr davon, sagte Gina.
– Drei, sagte der Alte. Daran muß es liegen.
– Ich bitte um Entschuldigung, sagte der Krämer, aber ich glaube nicht, daß das Gute, das Sie ihr alle tun wollen, das ist, was sie sich wirklich wünscht.
Verwirrt wandte sich Gina dem Krämer zu.
– Also soll man sie vierzehn Tage hier lassen?
– Warum nicht? Und länger noch, warum nicht? Jedermann hat das Recht zu leiden, wie es ihm paßt.
Gina antwortete nicht. Ludi, Jacques und der Mann kamen den Weg herauf. Während der ganzen Zeit ihres Anmarsches sprach niemand. Gina hielt immer noch die Hand der Frau in der ihren. Mit der anderen Hand putzte die Frau sich die Nase. Der Krämer sprach für sich allein.
– Ich begreife alles, sagte er, es ist schon merkwürdig, seit einiger Zeit besonders. Das da hier begreif ich, ich glaube, ich könnte sogar noch mehr begreifen. Es ist ein wenig so, als wäre ich verrückt geworden.
Er war keineswegs traurig. Als er die Männer auf dem Weg

sah, winkte er ihnen weit ausholend zu. Es war klar, daß jene Art von Weigerung, mit der die Frau sich widersetzte, ihn über sich selbst erhob.

– Grüß euch, sagten Jacques und Ludi.

Der Mann kam das erste Mal, er machte ein Zeichen mit der Hand. Wie alle sah auch er auf die Frau. Die Frau sah ihn nicht.

– Sie will die Todeserklärung immer noch nicht unterschreiben, sagte der Krämer.

Die Zollbeamten sahen ihn mißbilligend an. Und in die Augen der Alten glitt der Schatten eines Lächelns, ganz als handle es sich um eine ganz andere Geschichte als die ihre.

– Das ist recht, sagte Jacques sehr sanft zu der alten Frau.

Sie setzten sich in den Schatten der Mauer. Die Frau rückte noch ein wenig weiter, um ihnen Platz zu machen. Der Schatten der Mauer war um diese Stunde sehr schmal, und sie saßen sehr aufeinandergedrängt. Sie sprachen von dem und jenem, um nicht mehr von der Erklärung zu sprechen. Die alte Frau nickte ein wenig ein. Sie war eine Frau, die ihr Leben nahe dem Meer gelebt haben mußte. Ihr eigener Geruch hatte sich mit der Zeit verloren. Sie hatte jetzt den der glühendheißen Gestade und ihrer abgestorbenen Flechtenmoose.

Der Mann, ein wenig blaß, blickte auf sie, blickte dann auf die Kiste. Seine hochgestellten Beine berührten jene Saras.

– Trotz allem, sagte Ludi mit leiser Stimme, er war auf niemanden mehr zornig, und wenn der Regen kommt? Man kann nicht zu Stein werden, selbst wenn man es mit all seinen Kräften will. Irgendeinmal muß man sich rühren.

Die Frau wachte auf. Sie hob sehr leicht die Hand, eine Bewegung der Gleichgültigkeit und der Ergebung.

– Wer weiß? sagte der Krämer.

– Nein, sagte Ludi, man kann es nicht.

– Man wird ja sehen, sagte der alte Mann, wenn der Regen da ist. Wenn sie nicht unterschreiben will, unterschreibe ich auch nicht.

Er wandte sich seiner Frau zu. Sie senkte die Augen. Sie war zu einer ungeheuren Gewalt der Verweigerung und des Nicht-Begreifens geworden. Wahrscheinlich hatte sie beschlossen, nicht mehr zu begreifen, so wie andere beschließen, zu begreifen. Da war kein Unterschied. Wenn man sie ansah, dachte man an das Meer.

– Für sie ist es eine Art Ausruhen, sagte der alte Mann. Sie mag sich einfach nicht rühren. Wenn sie unterschreibt, dann müßte sie sich wohl oder übel rühren, und sie mag nicht.

Jacques sah sie starr an, als wäre sie das Schauspiel der Schönheit selbst; Ludi und der Mann desgleichen.

– Wenn Sie mich fragen, sagte einer der Zollbeamten, sie wird nie unterschreiben. Für Ludi fügte er ganz leise hinzu: Sie könnten vielleicht drunten den Amtmann aufsuchen und ihm erklären, vielleicht begreift er.

Aber man konnte nicht leise sprechen in dem Schweigen des Berges. Jedes war hörbar darin wie in einer Muschel. Der Krämer hörte.

– Nichts, sagte er. Er wird nicht begreifen. Gar nicht der Mühe wert, es zu versuchen.

– Ich glaube auch, daß es gar nicht erst der Mühe wert ist, sagte der andere Zollbeamte.

– Und wenn wir hingingen? sagte Jacques. Ludi und ich?

– Nichts, sagte der Krämer. Er wird sich die Sache nicht erklären, weil sie in den Vorschriften nicht vorgesehen ist. Er wird es für Verrücktheit halten oder für eine Frechheit. Er wird ablehnen.

– Geben Sie sich keine Mühe, sagte der Alte. Man wird schon sehen. Morgen, übermorgen . . . es ist ja Zeit.

Wieder wandte er sich seiner Frau zu. Wieder war sie eingenickt, und sie hörte ihn nicht.

– Und dann, sagte der Alte, sie können uns nichts tun, sie können uns nicht umbringen, weil man die Erklärung nicht unterschrieben hat. Was können sie uns tun?

Jeder drehte sich nach den Zollbeamten um. Keiner der beiden antwortete.

– Was können sie tun? fragte Gina. Sagen Sie es.
– Verhindern, daß sie die Kiste wegtragen, sagte der Beamte leise.
Mit einem Ruck war die Alte wach. Sie reckte sich und ächzte schwach.
– Nein, sie können nicht.
– Nein, sagte Diana, sie können nicht. Genug von dieser Erklärung.
– Ja, genug, sagte Jacques.
Es gab viel Bienen und Fliegen und allerlei Insekten am Berg. Dauernd war man dabei, sie mit der Hand zu verjagen. Auch der Alte verjagte sie noch manchmal, aber die alte Frau nicht, nicht mehr. Ihre Hände waren von ihnen bedeckt, ihre Stirn auch. In Stößen, ohne Tränen, hatte sie wieder begonnen zu weinen.
Gina nahm wieder ihre Hand.
– Die Pasteten, fragte sie endlich, wollen Sie sie mit Fleischsauce oder mit Vongolen?
Der Alte schien verlegen, sogar ein wenig bedrückt.
– Wenn Sie welche mit Vongolen wollten, fuhr Gina fort, ich habe eben welche fertig zu Hause und schicke sie Ihnen gleich, statt erst heute abend.
– Jeder Mensch mag Vongolen-Pasteten, sagte der Krämer.
– Nein, sagte einer der Zollbeamten, mit Fleisch ja, jeder Mensch, aber nicht mit Vongolen. Ich zum Beispiel mag sie nicht.
– Das trifft sich ja gut, sagte Gina. Also?
– Es ist nicht der Mühe wert, sagte die alte Frau, besann sich und zeigte auf ihren Mann, oder aber dann für ihn, ein wenig, wenn Sie gerne wollen.
– Ich lasse sie Ihnen gleich bringen, sagte Gina, mit Wein.
Sie stand auf. Die anderen blieben noch einen Augenblick wie erstarrt, sahen die Alte an. Die Alte bemerkte, daß Gina aufstand, und gab sich einen Ruck.
– Das Kind, ist es ein Junge? fragte sie in die Runde.
– Ja, sagte Jacques.

Sie überlegte. Während sie überlegte, sprach niemand. Aber sie sagte nichts weiter.
– Franzosen? fragte der Alte.
– Ja, sagte Jacques. Paris.
– Und das Fräulein?
– Engländerin, London.
– Ich bin Italiener, sagte der Alte, aber sie ist Spanierin. Von Saragossa.
Der Krämer wandte sich dem Manne zu. Der Mann sagte:
– Auch Franzose.
– Einmal, sagte der Alte, ist er nach Marseille gefahren, auf drei Tage, zu Vettern.
– Schatz, sagte die Alte noch, ganz in ihren Gedanken. Sie nickte wieder ein.
Die Sonne kroch ihnen an die Füße. Sie brannte. Man hörte alle Fliegen des Berges summen.
– Aber sie muß krank sein, daß sie die ganze Zeit so schläft, sagte Gina sehr leise.
– Nein, sagte der Alte, mit der Gesundheit stimmt's. Sie ist müde, das ist alles.
Sie standen auf. Ludi fragte den Krämer, ob er komme. Der Krämer wußte nicht recht. Gina redete ihm zu, zu bleiben.
– Es sind genug Pasteten für drei, bleib da, du wirst besser essen als drunten, sie wendete sich an die Zollbeamten, aber nicht für euch, sagte sie, das denn doch nicht, nicht für euch.
– Wir haben um nichts gebeten. Aber wenn's nur nach uns ginge . . . Aber das wissen Sie ja.
– Solang man jung ist, ist man dumm, sagte der Krämer, ein jeder. Die Fantasie, die kommt erst später, man glaubt das Gegenteil, aber es ist falsch.
– Außerdem kann ich Zollbeamten nichts geben, fügte Gina hinzu, was es auch sei, es wäre gegen meine Grundsätze.
– Grüß euch alle, sagte Ludi.
Sie brachen auf. Ludi sah bekümmert aus, aber gar nicht mehr zornig.

– Du wirst ihnen immerhin nicht alle Vongolen-Pasteten geben, oder?
– Wir werden ja sehen, was ich gebe, sagte Gina.
Ludi blieb verzweifelt stehen. So in der Sonne, mit hochgehobenen Armen, erinnerte er an ein Pferd. Ewig würde er einem Pferd ähnlich sehen.
– Das ist doch nicht möglich, sagte er, du wirst nicht alles weggeben.
– Wenn es mir paßt, gebe ich noch mehr. Geh ins Hotel essen.
– Ich bin verrückt auf Vongolen-Pasteten, erklärte es Ludi Jacques, das hat was zu tun mit ihrem Entschluß, alles diesen alten Leuten zu geben.
Gina antwortete nicht. Sie hatte Saras Arm genommen und drängte sie, hinunterzugehen. Der Mann ging mit Diana hinterher.
– Das kann ich beschwören, sagte Ludi, weil sie weiß, daß ich verrückt darauf bin, hat sie die Pasteten heute mittag statt heute abend hergegeben. Auf einmal hat sie sich daran erinnert, daß ich verrückt darauf bin.
– Da bin ich auch ganz sicher, sagte Jacques. Er mußte lachen.
Gina ließ Saras Arm. Gemütlich begann sie, vor sich hin zu pfeifen. Mit einem Mal begann sie hinunterzulaufen, um, so verkündete sie, rascher diese Pasteten den Eltern des Minensuchers bringen zu lassen. Der Pfad wurde schmal. Der Seewind erhob sich plötzlich, und die Sonne strahlte ihr volles Feuer, wie eine Esse. Der Mann ging hinter Sara. Ludi sprach zu Jacques über den Jammer, eine solche Frau zu haben, die für jedes Zureden taub sei. Jacques hörte ihm, wie immer, zu. Sara hörte alles, was sie miteinander redeten. Der Mann ging hinter ihr und rauchte. Als sie im Hotel ankamen, bestellte Jacques die Campari bitter. Ludi schüttete den seinen sofort hinunter.
– Oh, wie ich das nicht ausstehen kann, sagte er, diese Vorliebe, die sie für alle alten Leute der Welt hat.

Er sagte es fast vor Gina, die von zu Hause zurückgekehrt war.
– Was hat er gesagt?
– Daß er die Vongolen-Pasteten bis zum Wahnsinn liebt, sagte Diana.
– Du kriegst morgen andere, sagte Gina, aber diese kriegst du nicht.
– Es war gar nicht das, was ich gesagt habe, sagte Ludi, ich sagte, daß ich diese Vorliebe nicht ausstehen kann, die du für alle alten Leute der Welt hast.
– Ach so, du willst weitermachen, sagte Gina und setzte sich.
– Mir wär's am Ende lieber, du würdest mich betrügen, sagte Ludi.
– Campari bitter, sagte Diana, er wirkt Wunder.
– Ja, sagte der Mann, ich mag ihn immer lieber.
Alle nahmen noch einen, außer Ludi.
– Nein, ich werde heimgehen, sagte er, und diese Vongolen-Pasteten essen, ehe sie sie diesen alten Arschlöchern gibt.
– Denk doch nicht mehr daran, sagte Sara.
– Ich bin nicht sicher, daß es mir gelingt, sagte Ludi.
– Man wird es müde, sagte Diana, mit Kindern zu leben, Kinder sind etwas Schönes, aber allmählich wird man es müde.
Ludi versuchte zu lachen, aber Diana lachte nicht. Er ging weg und Gina folgte ihm. Gerade als sie in ihr Haus gingen, kam der Kleine heraus, das Kindermädchen folgte ihm. Er durchquerte den besonnten Platz laufend und kam bis zu ihnen.
– Wieso kommt denn ihr hierher? fragte Sara.
– Er hat zu Hause essen wollen, er hat bei Frau Ludi essen wollen. Und da er bei Ihnen ohnehin immer tun darf, was er mag, habe ich ihm seinen Willen gelassen.
Das Kind roch nach Vongolen.
– Er hat Vongolen-Pasteten gegessen, was? fragte sie das Mädchen.
Alle lachten. Diana war bei ihrem dritten Campari, Sara bei

ihrem zweiten. Jacques auch bei seinem dritten, wie Diana und der Mann.
– Richtig, sagte das Kindermädchen, so eine Art Muscheln. Er hat gegessen wie ein Schwein.
– Du hast gegessen wie ein Schwein? fragte Jacques den Kleinen mit einem Lächeln.
– Er verdient eine Tracht Prügel, sagte das Kindermädchen, er hat die ganze Tischdecke mit Sauce versaut.
– Recht hat er, sagte Diana, was brauchen sie hier eine Tischdecke. Hier eine Tischdecke zu nehmen ist ja auch Irrsinn.
– Herr Ludi hält darauf, sagte das Mädchen, jedenfalls hat das Schwein da sie versaut.
Sara hob die Augen und sah plötzlich interessiert das Kindermädchen an. Sie hielt immer noch den Kleinen an sich gepreßt.
– Sie können ihn wirklich nicht leiden, sagte Diana.
Es war weniger Zorn als Neugier in ihrer Stimme. Das Kindermädchen merkte es.
– Das ist es nicht, Frau Diana, sagte das Mädchen, aber er hört auf nichts, auf nichts, gar nichts, niemals.
– Er ist keine fünf Jahre alt, sagte Sara.
– Trotzdem, sagte das Mädchen, wenn Sie ihn weiter so verwöhnen, wird er Ihnen ein schöner Lump. Das kann ich Ihnen sagen.
– Wenn Sie es sagen, sagte Diana, dann muß es ja stimmen.
– Ich weiß, was ich sage, sagte das Kindermädchen, ein Lump, nichts Anständiges.
Sara sah ihren Jungen an, er hörte mit allen Kräften das Kindermädchen an. Auch er versuchte zu verstehen. Aber was war zu entdecken jenseits eines solchen Mundes, so selbstvergessen, der glatten Wangen, die noch vom Fett der Vongolen glänzten, der Haare mit ihrem Sonnengeruch, und solcher Augen, in denen Zorn tanzte, so ursprünglich noch im Losbrechen wie das Meer? Der Kleine schlug um sich, wurde rot und wendete sich gegen das Kindermädchen.

– Ich mag sie nich mehr, sagte er, es ist die böseste von allem was es gibt.
Das Kindermädchen zögerte, dann entschloß sie sich, es spaßhaft zu nehmen, sah den Kleinen aber fest an.
– Im Grunde, sagte Sara, kommt ihr doch ganz gut aus.
– Nein, sagte Diana.
– Kann ich eine Stunde frei nehmen? fragte das Mädchen.
– Nehmen Sie, sagte Sara. Ich kann nicht verstehen, warum Sie sich bei mir solche Urlaube holen.
– Gehen Sie nur, sagte Jacques. Ihr Arschloch von Zöllner ist immer noch da droben.
– Hören Sie mal, sagte das Mädchen, der ist auch nicht mehr Arschloch als Sie, oder?
Diana lachte, dann auch Jacques. Auch Sara und der Mann.
– Doch, sagte Jacques, ohne Zweifel mehr als ich.
– Das ist doch nicht seine Schuld, sagte das Mädchen, wenn diese alte Verrückte ihre Erklärung nicht unterschreiben will. Er tut nur seine Pflicht.
– Die Leute, die ihre Pflicht tun, die können mich mal, sagte Jacques. Gehen Sie schon zu ihm, gehen Sie. Der Krämer wird Ihnen schon übersetzen ich liebe dich mein Lieb.
– Ach was, sagte Diana lachend, der übersetzt?
– Wie soll man denn sonst zurechtkommen? fragte das Mädchen und lachte auch.
Sie wurde rot und entfernte sich. Sie hatte zwei Schritte getan, kam zurück. Sie lachte durchaus nicht mehr. Sie sagte zu Jacques mit unergründlicher und entschlossener Miene:
– Auf jeden Fall, das wird man nicht mehr erleben, daß ich mit der Herrschaft ins Ausland gehe.
Sie ging. Der Kleine entwischte ins Hotel und kam mit Bonbons zurück. Jacques, Sara und Diana begannen zu essen. Der Mann ging zu seinem Tisch und auch er begann zu essen.
– Du mußt sie rausschmeißen, sagte Diana, du kannst dieses Mädchen nicht mehr behalten.
– Sie mißfällt mir nicht so sehr, sagte Sara, es ist nur wegen

des Kleinen, sie kann ihn nicht mehr leiden. Aber Unterwürfigkeit kennt sie nicht, das gefällt mir.
– Das ist richtig, sagte Jacques, aber man kann sie nicht behalten.
– Sie war nicht so, als sie ankam, sagte Sara. Sie hat sich sehr verändert, sie weiß es und sie sagt, es sei unsere Schuld.
– Gleichviel, sagte Diana, du mußt wechseln.
– Was mich betrifft, ich behielte sie lieber, sagte Sara. Ich habe es satt, immer nach Kindermädchen zu suchen.
– Was hast du nicht satt? fragte Jacques. Dann suche eben ich eine.
Sie lächelten beide bei dem gleichen Gedanken.
– Was gut ist in diesem Lande, sagte Diana hastig, das ist der Wein. Aber man muß ihn kühl trinken. Hier in diesem Hotel ist er nie kalt genug.
– Wir werden schon sehen, sagte Jacques, man soll sich das Leben nicht vermiesen, er wendete sich mit einem Lächeln zu Diana, aber was den Wein betrifft, das ist wirklich wahr. Ich weiß nicht, was ich dafür gäbe, kühlen Wein zu bekommen.
Der Kleine schlief mitten in der Mahlzeit ein, den Kopf auf einem abgeräumten Tisch. Sara trug ihn auf den Rücksitz des Wagens. Als sie zurückkam, sprach Diana von dem Mann.
– Wenn wir ihn einladen würden, den Kaffee mit uns zu nehmen?
Jacques war einverstanden. Der Mann kam herüber, den Kaffee zu trinken. Sie sprachen von der Hitze, vom Meer, von der Aussicht, daß es Krieg geben werde auf der Erde. Niemand war mit niemandem einig, außer was die Hitze anbetraf und das Meer. Sara und Jacques gingen sehr bald weg, ihres Kindes wegen. Sie brachten es nach Hause, ohne es zu wekken. Wie sie es gewohnt war, streckte sich Sara neben ihm aus. Sie dachte daran, welche Nachteile dieser Ort für Kinder habe, und träumte von anderen Ferien, in denen das ihre in köstlicher Kühle einschlummern würde. Die Hitze war so groß, daß man hätte glauben sollen, es würde baldigst regnen, am Nachmittag vielleicht schon. Dies hoffend, schlief sie ein.

KAPITEL II

Aber als sie erwachte, hatte es, wieder einmal, aufgeklart. Sie hatte nur eine Stunde geschlafen. Sie erhob sich leise, um das Kind nicht zu wecken, das noch schlief. Das Kindermädchen war noch nicht zurück. Auch Jacques schlief noch immer. Es war nun zwei Stunden her, daß das Mädchen weggegangen war. »Ich sollte vielleicht das Kindermädchen wechseln«, erinnerte sie sich. Aber wie jedesmal, daß ihr dieser Gedanke kam, sagte sie sich sogleich, daß es vielleicht nicht der Mühe wert sei, daß sie vielleicht doch auseinandergehen würden, und wenn man allein ist, braucht man kein Kindermädchen. Sie allein benötigte kein Mädchen. Sie ging in den Garten und setzte sich auf die Stufen zur Veranda. Schon waren die Fischer vom Haus daneben im Aufbruch. Im Gänsemarsch trugen sie ihre Netze, die Ruderstangen und Ruderblätter zu ihren Schiffen. Seewind kam auf. Nun würde er bis zum Morgengrauen wehen. Er war heiß, gewiß, aber er trocknete den Schweiß, und das Leben war nachmittags erträglicher als am Vormittag. Linker Hand, nahe der Insel, warf ein Fischer ganz allein sein Netz aus. Er zog es sehr langsam wieder ein, drehte sich wie eine Tänzerin und warf es mit einem Schwung neu aus: riesenhaft breitete das Netz sich vor ihm aus, riesenhaft in der Tat gemessen an dem winzigen Mann, der darüber verfügte. Dann begann der Fischer wieder, langsam, immer mit dem gleichen Sachverstand und der gleichen Geduld. Beim dritten Mal brachte er einige Fische ein. Sie glänzten in der Sonne. In Saras Erinnerung tauchten andere Fischer auf, die in grauen Flüssen und ihren sumpfigen Mündungen, die von Affen widerhallten, auf die gleiche heitere, vollendete Weise ihre Netze warfen. Sie brauchte nur ein wenig aufzumerken und schon hörte sie wieder das Geschrei der Affen in den Sumpfwurzelbäumen, vermischt mit dem Rauschen des Meeres und dem Knirschen der Palmen, die blattentblößt im Wind standen. Sie saßen beide, der Bruder

und sie, Sara, auf den Planken der Barke, auf Knäkenten-Jagd. Der Bruder war tot.
So also hatte ein Leben abzulaufen. Sara glaubte sich mit dieser Gewißheit abgefunden zu haben und wünschte sich hinter ihr zu verschanzen.
Der Mann brachte noch einmal einige Fische ein. Der Bruder war tot und mit ihm Saras Jugend. Solcherart mußte es wohl zugehen, und in allen Fällen, so wünschte es, an diesem Tage, Sara wahrzuhaben.
Jacques stand auf. Sie hörte ihn zum Badezimmer gehen. Auch sie mußte zum Badezimmer gehen, um das Kind sich kümmern, zum Hotel kommen und Diana, Ludi, Gina abholen.
Sie waren übereingekommen, diesen Nachmittag irgendetwas gemeinsam zu unternehmen. Sie entsann sich nicht recht genau was – auf welchem Strand? – aber irgendetwas war abgemacht worden. Der Gedanke, zum Hotel zu gehen, machte ihr immer Spaß. Es wäre ihr lieber gewesen, im Hotel zu leben als hier, in dem Haus. Wäre es ihr möglich gewesen, sie hätte im Hotel gelebt. Denn Sara hatte keine Lust mehr auf eigene Häuser, Wohnungen, auf gemeinsames Leben mit einem Mann. Jung hatte sie Lust darauf gehabt. Jetzt, da, wie sie dachte, der Augenblick des Alterns gekommen war, wäre es ihr lieber gewesen, daß es auf andere Weise vor sich ginge, und daß dieser Verfalltermin sie anderswo träfe, im unpersönlichen Rahmen eines Hotels etwa. Jacques erschien auf der Freitreppe. Er aß Trauben. Gleich sah er den Fischer.
– Hat er was gefangen?
– Nicht jedesmal. Zweimal nur.
– Welche Hitze, es ist zum Verrücktwerden.
Diese Neigung zum Leben im Hotel hatte nichts zu tun mit Saras Gefühlen für Jacques, sondern nur mit jenen, die sie selbst und das Leben ihr seit einigen Jahren einflößten. Abgesehen davon, daß sie glaubte, es sei nun für sie der Augenblick des Alterns gekommen, und daß es ihr lieber gewesen wäre, das anderswo zu erleben, fern von Jac-

ques – denn mit Sara stand es immerhin noch so, daß sie glaubte, die Liebe ihrerseits könne nicht altern –, abgesehen davon also wünschte sie sehnlichst, niemandem mehr mit ihrem schwierigen Charakter lästig zu fallen. Im Hotel hätte niemand darunter zu leiden. Und eben deswegen entfalten sich schwierige Charaktere dort besser als sonstwo. Jacques war ganz von dem Werfen der Netze beansprucht.

– Ich hätte wahnsinnig Lust zu fischen, sagte er.

Es geht mit den schwierigen Charakteren wie mit den anderen. Es packt einen manchmal die Lust, sie sich entfalten zu lassen. Das Hotel war dazu da.

– Wir müssen gehen und sie treffen, sagte Jacques. Wir haben uns auf dem großen Strand verabredet.

– Sie ist nicht zurück und der Kleine schläft immer noch. Ich kann nicht hingehen.

– Wir nehmen ihn halt mit, das ist keine Schwierigkeit. Komm.

– Ich kann sehr gut einmal an den kleinen Strand gehen.

– Aber nein, am Abend ist es besser, auf den großen Strand zu gehen.

Er sah noch nach dem Fischer, der eben Fische eingebracht hatte.

– Und dann mag ich mit dir baden gehn, sagte er.

– Bei meinen Schwimmkünsten.

– Trotzdem. Ich hoffe immer, du bringst es noch soweit. Er fügte hinzu: Ich frage mich, warum dieser Fischer immer am gleichen Fleck bleibt – er zeigte auf einen anderen, links – das ist nun das vierte Mal, daß er nichts erwischt.

– Du solltest ihm das Fischen beibringen, sagte Sara.

Jacques schwieg eine Minute, dann sagte er:

– Was ist nun wieder los?

– Man sollte nachmittags nicht schlafen, sagte Sara.

– Was hast du nur? fragte er weich.

– Nichts. Ich mag diesen Ort nicht. Es sind schlechte Ferien.

– Das ist nicht wahr. Die Ferien sind, was man aus ihnen ma-

chen will. Was nützt dir deine Erfahrung, wenn du in deinem Alter das nicht weißt.
Er näherte sich ihr.
– Du willst einfach, sagte er, daß diese Ferien schlecht sein sollen.
– Mag sein.
– Und du willst, daß ich dafür verantwortlich sein soll, daß Ludi dafür verantwortlich sein soll. Weil du es nicht wagst, dir diese Dinge selbst zu sagen.
Er setzte sich neben sie, auf die Stufen der Veranda.
– Was ich gerne wüßte, sagte er, das ist, warum dir so viel daran liegt, daß diese Ferien schlecht sein sollen.
Sara sah auf den Fluß hinaus. Der Fischer brachte einen Fisch ein. Jacques sah es.
– Warum? fragte er.
– Ich weiß nicht.
– Du willst es nicht wissen oder du weißt es nicht?
– Mir ist, als brauchte man zehn Jahre, um es zu erklären.
– Ich weiß, sagte er. Du kannst Monate lang so dahinleben, ohne dich Dinge wie diese zu fragen.
– Ich halte die Hitze nicht aus.
– Ich weiß, sagte er, und Ludi nicht.
– Manchmal glaube ich, daß ich Ludi nicht mehr mag.
– Wenn es genügt, daß er das über dich gesagt hat, einmal, im Zorn, damit du ihn nicht mehr magst, dann hast du ihn nie gemocht.
– Wer weiß? Vielleicht habe ich ihn nie gemocht.
Er nahm sie in seine Arme und hob sie hoch.
– Bitte, sagte er.
– Ich komm auf den großen Strand.
Sie entschlüpfte seinen Armen und ging ins Badezimmer. Er holte sie ein.
– Fehlt dir was? Liegt es daran?
Sie antwortete nicht.
– Liegt es daran oder an etwas anderem?
– Daran. Mir fehlt was, sagte Sara.

– Mir auch, mir fehlt sehr viel, sagte er. Er fügte hinzu: Und was fehlt dir?
Sie straffte sich und versuchte ihm zuzulächeln.
– Ich weiß selbst nicht recht, vielleicht ein Mann, der nicht geduldet hätte, was Ludi über mich gesagt hat.
– Und wenn es wahr wäre? fragte er nach einem Augenblick.
– Dann mußtest du dich fragen, warum es wahr wäre.
Nun antwortete er nicht.
– Das sind Vorwände, sagte er. Du lügst in diesem Augenblick.
Er sprach für sich allein, ohne auf Antwort zu warten.
– Ludi war in der Laune, es zu sagen. Ich war in der Laune, es dir wiederzusagen. Das alles hat nichts zu bedeuten. Das weißt du übrigens genau.
– Ich weiß es nicht immer. Es braucht nur ein Nichts und ich vergesse es.
– Es gibt Augenblicke wie diese im Leben, sagte er, wo man die Dinge für endgültig hält, was?
– Wahrscheinlich.
Er zog sie an sich und küßte sie.
– Ich mag es nicht, wenn man ganz allein erraten muß, was die Leute wohl haben mögen, sagte er. Die Leute, die einem nicht helfen . . .
– Wozu versuchen zu wissen, warum sie traurig sind, und alles andere?
– An dem Tag, an dem ich es nicht mehr wissen möchte, würde das bedeuten, daß ich dich nicht mehr liebte.
Sie entzog sich seinen Armen und fragte mit einem Lächeln:
– Also was ist es?
– Dieses Mal?
– Ja.
Er zögerte ein wenig.
– Nichts Neues, sagte er. Du hast mich über.
Er lachte. Sie lachte mit ihm.
– So wie ich dich, fügte er hinzu. Da kann man nichts dafür.
Er nahm sie wieder in seine Arme.

– Und, fügte er hinzu, selbst wenn da noch etwas anderes wäre, denkst du, ich wäre dumm genug, es dir zu sagen?
– Ich kenne dich nicht so sehr gut, sagte Sara.
Einige Minuten lang sprach er nicht, hielt sie im Arm und sah auf den Fluß, auf das Werfen der Netze.
– Also los, sagte er. Ludi wartet auf uns.
Er ließ sie los und zeigte auf den Fischer links.
– Na also, sagte er, jetzt hat er welche.
Blaue Fische glänzten im Netz des Fischers. Es waren ziemlich viele.
– Siehst du, sagte Sara, er wußte schon, was er tat.
– Er hat einen ganzen Schwarm erwischt, sagte Jacques. Er fügte leise hinzu: Was ich gerne in diesem Fluß fischen würde . . . Ludi hat keine Lust dazu, schade.
– Das ist doch kein Grund, sagte Sara.
Da nun die Fische in der Barke verschwunden waren, vergaß er es.
– Also komm, wiederholte er. Er zögerte und sagte dann: Zunächst einmal hast du es vielleicht gar nicht so sehr über wie du denkst, nicht einmal mich, und dann, wenn man bedenkt, wie lange man schon darüber redet, wenn man wirklich auseinandergehen soll, dann hat es wirklich keinen Sinn, so früh damit anzufangen, sich das Leben damit zu vermiesen.
– Daran ist kein Zweifel, du hast ein glückliches Gemüt, sagte Sara.
– Ja, sagte Jacques.
Er ging und weckte vorsichtig das Kind, brachte ihr es in seinen Armen. Sie bespritzten es mit kühlem Wasser.
– Ich mag nicht, wenn er gar zu viel schläft, sagte Jacques, das macht ihn ein bißchen albern. Wenn er albern ist, mag ich ihn weniger.
– Ich mag ihn noch lieber, sagte Sara.
Völlig unbeteiligt hörte das Kind zu. Jacques sprach zu ihm von Eidechsen und da wurde es gleich lebendiger. Sara duschte und zog sich an. Sie zog Shorts an und eine weiße

Bluse. Jacques rief ihr zu, sie solle versuchen und sich schön kämmen. Sie kämmte sich mit Sorgfalt, sie hätte es übrigens an diesem Tag auf jeden Fall getan. Als sie das Badezimmer verließ, war das Kindermädchen zurückgekommen.
– Da bin ich, brauchen Sie mich?
– Nein, sagte Sara, wir gehn zum großen Strand. Also, was gibts Neues da droben?
– Nichts. Um fünf Uhr war Ablösung, da bin ich runter. Es war nicht nötig, wie ich sehe, wenn Sie schon wieder weggehen.
– Nein, sagte Sara, aber Sie sind trotzdem eine Stunde zu spät dran.
– Und wenn es zehn wären? Da ich doch nichts zu tun habe.
– Wenn wir nicht zum großen Strand gegangen wären, sagte Jacques, hätten wir Sie gebraucht, um auf ihn aufzupassen. Will sie noch immer nicht die Erklärung unterschreiben?
– Nein. Und dann ist dieser komische Krämer da, der ihr zuredet, nicht zu unterschreiben. Da können Sie mir sagen, was Sie wollen, dieser Krämer ist verrückt.
– Und sagte er, warum sie nicht unterschreiben soll?
– Ach was. Er sagte einfach, daß er begreift und daß er an ihrer Stelle wie sie täte. Wenn ich an der Stelle des Amtmannes wäre, wie ich die zwingen würde, aber wie!
– Wie denn? fragte Jacques. Vor Zorn war er ein wenig blaß geworden.
– Was weiß ich, sagte das Kindermädchen, Jacques' Ton machte ihr Angst, ich würde so tun, als stehle ich die Kiste. Wenn Sie glauben, daß das ein Leben ist für die Jungen, die sie bewachen.
– Sie sind erschreckend, sagte Sara, manchmal möchte man wirklich glauben, Sie sind böse.
Das Kindermädchen richtete einen etwas besorgten Blick auf sie, dann besann es sich:
– Ich mag die Leute nicht, sagte sie, die gar zu eigen sind. Sie sollen einfach tun wie alle anderen, das ist kein Grund, weil man im Unglück ist . . .

– Sie sind dumm, sagte Jacques. Ihr ganzes Leben lang hat sie getan wie alle anderen, sechzig Jahre lang, und so gut sie konnte hat sie sich bemüht, so zu tun wie alle anderen, so gut sie konnte, und jetzt auf einmal hat sie keine Lust mehr dazu. Hat sie ein Recht dazu oder nicht? Sagen Sie mir das einmal.
– Ich weiß nich, sagte das Mädchen, unsicher geworden. Auf alle Fälle ist es kein Grund.
– Gehn Sie los mit Ihren Zollmenschen, sagte Jacques, und lassen Sie uns in Ruhe bis zum Abendessen.
– Das erleben Sie von mir nicht mehr, sagte das Mädchen, daß ich mit der Herrschaft in so ein Kaff fahre, und dann kommt man nicht mehr raus, muß einfach warten. Was für eine Scheiße, was für eine Scheiße, wenn man's überlegt. Aber ich hätte mir's denken können.
– Kommen Sie, sagte Jacques versöhnlich, er ist doch ganz nett, der Mann vom Zoll, oder?
– Versteht kein Wort Französisch, sagte das Mädchen, und dann, was bringt es mich weiter im Leben?
Sie ging ins Haus zurück und die beiden gingen den Fluß entlang. Der Fischer war immer noch da, unermüdlich warf er sein Netz. Nach jedem Wurf ruderte er fünf Meter, dann warf er es wieder. Jacques blieb stehen, um ihm zuzusehen. Aber sie sprachen nicht darüber.
– Das ist richtig, sagte Sara mit einem Lächeln, was sie da gesagt hat, so mit uns zu sein, hier eingesperrt, es muß eine idiotische Lage für sie sein.
– Natürlich, sagte Jacques, aber sie sagt fast immer richtige Sachen. Außer wenn die Kleinbürgerin rauskommt wie wegen der Eltern des Minensuchers. Aber – er lächelte – wer ist nicht mit wem eingesperrt?
Er umfaßte sie noch einmal. Dann sprachen sie vom Fischer, vom Fischen.
– Trotz allem, sagte Jacques, ich würde gern einmal fischen gehn. Wir könnten mit Ludi gehn, in die Felsen von Pointa Bianca.
– Ludi mag nicht fischen, sagte sie, aber wir zwei könnten

gehen. Ich würde lieber im Fluß fischen als im Meer, ich weiß nicht warum.
– Ich auch, aber man braucht einen Schein, um im Fluß zu fischen. Auch ich mag die Flüsse lieber. Vielleicht ist es, weil die Flüsse dazu gemacht sind, daß man still abwartet, nicht das Meer.
– Ich, sagte das Kind, ich möchte im Meer fischen, mit dem Motorboot. Mit Papa und Ludi, nicht Mama.
– Augenblicklich, sagte Sara, mag er mich nicht sehr.
– Ich mag den Herrn, sagte das Kind, sehr, er hat ein Prachtboot.
– Aber er ist ja dumm, sagte Jacques. Wenn du ihn magst, mögen wir dich nicht mehr.
– Warum? fragte der Kleine.
– Warum? fragte Sara.
– Nur so, sagte Jacques und sah Sara an.
Bei Ludis war niemand mehr. Im Hotel auch nicht.
Das Boot des Mannes war nicht an der kleinen Landungsbrücke festgemacht.
Sie warteten auf den Fährmann, der eben auf der anderen Seite des Flusses war. Der Himmel hatte sich wieder bedeckt und es gab da Leute, vom anderen Ufer, die von Regen sprachen. Immer aber noch war da dieser kleine Seewind, der von Süden blies.
Der Kleine stieg zum Flußufer hinunter und Sara folgte ihm. Jacques sprach mit dem Dienstmädchen Ginas, einem schönen Mädchen von zwanzig Jahren, die ihm, sie hatte das bemerkt, nicht mißfiel. Dann legte der Fährmann an. Die Überfahrt dauerte nicht lang. In der Fähre waren zwei junge Leute, die sich darüber beklagten, daß es seit zwei Tagen keinen Tanz mehr gebe, die mit der Absicht gekommen waren, sich zu amüsieren und sich nun gar nicht amüsierten. Der Fährmann erklärte ihnen, es sei wegen eines Mannes, der mit einer Mine hochgegangen war, am Berg. Dort, über dem Hotel, an der Stelle der weißen Mauer, zwischen den zwei Feigenbäumen. Aber die jungen Leute wußten es schon.

– Und wenn sie acht Tage dableiben und Totenwache halten? Acht Tage lang kein Tanz?
– Man wird heute abend wieder anfangen, sagte der alte Fährmann. Der Zollamtmann hat Befehl gegeben, mit dem Tanz wieder anzufangen. Ich hab da keine Meinung. Tanz oder nicht, das kann nichts ändern, das meine ich, das Leiden nicht, und nicht, daß man daran denken muß.
– Wie ist er denn, dieser Zollamtmann? fragte Jacques den Alten.
– Ich kenne ihn nicht sehr gut. Er war vorsichtig wegen der jungen Leute. Er spricht nicht viel. Er nimmt seinen Beruf ernst. Er ist ein guter Zollamtmann, so sagt man.
– Der Zoll, das ist eine Berufung, sagte Jacques. Er wendete sich Sara zu: Das muß doch, wenn man fünfzig Pakete Camels unter den Planken eines Bootes findet, eine sehr besondere Art von Freude sein.
– Was hier schon durchkommt, sagte der Fährmann, Zigaretten, wie Sie sagen, und dann von Zeit zu Zeit ein Fiasco Chianti, oder ein kleiner Bootsmotor . . . nichts.
– Eine verdrängte Berufung zum Zoll allerdings, sagte Sara, das könnte einem schon ein bißchen mehr Angst machen als eine andere.
Die jungen Leute begannen zu singen. Sie legten an. Jacques schwätzte noch ein wenig mit dem Alten, dann machten sie sich auf den Weg zum Strand. Der Verkehr war ziemlich lebhaft auf dieser Seite des Flusses, weil mehrere Straßen in die Nähe führten, so eine sehr bedeutende Straße erster Ordnung, die sieben Kilometer entfernt verlief. Motorräder rasten vorbei, wie Windhosen, Staubwolken emporwirbelnd. Die Gärten und Weinberge beiderseits des Weges waren davon wie überpudert. Sie machten in der kleinen Bar, die sich gerade vor dem Strand befand, halt, um einen Campari zu trinken.
Jedermann war schon am Strand, auch der Mann, dessen Boot nahe dem Land Anker geworfen hatte, und auch alle Sommergäste des Ortes. Dieser Strand war ungeheuer groß,

er begann am anderen Ende der Ebene, am Fuß der Berge und wurde – fünf Kilometer lang – ohne die geringste Unterbrechung in seiner geschwungenen Linienführung zum Ufer des Flusses. Von fern konnte man die Gruppen von Sommergästen unterscheiden. Galoppierend kam Ludi ihnen entgegen, immer wieder wie ein Pferd. Er nahm Saras Arm.
– Du bist aber schön.
– Es gibt so Tage, sagte Sara.
Der Kleine hängte sich an Ludis Shorts. Dieser ließ Saras Arm und nahm den Kleinen auf die Schultern.
– Ich kenne ihn so gut, diesen Kleinen, sagte Ludi, daß ich eines Tages, das weiß ich, nicht anders kann und ihn auffresse.
– Mein lieber Ludi, sagte der Kleine.
– Ihr habt wieder wie die Idioten geschlafen, sagte Ludi, ihr seid zu spät dran, aber schließlich auch nicht mehr als gewöhnlich. Aber du siehst, er lachte, jetzt kennen wir euch und warten nicht mehr.
– Es war der Fischer, sagte der Kleine, ich möchte einen Fisch haben.
– Warum magst du denn die Fische so sehr?
– Weiß nich. Ich mag Fische noch mehr als dich.
– Du Lausekerl, sagte Ludi. Ich sag's ihnen, den Fischen, daß du ein Lausekerl bist. Das sind meine Freunde, die Fische, ich weiß, wie man zu ihnen spricht.
– Is ja nich wahr, sagte der Kleine.
– Da ist ja dieser Monsieur Jean, sagte Jacques.
– Ah ja, sagte Ludi, ich vergaß ganz dir zu sagen, wir sind zu Schiff mit ihm gekommen, Gina, Diana und ich.
– Da wird er froh sein, sagte Jacques, nach all der Zeit, die er Anschluß an uns suchte. Also, hat's dir gefallen? War's schön?
– Ganz außerordentlich. Er wendete sich Jacques zu: Aber hör mal, er ist sympathisch, dieser Bursche. Die ersten Tage war ich unruhig, ich glaubte, er sei da, um mir Fragen zu stellen, aber nein, er hat mir keine gestellt.

– Vielleicht ist er wirklich sympathisch, sagte Jacques, nichts ist unmöglich, aber sein Schiff ist mir zuwider.
– Er fährt es ausgezeichnet, sein Boot, du ahnst es nicht. Ich weiß nicht, warum ich mir einbilde, daß es gerade ein Mann für Diana ist. Seit gestern habe ich diese Idee, es ist ungefähr das, worauf ich für Diana warte.
– Da täuschst du dich, sagte Jacques.
– Und warum nicht? So für die Ferien? Es ist traurig, Ferien ohne einen Mann, für eine Frau wie Diana.
– Das kann schon sein, sagte Jacques, sicher ist es traurig, aber es wird nichts sein zwischen Diana und diesem Burschen. Er war drauf und dran, etwas zu sagen, sagte es aber dann doch nicht. Du wirst sehen, da kannst du zehn Jahre warten. Na und, und diese Vongolen-Pasteten?
– Sie hat alles weggegeben, bis zur letzten. Ich habe gekämpft, um wenigstens zwei zu bekommen, aber sie hat mir nicht einmal zwei geben wollen. Aber trotz allem, ja, trotz allem, sie gefällt mir, diese Frau, selbst wenn ich sie hasse.
– Ich verstehe, sagte Jacques.
– Ja, sie hört nie auf, mir zu gefallen, selbst wenn ich sie am liebsten erwürgen möchte. Auf dem Boot, sie wollte es sich ja nicht anmerken lassen, aber da war sie sehr glücklich. Da war sie auch sehr schön, mit ihren Augen.
– Das ist recht, wenn es ihr Spaß gemacht hat, sagte Sara.
– Sie, die doch nichts Lügenhaftes hat, sie bringt es doch fertig zu lügen, fuhr Ludi fort.
– Jeder Mensch kann lügen, sagte Jacques, glücklicherweise.
– Sie, die nicht böse ist, kann doch grausam sein, fuhr Ludi fort. Es ist schon merkwürdig.
– Und was hast du statt der Pasteten gegessen? fragte Jacques.
– Langweiliges Zeugs, geschmorte kleine Kürbisse. Traurig fügte er hinzu: Aber heute hab ich nicht gut gegessen, ich dachte zu sehr an diese Pasteten.
– Was du einem auf die Nerven gehen kannst mit deinen Nahrungssorgen, sagte Sara, das ist wirklich unglaublich.
– Am Tag, an dem ich mich nicht mehr fürs Essen interessie-

re, arbeite ich auch nicht mehr, das ist sicher. Er lachte, aber ein wenig gezwungen.

– Immerhin, sagte Jacques, vielleicht interessierst du dich doch zu viel fürs Essen, Ludi, ein bißchen zu viel. Ich sage nicht, daß man sich nicht dafür interessieren soll. Ich hab was gegen die Leute, die irgendwas hinunterschlingen. Aber du . . .

– Aber das Essen ist ein Symbol für mich, rief Ludi.

– Schon, schon, sagte Jacques, es ist aber nicht immer ein Symbol. Er lachte und Ludi auch.

– Diana ist mit Jean, sagte Sara.

Jacques wandte sich wieder zu Sara und lächelte.

– Auch du hoffst, daß sie miteinander ins Bett gehen?

– Ich hoffe immer, daß sie am Ende mit irgendwem ins Bett geht, das ist es.

– Es ist was Schönes um die Freundschaft, sagte Jacques, aber ich gebe zu, daß auch ich es hoffe.

– Sie kocht dermaßen gut, fuhr Ludi fort, daß sie es ist, die mich so weit gebracht hat. Jetzt bin ich erledigt in dieser Beziehung. Mir liegt am Essen wie an Gott weiß was.

Gina war im Meer, ziemlich weit ab, mit zwei Frauen aus dem Hotel. Die anderen unterhielten sich, oder spielten mit einem Wasserball. Es gab nicht wenig Kinder, jedes Paar hatte zumindest eines. Der Kleine lief zu ihnen. Sie waren alle ganz nackt, standen das Meer entlang gereiht und warteten auf die kleinen Wellen, die mit dem Abend kamen, zur Stunde, da die Sonne die Gipfel der Berge berührte. Gina rief Sara zu, sie solle mit ihr baden kommen. Aber sie war viel zu weit und Sara ging zu Diana. Diana hatte schon gebadet. Sie lag da, noch im Badeanzug, neben dem Mann. Auch der Mann war schwimmen gegangen. Sie waren offenbar zusammen geschwommen.

– Ich gehe ins Wasser und komme wieder, sagte Sara, nur gerade, um drin gewesen zu sein.

Sie zog Bluse und Shorts aus. Jacques und Ludi waren schon im Wasser. Sie ging langsam hinein. Vor ihr stellte Ludi sich an und schrie, ihm sei kalt. Er war der einzige an diesem Ort, der davon sprach, ihm sei kalt. Sara dachte es noch rasch, als sie ihn sah, sozusagen ordnungshalber. Das Meer war, was auch Ludi sagen mochte, um so wärmer, als die Sonne im Sinken war. Sie schwamm einige Stöße mit Jacques, legte sich auf den Rücken, dann blieb sie unbeweglich im Wasser. Jacques entfernte sich, den Kopf unter Wasser, nach dem offenen Meer zu. Sie ging zu Diana zurück. Sie trocknete sich ab, behielt aber den nassen Badeanzug an, um länger die Kühle des Bades um sich zu haben. Lächelnd sah der Mann ihr zu, wie sie sich abtrocknete. Nach diesem Blick wußte sie bestimmt, daß nichts zwischen ihm und Diana sein würde. Diana schenkte ihm nicht mehr Beachtung als irgendeinem anderen am Strand.

– Du bist nicht lange im Wasser geblieben, sagte Diana.

– Was soll ich denn da drin, sagte Sara.

– Ich würde am liebsten drin leben.

– Du hast leicht reden . . . Sie fügte hinzu: Geht's nicht recht gut heute?

– Jedermann hat seine kleinen Sorgen, sagte Diana, aber es könnte schlechter gehen.

– Vielleicht kommt es nur darauf an, sich zu entscheiden, sagte der Mann lächelnd.

– Daran hatte ich nicht gedacht, sagte Diana. Sie fügte hinzu: Weißt du, daß Ludi nicht eine einzige Pastete bekommen hat?

– Ich hätte es nicht gedacht, sagte der Mann, ich hätte gedacht, in letzter Minute würde sie ihm welche geben.

– Wie denkt denn Jacques darüber? sagte Diana.

– Er hat's nicht gesagt. Sara wandte sich an den Mann: Wie denkt darüber ein Mann? Wie denken Sie darüber?

– Ja, das wäre also, sagte der Mann. Er lachte.

– Genau, sagte Diana. Das ist es.

– Ach so, sagte Sara. Sie lachten alle herzlich.

– Vielleicht täte sie besser daran, ihn zu betrügen, sagte Diana, als ihm die Pasteten zu entziehen.

Weder der Mann noch Sara nahmen das auf. In der Ferne löste

das Kind sich von der Gruppe der anderen Kinder und ging ins Meer.
– Dieser kleine Irre wird ertrinken, sagte Sara.
Sie sahen hin.
– Aber nein, sagte der Mann und sah Sara an. Sie zögerte, stand dann doch auf, ging nochmal ins Meer und brachte den Kleinen auf den Strand zurück. Er ließ es geschehen. Sie trocknete ihn lange ab, trocknete sich dann, endlich setzte sie sich wieder zu Diana. Zu dieser Stunde und in dieser nach allen Winden offenen Ebene war es fast angenehm.
– Was man sich wohlfühlt, sagte Diana und streckte sich.
Sara nahm eine Zigarette aus Dianas Tasche. Der Mann zündete sie ihr an.
– Ihr seid alle mit dem Boot gekommen? sagte Sara. Ludi war sehr froh. Nach all der Zeit, die er danach geschielt hat.
– Ludi ist ein Kind, erklärte Diana plötzlich. Auf dem Boot hat er geschrien, zum Angst Bekommen.
– Und was hat er heute gegessen? fragte der Mann.
– Kleine geschmorte Kürbisse, nichts.
– Ich frage mich, was wohl imstande wäre, Ludi traurig zu stimmen, sagte der Mann.
– Der Winter, sagte Sara.
– Ich habe schon sagen hören, Ludi sei so kindisch, daß er offenbar keinerlei Gedanken im Kopf haben könne, sagte Diana.
– Von Leuten, die Gedanken hatten?
– Voll davon bis zum Überlaufen, sagte Sara.
– Hat Ludi einen Gedanken wenigstens über diesen Gedanken?
– Bestimmt nicht. Er ist froh darüber, das ist alles.
– Und die Leute, die von weither kommen, um ihn zu befragen, was haben die davon?
– Nichts, sagte Sara. Er sagt ihnen: wissen Sie, ich habe auch nicht den leisesten Begriff von irgendwas.
– Was ich mich freue, diesen Mann jetzt zu kennen, sagte der Mann.

– Also, jetzt sagen Sie mir, sagte Diana, was kann ein Mann wohl von dieser Pastetengeschichte denken?
– Daß man Literatur auch mit Pasteten machen kann, sagte der Mann.
– Das ist sehr tief, was Sie da sagen, sagte Diana, aber außerdem?
– Diana läge wirklich sehr viel daran, es zu wissen, sagte Sara.
– Ja, ungeheuer viel, sagte Diana.
– Ich täte Ihnen gern den Gefallen, sagte der Mann, aber . . . nicht sehr viel, wirklich nicht.
– Ich hätte geglaubt, doch, sagte Diana.
Wieder lachten sie sehr herzlich. Vor ihnen schaukelte das Boot aus Mahagoniholz sanft auf dem Meer. Jacques und Ludi kamen plaudernd vom Baden zurück. Diana, die sich aufgerichtet hatte, legte sich wieder hin. Der Mann rauchte. Die Sonne war jetzt hinter den Bergen verschwunden. Die Dämmerungen kamen rasch in diesen Breitengraden. Der Himmel war so blau wie die Nacht, leuchtete aber noch.
– Was für Ferien, sagte Diana.
– Ja, sagte Sara, aber das Schönste daran ist, daß man sie immer wieder so nimmt. Du wirst es nächstes Jahr wieder tun. Und ich auch.
– Keinen Mann, sagte Diana. Sie sind alle von einer widerlichen Treue.
Der Mann war aufgestanden und brachte sein Boot näher an den Strand. Die Frauen sahen ihm zu.
– Die Sache ist, daß du zu heikel bist, sagte Sara.
– Was meinst du? Sie wies mit den Augen auf den Mann: Daß er klug ist? fragte sie.
– Selbst die größten deiner Philosophen sind sich darüber einig, daß es nötig ist, von Zeit zu Zeit in der Unklugheit der Welt neue Kraft zu schöpfen.
– Ich frage dich das ernsthaft, sagte Diana. Ohne Spaß, was meinst du?
– Ich frage mich, warum du mich brauchst, um das zu wissen.
– Sags mir trotzdem, sagte Diana.

– Allein weiß ich so etwas nie, sagte Sara. Es ist immer Jacques, der diese Sachen für mich herausbringt.
– Ich weiß bloß, sagte Diana, daß ich bisher immer nur mit Männern mit klaren Gedanken ins Bett gegangen bin und daß es jedesmal schiefgegangen ist. Das sind Männer, die weder über die Tragweite noch über die Bedeutung der Liebe Bescheid wissen.
– Und was ist die Tragweite und die Bedeutung der Liebe? fragte Sara.
– Das ist es doch, wie soll ich das wissen? sagte Diana und lachte. Sie fügte hinzu: Im Grunde, siehst du, ist die Literatur ein Verhängnis wie ein anderes, man entrinnt ihr nicht.
– Das ist was Praktisches, das Verhängnis, sagte Sara.
– Trotzdem kann man ruhig darüber reden, sagte Diana.
Der Mann war immer noch weit und gab sich mit seinem Boot ab.
Diana nahm die Sache wieder auf:
– Immerhin ist es richtig; Klugheit, das ist für mich eine Fixierung wie eine andere.
Sie schwieg einen Augenblick, ein Lächeln auf dem Gesicht.
– Willst du auf dem Boot mit uns zurückkommen? fragte sie endlich.
– Mir wäre nichts lieber, sagte Sara. Denk ein bißchen an dieses Boot, sage dir immer, wie großartig es ist.
– Und wenn ich es mir acht Tage vorsagte, sagte Diana, du weißt genau, daß es nichts nützen würde.
– Im Grunde bist du die Spielverderberin, sagte Sara.
Der Mann kam gleichzeitig mit Jacques und Ludi zurück.
Ludi wies auf einen Punkt in den Bergen:
– Feuer, rief er.
Er fügte für Diana und Sara hinzu:
– Jetzt kommt das Feuer, euch zuliebe.
Diana und Sara standen auf. Ganz fern, gute zehn Kilometer weit, glühte ein Punkt in den Bergen rot inmitten der blauen Dämmerung. Schwarzer Rauch stieg darüber hoch und krümmte sich im Wind.

Es war weit, aber da der Wind fast immer vom Land her wehte, schien es, als würde der Feuerherd sich in Richtung aufs Meer hin bewegen, also aufs Dorf zu.
– Feuer, wiederholte Diana lächelnd. Sie zwinkerte Sara zu.
– Wir haben nur diese kleine Straße, sagte Sara, und den Berg. Feuer hat uns noch gefehlt.
Gina kam näher. Der Mann hatte sich neben Diana niedergelassen und sah nun auch in die Berge.
– Das breitet sich nicht rasch aus, sagte Gina, es ist weit, man braucht sich nicht zu ängstigen.
– Es breitet sich rasch aus, sagte Diana. Wenn man genau hinschaut, sieht man es sogar vorrücken.
– Du kennst dich da nicht aus, sagte Gina. Das dauert vierzehn Tage, bis es hierher kommt. Und dieser Tage wird es regnen, das ist sicher.
– Aber verstehst du denn nicht, daß diese zwei da fürs Feuer sind, sagte Ludi, daß es heute nacht herkommt und uns alle ausquartiert: Wenn du das nicht verstehst, was verstehst du denn dann?
– Trotzdem, sagte Gina und starrte in die Berge, kann man sie nicht einfach so sitzen lassen, man muß eine Lösung finden. Sie muß unterschreiben oder sie müssen davonlaufen. Man muß etwas tun.
– Man muß, sagte Diana.
– Wenn das Feuer kommt und ihnen die Füße leckt, werden sie schon gehen müssen, sagte der Mann. Ich wüßte nicht, was Sie da tun könnten.
– Nein, sagte Gina, ich glaube, sie, sie ist imstande und läßt sich an Ort und Stelle verbrennen.
– Das glaube ich nicht, sagte Ludi. Und selbst wenn es so wäre, du kannst dich nicht in solchem Maß für sie verantwortlich machen.
Gina zuckte die Achseln. Ludi war zufrieden.
– Ab heute abend beginnt das Tanzen wieder, sagte Sara.
Der Kleine kam auf sie zu. Sie begann ihn anzuziehen, aber Gina nahm ihn ihr aus den Händen und tat es an ihrer Stelle

mit einer Art wilden Eigensinns. Während sie ihn anzog, küßte sie ihn gierig.
– Hat sie nie einen Grund für ihren Starrsinn angegeben? fragte der Mann.
– Keinen, sagte Ludi, sie ist einfach da wie ein Stein. Von nun an ist sie ein Stein. Man kann Steine nicht wieder zum Leben erwecken.
– Starrsinn ist nicht das Wort, sagte Jacques . . . wie soll man sagen? Einigermaßen gereizt wendete er sich an den Mann: Man muß sich damit abfinden, daß es vielleicht nicht weiter ausdrückbar ist.
Jedermann schwieg. Gina, abgesondert, zog den Kleinen weiter an.
– Ich frage mich, was an diesem Burschen von Krämer ist, daß er mir so gefällt, sagte auf einmal Ludi.
Ein jeder blickte aufs Meer hinaus. Allerdings war es sehr schön anzusehen. Der Himmel wurde zu Feuer. Außer dem Mann, der zu Jacques hinsah, blickte jeder aufs Meer. Ludi stellte seine Frage ein zweites Mal, diesmal an Jacques:
– Was meinst du? Warum ist er so sympathisch, dieser Krämer?
– Ich weiß nicht, sagte Jacques. Vielleicht weil er gleicherweise beladen ist mit Erfahrung, mit ungeheurer Erfahrung, und doch ist wie ein Kind.
– Schön, aber seine Erfahrung, wo hat er sie her? Hat er sie nicht daher, daß er gar keine Erfahrung gehabt hat?
– Du gehst mir auf die Nerven mit deinem Krämer, sagte Jacques.
– Gleichviel, sagte Ludi. Man könnte annehmen, daß es auf solche Weise bestimmendere Erfahrungen gibt als die anderen, oder?
– Immerhin, sagte Sara, politische Erfahrung, das gibt es, man merkt es sofort, wenn sie einem Mann fehlt. Glaubst du nicht, Ludi?
Auch der Mann begann jetzt nach dem Meer zu blicken.
– Politik, ja, sagte Ludi ein wenig gequält, aber auch da gibt's

Äquivalente, Arbeit zum Beispiel. Arbeit ist eine politische Erfahrung. Vielleicht ist es im Grunde die des Krämers.
– Elend, nein, das ist keine politische Erfahrung, sagte Diana.
– Nein, Elend nicht, sagte Ludi. Man könnte es menschliche Erfahrung nennen statt politischer Erfahrung, aber ich mag diese Art Worte nicht. Und dann glaube ich, daß auch die Liebe Erfahrung ist, aber da bin ich nicht sicher. Denn schau mal diesen Krämer an, der hat keine Liebe gehabt sein ganzes Leben lang.
– Also, sagte Diana, man weiß nicht, welcher von allen Mängeln bei den Leuten der bestimmendste ist.
– Es ist der Krämer, sagte Jacques, der uns in solche Verwirrung stürzt.
– Ich bedauere es, sagte der Mann, Ihnen da gar nicht helfen zu können. Nun lächelte auch er: Ich nehme zurück, was ich in bezug auf die Frau gesagt habe.
– Warum sagen Sie das? sagte Ludi.
– Es gibt Leute, mit denen man sich versteht, sagte Gina, und mit anderen nicht, niemals, auch nach zehn Jahren nicht, deswegen sagt er es. Zum Beispiel mit da oben, da gibt es keinen Unterschied, mit denen versteht man sich.
– Sie haben leichthin über diese Frau gesprochen, sagte Sara zum Mann. Sie haben das Wort Starrsinn gebraucht, man wird es Ihnen nicht verzeihen.
– Wir, die Spezialisten in Ausdrucksweise, werden es Ihnen nicht verzeihen, sagte Diana.
– Es gibt eben so gewisse Regeln, die uns gemeinsam sind, sagte Sara.
– Und die dazu führen, daß die Unterschiede zwischen uns als nicht sehr wichtig angesehen werden, fuhr Diana fort.
– Und die dazu führen, daß wir uns so gut vertragen, wie Sie ja sehen, sagte Sara.
– Irrtümer in der Ausdrucksweise sind Verbrechen, sagte Diana.
– Die sind arg, diese zwei da, sagte Ludi, hören Sie nicht auf sie.

– Sie dürfen das nicht übelnehmen, sagte Gina, man redet davon, um zu reden.
– Wir reden ums Leben gern, sagte Jacques.
– Ich möchte nicht, daß er diese ganze Geschichte falsch versteht, sagte Ludi. Daß er denkt, wir haben's auf ihn abgesehen, also das möchte ich wirklich nicht.
– Ich möchte, daß er denkt, was er mag, sagte Sara.
– Ausgeschlossen, sagte Diana, das wird man ihm nicht erlauben.
– Wenn wir Ihnen solche Sachen sagen, sagte Jacques, dann müssen wir offenbar Sympathie für Sie haben.
– Ich danke Ihnen für diesen Vertrauensbeweis, sagte der Mann.
– Das ist es, sagte Ludi, Sie müssen das alles als einen Vertrauensbeweis nehmen.
– Aber gewiß doch, sagte der Mann. Er nahm eine Zigarette und zündete sie an. Er schien ein wenig überrascht, aber durchaus nicht erzürnt.
– Sie sind wirklich sehr gute Freunde, sagte er. Man hat zwangsläufig den Eindruck, ein bißchen überflüssig zu sein, wenn man mit Ihnen ist.
– Vielleicht machen wir diesen Eindruck, sagte Ludi, aber darauf dürfen Sie gar nicht achten. Auf keinen Fall dürfen Sie deswegen nicht mit uns kommen. Ganz im Gegenteil. Denn wenn wir einen solchen Eindruck machen würden, daß wir es Ihnen geradezu verekeln, mit uns zu kommen, dann wären wir wirklich ekelhaft, ja unsere Freundschaft hätte etwas Ekelhaftes.
– Wir sind ebenso Arschlöcher wie andere Leute auch, sagte Jacques. Nur haben wir's alle mit der gleichen Arschlöchigkeit, daher vertragen wir uns.
– Lassen Sie sich nichts vormachen, sagte Sara.
Er sah sie an, sie allein, verstohlen, aber mit einer Entschlossenheit, die nichts mit der Unterhaltung, die geführt wurde, zu tun hatte. Niemand bemerkte es.
– Also gut? fragte er sie, was muß man respektieren?

– Ich weiß es doch nicht, sagte sie. Sie senkte die Augen.
– Sie müssen die beiden da fragen, sagte Diana.
– Es ist sicher, sagte Ludi, daß wir diesen Mann traurig gemacht haben. Er hatte leise gesprochen.
Er sah sehr unglücklich aus und kratzte sich am Kopf.
– Was man respektieren soll? fragte Jacques.
– Alles und alles, sagte Ludi in einem Anfall von Begeisterung, und nichts und nichts.
Jacques und Sara lächelten Ludi zu.
– Nein, sagte Diana, man darf gar nichts respektieren, nichts, gar nichts.
– Aber die Alte da droben, sagte Gina, das ist sicher, daß man die respektieren muß, das ist absolut sicher, oder? Und den Alten und den Krämer auch.
– Wahrscheinlich, sagte Jacques, was wahr und natürlich ist. Er wendete sich an den Mann, ein wenig ironisch: Aber finden Sie nicht, daß das die Art von Fragen ist, die keinerlei Sinn hat?
– Nicht so sehr, wenns nach mir geht, sagte der Mann im gleichen Ton. Er hörte zu lächeln auf und fügte ehrlich hinzu:
– Aber es tut mir leid, daß ich das Wort Starrsinn gebraucht habe.
– Haben Sie doch etwas Nachsicht mit uns, sagte Ludi. Und dann, zunächst mal ich, ich bin gar nicht sicher, daß man die Alte da droben so sehr respektieren muß. Weil, wenn man mit einem solchen Respekt einmal anfängt, wie für die Alte, dann hört man gar nicht mehr auf mit dem Respektieren, und es wird eine Leidenschaft, die den anderen Leidenschaften des Lebens im Wege steht. Nein, ich bin nicht für diese Art von Respekt.
– Sie sehen, sagte Gina und zeigte auf Ludi, wir sind alle Arschlöcher.
– So also, fügte Diana hinzu, ist der hier anwesende Ludi ebenso ein Arschloch wie der Krämer. Aber man muß ein Arschloch sein wie Ludi. Ludi hat eine so seltene Sonderart

von Arschlöchigkeit, daß man weit laufen müßte, um eine ähnliche zu finden.
Alle lachten sie. Auch Ludi und der Mann.
– Sie sollten einmal, sagte Gina zu dem Mann, zum Essen zu uns kommen.
Der Kleine kam auf Ludi zu, die Hände voller Sand.
– Ich hab Hunger.
– Sag das deiner Schlampen von Mutter, sagte Ludi, ich kann nichts für dich tun.
– Heim, sagte Sara.
– Wer fährt auf dem Boot mit uns, sagte Ludi.
– Ich nicht, sagte Jacques.
– Wenn ihr zu Fuß geht, geh ich mit euch, sagte Ludi.
– Ich fahre nicht sofort zurück, sagte der Mann, ich mache noch einen Abstecher aufs Meer.
Sie zeigten Überraschung, aber der Mann sprach in seinem gewohnten Ton. Er brach auf. Die anderen gingen in Gruppen dem Fluß zu. Ludis Gruppe holte die anderen ein. Ludi nahm Saras Arm. Jacques stapfte an Ludis Seite.
– Hast du gesehen, sagte Ludi, wie anständig er ist, der Bursche?
– Ich hab's gesehen, sagte Sara, aber du mußt dich nicht gleich allzusehr begeistern.
– Doch, man muß, sagte Ludi, ich bin dafür, daß man ihm nicht wehtut. Er sah auf Jacques, der mit keiner Wimper zuckte. Wenn wir gegen sein allzu schönes Boot sind, dann muß man es ihm sagen, ihm erklären warum, damit er es versteht und froh ist, daß man es ihm gesagt hat.
– Aber, sagte Jacques endlich, manchmal hat man Lust, sich seiner schlechten Laune zu überlassen, nichts zu erklären.
– Schon, sagte Ludi, aber siehst du, seit einiger Zeit mag ich diese Idee nicht mehr, die Welt um jeden Preis zu ändern. Ihr wollt immer die Welt ändern, sie irgendwie zwingen. Sicher muß man sie ändern, aber dabei sie sich selbst überlassen, damit alles natürlich vor sich geht. Ich werde das Boot dieses Burschen respektieren, und auch die Liebe, die er für dieses

Boot hat. Bevor ihr kamt, sprach Diana davon, es ihm wegzuschnappen, so, um spazierenzufahren, gerade um ihn zu ärgern. Nein und nein.
– Davon hat sie mir gar nichts gesagt, sagte Sara.
– Aber jedermann will die Welt ändern, sagte Jacques. Es gibt keinen lebenden Menschen, der die Welt nicht ändern wollte.
– Aber ich mag nicht dieses Gefühl, das ihr habt, daß ihr selbst zur Änderung der Welt etwas nütze seid, sagte Ludi. Ich werde es mit ihm verstecken, sein Boot, und ihr werdet es nicht finden. Der Neger, der vom Weißen ausgebeutet wird, der hat vom Weißen einen genaueren Begriff als der Weiße von ihm, und man darf nicht durch Fürsorglichkeit verhindern, daß der Neger einen Begriff vom Weißen hat.
– Und was hat der davon, der Neger? fragte Sara.
– Und das genügt dir? sagte Jacques, daß der Neger einen Begriff vom Weißen habe? Bildest du dir ein, daß ihn das glücklich macht?
Diana, die hinter ihnen herging, holte sie ein.
– Ich weiß nicht, worum es sich handelt, sagte sie, aber ich bin Ludis Meinung.
– Es ist wegen des Boots, sagte Sara, Ludi sagt, man soll diesem Burschen lassen, was diesem Burschen gehört.
– Dann allerdings nicht, sagte Diana, auch ich habe ein Bedürfnis, mit diesem Boot spazierenzufahren. Ludi lachte und zog sie an den Haaren. Ein Bedürfnis, das genauso groß ist wie das Bedürfnis dieses Burschen nach seinem Boot.
Der Kleine ging ganz vorne, lief über die weißen Ränder der Wellen. Als er Diana vom Boot sprechen hörte, drehte er sich um. Jacques war zerstreut und dachte offenkundig an die letzten Worte Ludis.
– Ich verstehe nicht, sagte er, wie du solche Sachen sagen kannst, solche Sachen behaupten kannst.
– Aber mir ist dein Marxismus fürchterlich, mit der Zeit, sagte Ludi, deine Neger-Verplanung.
– Bevor wir das Boot nehmen, kündigte Diana an, leiste ich

mir einen Campari bitter in der Schenke neben der Landungsbrücke.
– Nein, sagte Jacques still. Selbst in dem Sinn, den du meinst, kann der Neger vom Weißen nur einen verstümmelten Begriff haben. Der Weiße ist nicht mehr Weißer, er ist sich entfremdet dadurch, daß er den Neger bedrückt. Aber das ist ja so alt wie die Welt, diese Geschichte.
– Ja, sagte Sara, wenn man alles genau bedenkt, wird man dieses Boot von Zeit zu Zeit wegschnappen müssen, denn dieser Bursche wird von dem Boot nur einen Begriff haben können, wenn das Boot bedroht ist.
Lachend zog Ludi nun auch sie bei den Haaren, aber sie entwischte und schloß sich Diana an, die neben dem Kleinen ging.
– Das wird nun bis zum Hotel so weitergehen, sagte sie.
– Stehlen wir das Boot von dem Herrn? fragte der Kleine.
– Hol's der Teufel, sagte Diana, jetzt haben wir's.
– Du hast nicht verstanden, sagte Sara, wir nehmen's ihm zum Spaß, um eine kleine Spazierfahrt zu machen. Manchmal redet man so daher.
– Also man nimmt's ihm? fragte der Kleine wieder.
Sara drehte sich zu Jacques und Ludi um.
– Es ist im Eimer, sagte sie, er hat alles verstanden.
Sie zeigte auf den Kleinen.
Ludi brach in lautes Lachen aus.
– Das ist ja großartig!
– Aber es ist nicht sicher, daß man es ihm nimmt, sagte Sara.
– Ich will aber, sagte der Kleine, man muß es gleich nehmen.
Er stampfte vor Ungeduld mit dem Fuß auf.
– Also dann nimmt man's ihm, sagte Diana. Und zu Sara: Ich muß jetzt sofort einen Campari haben, sagte sie.
Sie beeilten sich, tranken ihren Campari bitter und überquerten, es war schon Nacht, den Fluß. Gina war als erste hinübergefahren, mit der größten Gruppe aus dem Hotel. Sie wollte noch vor dem Abendessen die Alten besuchen. Niemand wollte sie begleiten. Ludi überlegte ein wenig, ob er

mitgehen solle, dann gab auch er es zugunsten weiterer Camparis auf. Sie tranken ziemlich viele. Das Kindermädchen, dem sie nach ihrer Rückkehr vom Strand den Kleinen anvertraut hatten, ging vor dem Hotel auf und ab. Der Mann kam eine halbe Stunde nach ihnen und machte sich, an seinem Tische sitzend, daran, eine Zeitung zu lesen. Als Gina vom Berg zurückkam, waren einige Gäste schon beim Essen. Und das Mädchen ging immer noch geduldig vor dem Hotel auf und ab. Während Jacques und Ludi, von Zeit zu Zeit etwas geistesabwesend von Diana und Sara ermuntert, weiterhin vom Begriffe sprachen, den der Neger und der Weiße voneinander haben können. Immer vor neuen Campari.

– Wo ist der Kleine? sagte Gina, kriegt er heut nichts zu essen?

– Angesichts dieser Campari bitter kommt es mir immer weniger dringend vor, sagte Sara, aber in der Tat hatte er schon am Strand Hunger.

– Er wird zu dir essen gehen, sagte Jacques.

– Wir übertreiben's vielleicht, sagte Sara lachend.

Sie rief nach dem Mädchen. Es kam, im Licht des Vorgartens, schnurgerade auf sie zu. Sie wartete nicht einmal ab, daß man ihr Fragen stelle.

– Halb neun, sagte sie, allmählich müßte man wissen, was Sie vorhaben.

– Wo ist der Kleine?

– Um den machen Sie sich keine Sorgen. Also was wollen Sie tun?

– Rufen Sie mal den Kleinen, sagte Jacques, dann wird man sehen.

– Er ist am Flußufer und macht sich die Füße naß, man kann nichts dagegen tun.

Sie ging zum Ufer und rief nach ihm. Er war mit seinen Sandalen im Wasser gewatet, war voller Schlamm bis zu den Knien.

– So, sagte Sara, und wenn er ertrinken wollte, dann ließen Sie's ihn auch tun?

– Wenn Sie bei mir Kindermädchen wären, sagte Gina, dann hätten Sie jetzt ein paar Ohrfeigen weg.
– Das dürfen Sie nicht sagen, Frau Ludi, sagte das Mädchen, Sie kennen sie nicht.
– Wir kennen sie seit fünf Jahren, sagte Gina.
– Man muß zugeben, daß es nicht das gleiche ist, sagte Jacques sehr leise.
– Es ist ganz sicher, daß er sich was geholt hat, sagte Sara, so lang im Wasser. Und ich sitze da und trinke meine Campari und denke an nichts Böses. Was ich's satt haben kann.
– Da sind Sie nicht die einzige, sagte das Mädchen weinerlich.
– Ich habe es jetzt endgültig satt, sagte Sara.
Das Mädchen setzte eine mitleidige Miene auf.
– Ich bringe ihn jetzt nach Hause und wechsle ihm die Schuhe, sagte sie.
– Sie treiben's zu weit, sagte Jacques. Ich sage es Ihnen in aller Ruhe, ich bin sicher, Sie treiben's zu weit.
– Sie sind unredlich bei der Arbeit, das ist nicht recht, wirklich nicht, sagte Ludi.
Jeden Abend um diese Stunde wiederholte sich im Vorgarten diese Szene. Alle Gäste des Hotels waren gegen das Kindermädchen, überhaupt das ganze Dorf, die Zollbeamten ausgenommen. Das Mädchen begann zu weinen.
Voller Widerwillen sah das ganze Hotel ihr beim Weinen zu.
– Unredlich ziehe ich zurück, sagte Ludi, aber Sie mögen den Kleinen nicht, das ist sicher. Natürlich zwingt Sie niemand, ihn zu mögen, aber Sie müssen wenigstens Ihre Arbeit bei dem Kleinen tun.
– Aber ja, sagte Diana, sie ist unredlich dem Kleinen gegenüber, ich sage es.
– Sie brauchen nicht zu weinen, sagte Jacques.
Er stand auf und nahm das Mädchen beim Arm.
– Sie haben uns satt und wir haben Sie satt. Wir haben Sie ganz so satt wie Sie uns. Aber da wir uns hier nicht trennen können, werden wir uns trennen, wenn wir in Paris sind. Verstehen Sie?

Das Mädchen schluchzte, brach in Tränen aus und antwortete nicht.
– Verstehen Sie, was ich sage, oder verstehen Sie es nicht? wiederholte Jacques.
– Ich verstehe, sagte das Mädchen, aber . . .
Wieder brach sie in Tränen aus.
– Man muß ihr einen Campari geben, sagte Jacques.
– Scheiße muß man ihr geben, sagte Ludi, ihr seid ja Idioten.
– Aber was? fragte Sara das Mädchen.
– Aber ich, sagte das Mädchen, auch in Paris, es wird wieder angehen, ich werde immer Dienstmädchen sein.
– Das ist es, sagte Sara.
– Aber das wissen wir doch, sagte Jacques. Wer möchte schon Dienstmädchen sein?
Er stand auf und gab ihr einen Campari bitter.
– Danke, sagte das Mädchen, ich habe heute nachmittag schon zuviel getrunken.
– Wir werden Ihnen Zeit lassen, sagte Sara. Sie werden sich einen guten Platz ohne Kinder suchen, Sie können so lange suchen, als es nötig ist. Heulen Sie nicht mehr.
Gina hatte dem Kleinen die Schuhe ausgezogen und trocknete ihm mit ihrem Taschentuch die Füße ab. Sie brummte leise vor sich hin, wie gegen das Kindermädchen, so auch gegen Sara.
– Sie haben heute nachmittag zuviel getrunken? sagte Diana, das ist aber recht.
– Es war Wahl der Schönheitskönigin, sagte das Mädchen, also was blieb übrig.
– Und wer ist es jetzt, die Schönheitskönigin, fragte Jacques.
– Die Kleine, Sie wissen schon, die Tochter von dem Fischer neben unserem Haus. Sie haben zwischen ihr und mir geschwankt, aber jetzt ist sie die Schönheitskönigin, ich bin Miß Lächeln.
Alle lachten schallend.
– Also das ist großartig, großartig, sagte Ludi.
Auch das Mädchen lachte herzlich.

– Und wenn Sie's noch so komisch finden, sagte sie, ich kann nicht schlechter lächeln als eine andere.
Sie fing sich wieder und sagte in ihrem gewöhnlichen Ton:
– Ja und mit dem, was tu ich mit ihm? Sie zeigte auf den Kleinen.
– Bringen Sie ihn nach Hause, sagte Sara. Er wird bei Ludi zu Abend essen und dann nehmen Sie ihn nach Hause und bringen ihn ins Bett.
– Heute abend geh ich aus, sagte sie.
Jacques sah Sara an und zuckte die Achseln.
– Sie geht jeden Abend aus, sagte er, was war es nötig, ihr auch diesen Abend zu versprechen?
– Ich habe ihr gar nichts versprochen, sagte Sara. Das Mädchen sah sie ziemlich keck alle nacheinander an. Ludi war zornig.
– Es ist wirklich wahr, sagte Sara. Sie gehen jeden Abend aus.
– Sie haben es mir so gut wie versprochen, sagte das Mädchen unbeugsam.
– Schaut, wie ihr miteinander fertig werdet, sagte Jacques. Er machte sich ans Essen.
– Er wird nicht zu Ludi gehen, sagte Sara, das würde zu lange dauern, es ist zu spät. Geben Sie ihm zu essen und bringen Sie ihn zu Bett. Was mir im Magen liegt, ist, daß Sie ihn schlagen und ihm schlecht zu essen geben werden.
– Ich schlage ihn nicht, da machen Sie sich keine Sorgen. Und er wird essen wie ich selber. Kommen Sie dann nach dem Abendessen nach?
– Da Sie behaupten, daß ich es Ihnen versprochen habe, werde ich kommen, sagte Sara, aber es geschieht ungern.
– Ich kann's nicht anders einrichten, sagte das Mädchen.
– Mir wäre es schon sehr recht gewesen, wenn er bei uns gegessen hätte, sagte Ludi.
– Ich geh nicht nach Haus, sagte der Kleine, ich geh zu Ludi.
– Jetzt geht's wieder an, sagte das Kindermädchen. Was ich's satt habe.

– Ich werde euch begleiten, sagte Sara. Sie sagte zum Kleinen: Ich komme mit dir zur Küche und du wirst essen. Ich trage dich.
– Ich komme auch mit dir, sagte Diana.
– Wenn er nicht zum Essen kommt, sagte Ludi, bleibe ich auch einmal im Hotel zum Essen.
– Wie du willst, sagte Gina, es wird dir guttun, auch einmal schlecht zu essen.
Ein jeder schwieg. Sara, Diana und Jacques sahen einander an.
– Was sollte es denn heute abend geben? fragte Ludi.
– Meerbarbe mit Fenchel gegrillt und Auberginen, sonst nichts.
– Auberginen wie?
– Mit Käse gefüllt.
Ein jeder sah Ludi an. Jacques besonders. Diana schüttete noch einen Campari hinunter.
– Also, kommen Sie? fragte das Kindermädchen.
– Ich bleibe trotzdem hier, sagte Ludi.
– Ich bleibe nicht, sagte Gina. Bei der Küche in diesem Hotel kommt mir der Brechreiz.
– Was uns betrifft, wir schlucken sie jeden Abend, sagte Jacques.
– Ihr habt ein Haus und ein Mädchen, sagte Gina, wenn ihr häusliche Küche nicht mögt, ist es eure Schuld.
– Wir essen lieber schlecht mit Freunden als gut zu Hause, sagte Sara.
– Gina! rief Ludi.
Sie antwortete nicht. Ludi rannte, um sie einzuholen, und kam nicht zum Abendessen ins Hotel zurück.
Diana und Sara gingen weg. Sie brachten den Kleinen heim, trugen ihn abwechselnd, dann kehrten sie, den Fluß entlang schlendernd, zurück. Als sie anlangten, aßen die anderen schon. Auch der Mann war schon beim Essen. Er trug ein blendendweißes Hemd. Ehe sie in den Vorgarten gingen, nahm Diana Saras Arm und zeigte ihr das Feuer.

– Sieh mal, es hat zugenommen, sagte sie.
– Nein, sagte Sara, es sind diese Ferien, die es dich glauben machen.
– Mag sein, sagte Diana. Sie fügte hinzu: Aber was fehlt ihnen, allen diesen Freunden? Da ist man da und liebt einander, alle lieben einander, was fehlt uns?
– Mag sein, das Unbekannte, sagte Sara. An diesem Ort ist man hübsch abgeschnitten davon, vom Unbekannten.
– Mag sein, sagte Diana, daß einen nichts so sehr vom Unbekannten abschneidet wie die Freundschaft.
– Mag sein, sagte Sara.
– Ein Glück, daß dieser Mann da ist mit seinem Boot – Diana lachte – ganz beladen mit Unbekanntem, und damit beladen, er ganz allein, der Arme, für uns alle das Unbekannte darzustellen.
– Ein Glück, sagte Sara.
– Aber es muß für dich nicht ganz das gleiche sein wie für mich, sagte Diana.
– Du hast niemals drei Tage hintereinander mit einem Mann gelebt, sagte Sara. Man kann es nicht lernen.
– Was?
– Was das Unbekannte wert ist.
– Immerhin kann ich's verstehen, sagte Diana.
– Ich glaube nein, sagte Sara, wenn man niemals drei Tage hintereinander mit einem Mann gelebt hat . . .
– Euer Beispiel, von euch allen, ist es jedenfalls nicht, das mich dazu ermutigen könnte, sagte Diana.
– Ich finde unsere Beispiele im Gegenteil sehr ermutigend, sagte Sara.
– Nein. Kein Paar, auch das beste nicht, kann zur Liebe ermutigen. Auch du kannst nicht verstehen, du bist ja drin.
– Allerdings, sagte Sara.
– Jede gelebte Liebe ist eine Entwürdigung der Liebe, erklärte Diana lachend. Das weiß jeder.
Sie schwiegen eine Minute lang, rührten sich aber nicht.

– Ich weiß nicht warum, aber es kommt mir vor, als hättest du dich wieder mit ihm gestritten, sagte Diana.
– Das ist es nicht, sagte Sara.
– Was dann?
– Es ist nicht so einfach zu sagen.
– Man sagt immer, daß es schwierige Augenblicke gibt für Paare. Ist es das?
– Ja, das wird's sein.
Diana machte eine unbestimmte Bewegung, Bewegung der Gleichgültigkeit und Trauer.
– Ihr seid ermüdend, sagte sie.
– Ich wollte dir was sagen, sagte Sara. Ich bin nicht mehr traurig wegen dem Ort. Auch Jacques nicht. Ich wollte nicht sagen, daß wir traurig sind.
– Wie gut, sagte Diana. Sie sah Sara sehr genau an.
– Wie gut, wiederholte sie. Auch ich wollte dir was sagen. Warum richtest du es so ein, daß du alle Abende auf den Kleinen aufpaßt statt des Mädchens? Er hat recht, wenn er es dir vorwirft.
– Ich richte es nicht so ein, sie ist es, sie nimmt sich alle Abende frei.
– Das ist ja nicht wahr, sagte Diana. Es ist einfach so, daß du es vermeiden willst, zu viele Abende mit uns allen zu verbringen. Daß du von uns allen genauso genug hast wie ich von euch allen.
– Nie werde ich von euch allen genug haben, sagte Sara, nie.
– Ach weißt du, sagte Diana, das ist die Sache eines Augenblicks, oft eines ganz kurzen Augenblicks.
Sie entschlossen sich, zu den anderen in den Vorgarten zu gehen. Da es nur dieses Hotel gab, hatte man keine Wahl, anderswohin zu gehen, zumindest an diesem Ufer. Niemand dachte daran, ans andere Ufer essen zu gehen, wo immerhin zwei Hotels waren. Man blieb an diesem glühendheißen Ufer, wo man zwangsläufig immer das gleiche aß, da der Besitzer keine Konkurrenz befürchtete, nicht einmal die des anderen Ufers: Fische, Teigwaren, Brühe. Die Lebensmittellie-

ferungen, behauptete der Besitzer, waren unregelmäßig, und dies sei der Grund für die ewig gleiche Speisekarte. Das war Gewohnheitssache und die meisten Gäste hatten sich gewöhnt.

Die Mahlzeiten waren darum nicht weniger lustig. Man sprach miteinander, man rief einander von einem Tisch zum anderen zu, an Unterhaltungen nahmen in der Regel alle Tische im Vorgarten teil. Und wovon sprach man, wenn nicht von diesem höllischen Ort und von diesen Ferien, die wirklich schlecht waren für alle, von der Hitze? Die einen behaupteten, das sei so mit allen Ferien. Andere, nein. Viele entsannen sich, ausgezeichnete Ferien verbracht zu haben, wirklich ganz und gar gelungene. Jedermann war sich einig darüber, daß es eine seltene Sache sei, gelungene Ferien zu haben, eine seltene und schwierige, man mußte schon sehr viel Glück haben.

Im allgemeinen entsann sich niemand, so danebengegangene Ferien verbracht zu haben wie diese.

Über die Gründe des Danebengehens gingen die Ansichten auseinander.

Sie lebten zu eng aufeinander, behaupteten die einen, in einer Gemeinschaft, die künstlich war, da ohne tieferen Sinn. Es handle sich nicht um künstliche oder nicht künstliche Gemeinschaft, behaupteten die andern, es lag einfach am Ort, der allzu winzig sei, und dann ohne jede Gelegenheit zum Vergnügen, zur Zerstreuung, daher komme es, daß man so sehr aufeinander rechne um sich zu zerstreuen, um zu baden, spazierenzugehen, sich zu unterhalten. Daß man ohne Ende Tag für Tag aufeinander warte. Und daß, sagte eine Frau, um mittags baden zu gehen, man sich ab neun Uhr früh damit abgeben müsse, gleich nach dem Aufstehen den einen, den andern fragen, ob sie wohl an diesem Tage mit einem baden gehen wollten. Dies, weil die einen, die andern, ihrerseits auf einen andern warteten, einen andern andern, der seinerseits am Abend zuvor versprochen hatte, mit ihnen baden zu gehen, der aber unterdessen mit einem nochmal andern sich

zum Baden verabredet hatte. Es war eine Verkettung von gegenseitigem Warten ohne alles Ende.
Eine andere Frau behauptete, gegen einen solchen Zustand gebe es Mittel, man brauche sich nur vorzunehmen, auf niemanden mehr zu warten, so wie sie, die schon seit drei Tagen ganz allein baden gehe, nur eben mit ihrem Mann und ihren beiden Jungen. Aber die anderen verheirateten Hotelgäste waren nicht mit ihr einverstanden. Dazu seien die Ferien nicht da, um nur eben mit Mann und Kindern baden zu gehen. Das Gegenteil sei richtig. Ferien seien dazu da, daß man endlich einmal mit anderen als seinem Mann, seiner Frau, seinen Kindern baden gehe. Das sei beinahe ihr Sinn, neue Bekanntschaften zu vermitteln, sie zu erleichtern, endlich einmal mit den gewohnten Umwegen des gesellschaftlichen Lebens aufzuräumen.
Ganz allgemein erkannte man an, daß die Gruppe Ludis besser mit diesem Ort zu Rande kam als die anderen. Es lag sicher daran, daß Ludi sehr mit ihm vertraut war und seine Gefahren gut genug kannte, um ihnen aus dem Wege zu gehen.
Eine Straße, sagte noch wer, eine Straße sei es, die diesem Ort fehle. Bei diesem miserablen, kaum befahrbaren Weg müsse man es mit der Platzangst bekommen. Wie solle man das Leben ertragen, wenn man, um einen Campari in einem anderen Hotel als diesem zu trinken, sieben bis zehn Kilometer auf diesem miserablen Weg zurücklegen müsse?
Über die Gruppe um Ludi und über die Hitze waren alle der gleichen Meinung. Die Hitze hatte viel Schuld an diesen danebengegangenen Ferien. Aber Ludi kam dazu, als man darüber sprach, und natürlich war er nicht der gleichen Meinung, weder über die Hitze noch über die Ferien. Er sagte, er liebe diese Ferien, diesen Ort, diese Hitze. Er sagte, wenn es kalt würde, in einigen Monaten, werde die Erinnerung an diesen Ort, diese Hitze, die Vorstellung dieser toten, starren, nicht atembaren Nachmittage dabei helfen, Nebel und Wind zu ertragen.
Nachdem Ludi gekommen war, nachdem er von der Hitze

gesprochen hatte, erklärte der Mann, er sei im wesentlichen mit Ludi einig. Die Hitze sei gar nicht so unerträglich, wie man es behaupte. Und diese Ferien, was ihn betreffe jedenfalls, seien eher gute Ferien, insofern besonders, als sie für ihn eine Abwechslung bedeuteten von der Art Ferien, die er sonst nehme. Man fragte ihn, wie die denn seien und worin sie sich so sehr unterschieden, und er sagte, es läge besonders an den Leuten, die hier seien. Wie die denn seien? fragte Jacques. Der Mann sagte, sie seien sehr verschieden voneinander, aber sie hätten alle etwas Gemeinsames, etwas, dem er noch nicht begegnet sei – er lachte – und das zu benennen auch nur zu versuchen er sich aber nun wohl hüten werde. Jacques lachte nun seinerseits mit dem Mann, und Ludi schien sehr glücklich darüber. Sei es das, daß sie alle Freunde seien? fragte Jacques. Der Mann sagte, er sei nicht sicher, ob es nur das sei. Jacques forschte nicht weiter.
Nicht die Rede war, oder nur sehr wenig, während dieser Mahlzeit von den Eltern des Minensuchers. Für dieses Schweigen gab es sicherlich eine Reihe von Gründen. Man wußte im Hotel und im ganzen Ort, daß Gina, Ludi, Jacques, Sara und Diana jeden Tag auf den Berg stiegen, um sie zu sehen, und daß Gina allein schon für ihre ganze Verpflegung sorge und daß auf solche Weise den anderen keinerlei Initiative in dieser Hinsicht mehr möglich sei. Daß jede andere Bemühung überflüssig geworden sei, da jene da von der ersten Stunde an, Gina allen voran, sich der Eltern des Minensuchers angenommen hatten. So mußte ein jeder diese täglichen Besuche mißbilligen, der eine, weil er sie nicht am Platze fand, der andere, weil ihm schien, sie verrieten bei dieser Gruppe eine ungesunde Neugier für Bilder des Unglücks, noch ein anderer, weil so viel Initiative ihn verärgerte. Was aber ohne Zweifel auch an solchem Schweigen über dies Ereignis mit Schuld trug, war, daß es vor drei Tagen sich zugetragen hatte und schon nicht mehr recht aktuell war. Das Feuer auf den Bergen war schon an seine Stelle getreten.
Da die Bekanntschaft des Mannes mit jedermann neuesten

Datums war und er erst im Augenblick des Unglücks angekommen war, hätte er zumindest nicht zu zögern brauchen, davon zu sprechen. Dennoch sprach auch er nicht mehr davon als die andern. Ihm war wohl, seit dem Strand besonders, klargeworden, daß das keine so einfache Sache war.
An allen Tischen war die Mahlzeit schon beendet und man wartete, immer noch in Unterhaltung begriffen, darauf, zum Boule-Spielen zu gehen, als von der anderen Seite des Flusses, wie eine Explosion in so stiller Nacht, der Lautsprecher des Tanzabends hineinknallte. Es war seit drei Tagen, seit der Minensucher mit der Mine hochgegangen war, das erste Mal, daß man es hörte. Der Fährmann hatte richtig berichtet. Der Zollamtmann war der Ansicht, daß kein Anlaß vorliege, noch länger auf einen Zustand Rücksicht zu nehmen, der nur andauerte, weil die Alte willkürlich beschlossen hatte, die Todeserklärung nicht zu unterschreiben, und er hatte Anweisung gegeben, daß mit den Tanzabenden wieder begonnen werde. Ein jeder senkte die Augen und hüllte sich in verlegenes Schweigen. Es war Ludi, der als erster sprach:
– Es ist so, als sagte man ihnen, nun haut mal ab, sagte er, aber vielleicht ist es in Ordnung.
– Nein, sagte Gina, es ist nicht in Ordnung.
– Aber es konnte nicht ewig so weitergehen, sagte Ludi. Da war die ganze Jugend, die die Tanzabende verlangte.
– Nein, wiederholte Gina, es ist nicht in Ordnung. Sie fügte hinzu: Und selbst wenn es so wäre, will ich es nicht mehr wissen.
Ludi antwortete nicht. Es war ein trauriges Stück. Es hatte etwas Bitteres an sich, wie Schicksalswendung, wie der Morgen nach großen Ereignissen, und jeder mußte es so empfinden. Es war ein Tango und er sprach von Liebe. Die Nacht war still und warm, eben daß der schwache Wind vom Fluß her sie durchwehte, und die Musik drang unangefochten bis in den Vorgarten. Schamlos platzte sie herein wie ein Schrei. Ganz offenbar wußte niemand, was davon zu denken sei, nach dem, was Gina gesagt hatte. Auch der Mann nicht.

– Ich bin dafür, sagte Jacques zu Gina, daß Tanzabende wieder aufgenommen werden, selbst in solchen Fällen.
Gina zuckte die Achseln. Jedermann schwieg.
– Sind wir nicht alle für Tanzabende, allem zum Trotz, was in der Welt passieren kann? fragte Sara.
– Ja, sagte Jacques lächelnd, für den Triumph und die Heraufkunft des Tanzens allenthalben.
– Ich tanze viel lieber als du, sagte Gina, lieber als alle, die da sind.
– Ja, sagte Jacques. Und was die Jugend anbelangt, die kann uns mal.
– Ja, sagte Gina.
Sie erhob sich und kündigte, wie um abzulenken, an, wenn man bald zu Bett wolle, müsse man sogleich zum Boule-Spielen gehen. Alle standen auf. Jacques ging zu Sara.
– Du kommst mit uns spielen?
Sie erinnerte ihn daran, daß sie zum Kindermädchen müßte, das auf ihre Rückkehr warte, um sich mit ihrem Zollmenschen zu treffen. Sie fügte hinzu, sie werde erst etwas später gehen, ja, für den Augenblick werde sie mit ihnen kommen. Jacques entfernte sich von ihr, ohne zu antworten, wie immer, wenn die Frage des Kindermädchens ins Spiel kam.
Gruppenweise gingen sie alle los. Sie waren, auf dem Weg zum Meer, noch nicht am Laden des Krämers vorbeigekommen, als der tosende Lärm des anderen Tanzabends, diesmal auf ihrem Ufer des Flusses, sich nun auch erhob. Ludi näherte sich Sara. Er ging einen Augenblick ohne etwas zu sagen, dann verkündete er:
– Komm mit uns spielen. Geh nicht zu diesem Scheiß-Kindermädchen.
– Jeden Abend kriegt sie mich herum mit ihrem Zollbeamten, sagte Sara, ich habe jetzt wirklich genug.
– Aber komm doch, nichts was dieses Scheiß-Kindermädchen tun kann, ist von irgendwelcher Bedeutung.
Er blieb stehen, erstarrt über seine eigenen Worte.

– Entschuldige, manchmal spreche ich wie ein Rindvieh. Es war gar nicht das, was ich sagen wollte. Ich wollte sagen, du läßt dich viel zu viel herumkommandieren von diesem Mädchen da. Heute abend mußt du Boule spielen und nicht weiter an sie denken.
– Ich will's versuchen, sagte Sara.
Ludi nahm den Arm Saras und sie gingen weiter zum Boule-Platz. An der Kreuzung des Weges mit dem Saumpfad auf den Berg blickten sie unwillkürlich nach oben. Die Sturmlaterne des Krämers beleuchtete grell die weißen Mauern des verlassenen Hauses. Es war das einzige Licht, das auf den Bergen um diese Stunde noch leuchtete. Auch jene legen sich spät erst schlafen.
– Ach, mir gefällt er, dieser Krämer, begann Ludi wieder. Aber vielleicht können sie wegen der Musik dieser Tanzabende nicht schlafen.
– Sie schlafen gewiß untertags, sagte Sara, so macht es nichts.
– Hast du sie gesehen, diese Gina, die gewollt hätte, daß die Tanzabende aufhören, hast du sie gesehen? Vielleicht hätte sie gewollt, daß auch wir alle auf Totenwache blieben, wie die Alten?
– Aber wieso denn, sagte Sara. Sie tut ja beim Boule-Spiel mit.
– Richtig, sagte Ludi besänftigt. Aber schau wie ich bin, als Jacques es ihr gab, hab ich wieder Mitleid gehabt mit ihr.
– Aber Jacques auch, das ist sicher. Man kann ja nicht anders. Ich wollte dir sagen, daß wir alle morgen früh mit dem Burschen da auf seinem Boot nach Pointa Bianca fahren.
– Wann hat er dir denn das gesagt?
– Heute früh am Strand.
– Ach, das ist aber schön, sagte Ludi begeistert. Er fügte zögernd hinzu: Vielleicht aber hat er sich's überlegt nach den häßlichen Dingen, die man ihm heute abend gesagt hat. Hast du gesehen, er ist allein mit seinem Boot fort. Wie um uns klarzumachen, daß wir ihm hübsch egal sind. Wohlgemerkt, ich gebe ihm recht.

– Aber das hat er doch gesehen, daß wir Spaß machten, sagte Sara.
– Du hast nicht so sehr Spaß gemacht, sagte Ludi, und Diana auch nicht.
Er blieb nicht weiter bei diesem Gegenstand. Er schwieg. Dann auf einmal kamen ihm andere Gedanken.
– Weißt du, manchmal denke ich, daß du nicht sagst, was du denkst, Sara, sagte er sehr sanft.
– Ich denke gar nichts, sagte Sara. Manchmal kommt es mir vor, als wüßte ich gar nicht, was das ist.
– Das ist mehr oder weniger jedermanns Fall, sagte Ludi, aber das ist es nicht, was ich meine, du weißt sehr wohl, was ich meine. Warum nur tust du so, als verstündest du nicht?
– Ich denke nicht mehr daran, sagte Sara.
– Es gibt Worte, die für sich zu behalten einem nicht guttut. Ich will nicht, daß du die für dich behältst, die du gegen mich im Kopf hast.
– Da mir klar ist, daß du recht hattest, sie auszusprechen, ist es doch nicht der Mühe wert, noch darüber zu reden.
– Ach, wie schrecklich mir das ist, greinte Ludi, ich wußte wohl, daß du mir noch böse bist.
– Ich bin dir gar nicht mehr böse, Ludi.
– Aber ich spür's doch, daß du mir noch böse bist. Versteh mich doch. Auch ich glaube, daß man den Mund halten soll, an der Grenze, verstehst du, genau an der Grenze, wo man weiß, daß man sich falsch ausdrücken wird. Nicht vorher, nicht später. Aber mir sind doch die Leute lieber, die sich gegen diese Begrenzung Gewalt antun, die sich Gewalt antun zu sprechen, lieber als die, die sich Gewalt antun zu schweigen. Ja, trotz allem mag ich sie lieber. Du, in diesem Augenblick, behältst deine Worte gegen mich für dich, mindestens seit vier Tagen. Das gefällt mir nicht. Und sie tun dir nicht gut, diese Worte, da bin ich sicher.
– Vielleicht kann man anderes tun als reden, sagte Sara, vielleicht etwas anderes, was ebenso guttut wie reden, was einen ebenso befreit.

– Ich mag die Art, wie du dumm bist, manchmal, sagte Ludi.
Sie waren unter den Fenstern einer hellerleuchteten Villa und sahen einander an.
– Jetzt ist sie vergrämt wie weiß Gott was, sagte Ludi für sich, und das alles ist meine Schuld.
– Du irrst. In diesem Augenblick bin ich gar nicht vergrämt. Ich bin wie du, ich freu mich über alles.
– Selbst über die Hitze? Und über diesen Ort hier?
– Jawohl, selbst darüber.
Ludi nahm wieder ihren Arm und sprach einen Augenblick lang nicht.
– Versteh mich, fuhr er endlich fort. Da die Sache da ist, da ich sie gesagt habe, kannst du nichts mehr dagegen tun. Sie ist zwischen uns. Tust du so, als hätte ich sie nicht gesagt, dann wird ein Ungeheuer an Bedeutung daraus. Tausendmal mehr als was ich sagen wollte. Das ärgert mich richtig.
– Aber da ich doch nicht mehr daran denke, sagte Sara.
Da war der Boule-Platz. Ludi war immer noch bekümmert.
– Weißt du, was ich denke? sagte er. Daß es die Leute sind, die am meisten vor allem Angst haben, die dann die gewagtesten Sachen machen können. Vielleicht selbst Sachen, die andere zu tun nicht wagen würden.
– Das und die Angst sind das gleiche Ding, sagte Sara.
– Vielleicht. Die Angst gibt den Mut zu wagen. Alles eher, vielleicht, als allein mit der Angst zu bleiben.
– Und warum sagst du mir das?
– Ich weiß nicht, es kommt mir so in den Sinn.
Sie kamen zur Boulespiel-Bahn. Jacques war schon da. Er ging ins Café und bat, man solle beleuchten. Als er herauskam, war die Bahn beleuchtet.
Unter der Leitung Ginas stellte man die Spielmannschaften zusammen. Es dauerte immer sehr lange wegen der zu großen Anzahl der Spieler. Sara kündigte an, sie spiele nicht, sie müsse nach Hause. Ludi bestand ein wenig darauf, daß sie bleibe, aber ohne viel Überzeugungskraft.

Während alle unter dem harten Licht der Spielbahn herumstanden und versuchten, Mannschaften zusammenzustellen, die einander die Waage hielten, setzte Sara sich auf die Bank, die außerhalb des Lichtscheins parallel zur Spielbahn stand. Da auch fand sich der Mann bei ihr ein.
– Heute abend habe ich keine Lust zu spielen, sagte er, es sind zu viele Spieler.
Es waren so viele in der Tat, daß man nicht damit zu Ende kam, eine Partie zu organisieren. Jedesmal gaben es einige auf. Das war es, worauf Gina hoffte. Der Mann lachte beim Zusehen, Sara auch.
Schließlich und endlich nahm Gina Jacques in ihre Mannschaft, wie auch Diana. Ludi stellte mit jenen Gästen des Hotels, die am besten spielten, eine andere Mannschaft zusammen. Sie waren sechs in jeder Mannschaft, viel zu viele also. Die Partien dauerten immer zu lange. Sie endeten oft in Streitereien zwischen Gina und Ludi wegen der Punktzahl, aber so heftig sie auch waren, sie blieben ohne wirkliche Bedeutung und offenbarten nur Ginas Spielleidenschaft wie auch ihre tief verwurzelte Freude an Zerwürfnissen mit Ludi. Sie forderte sie im übrigen dadurch heraus, daß sie niemals Ludi in ihre Mannschaft nahm. Ludi ließ es geschehen, war's zufrieden, denn allein in Strandspielen und anderen fand Gina zu ihrem Ungestüm zurück.
Das Spiel begann. Es hielt sofort alle in Atem. Sara und der Mann, nebeneinander auf der Bank sitzend, verfolgten es mit vier anderen Personen. Sie blieben da, solange die erste Hälfte des Spieles dauerte, eine halbe Stunde vielleicht. Als der Mann sprach, wurde seine Stimme beinahe durch die Tanzmusik und die Rufe der Spieler überdeckt.
– Ich wäre gerne einen Augenblick mit Ihnen zum Tanz gegangen, sagte er.
Er sah unverwandt auf die Spielbahn. Seine Stimme klang ruhig, beinahe unbeteiligt.
– Warum nicht? sagte Sara.
Der Mann holte seinen Blick zurück.

– Ich möchte wissen, ob das eine Sache ist, die sich machen läßt, sagte er.
Sie zögerte ein wenig. Jacques sah Diana beim Spiel zu, er war ganz vom Spiel in Anspruch genommen.
– Es ist eine Sache, die sich machen läßt, sagte sie.
Der Mann sprach langsam, getrieben von einer überlegten Entschlossenheit.
– In diesem Fall können wir hingehen, sagte er.
– Ja, sagte Sara.
– Wenn ich recht verstand, haben Sie wenig Zeit.
– Immerhin, sagte Sara, sie kann schon ein wenig auf mich warten.
Der Mann stand auf. Sara stand nach ihm auf und ging auf Jacques zu. Der Mann blieb neben der Bank stehen.
– Wir gehen nur rüber zum Tanz, sagte Sara zu Jacques. Und dann geh ich heim.
Jacques sah den Mann neben der Bank stehen. Diana auch. Jacques und der Mann lächelten einander zu. Der Mann mit der Miene eines, der sich irgendwie entschuldigt. Jacques mit der Miene dessen, der mancherlei versteht.
– Das ist eine gute Idee, sagte Jacques.
– Da wir nicht beim Boule-Spiel mittun, sagte Sara.
– Recht habt ihr, sagte Jacques, wozu dableiben und zusehen?
– Ich wäre gern mit euch gegangen, sagte Diana.
Sie sagte es, als wäre da für immer etwas versäumt.
– Du bist dran, rief Gina Jacques zu.
Sara ging zum Mann. Sie verließen den Platz.
Gegen das Meer zu, nahe der Flußmündung, war der Tanzplatz, einem Café gegenüber. Tanzplatz und Café lagen einander gegenüber, waren durch den Weg getrennt. Was man Tanzplatz nannte, war ein Holzboden auf Pfählen, eingezäunt von geweißtem Schilfrohr. Die Getränke nahm man auf der anderen Seite des Weges, auf der Terrasse des Cafés. Untertags war dieser Ort verlassen und man konnte nur im Innern des Cafés etwas zu sich nehmen – immer der Hitze we-

gen – und der Schilfkäfig war leer von Tänzern und voll nur von Sonnenstrahlen. Jetzt war der Käfig voll von jungen Tänzern und warf lichte Schatten auf die Terrasse des kleinen Cafés, Schatten des weißen Schilfs und Schatten der Tänzer. Als sie ankamen, spielte man »Mademoiselle de Paris«. Sie bestellten Campari bitter.

– Ist ja komisch, so eine Tanzerei, sagte Sara, wenn man's bedenkt, drei Schilfrohre und schon kommen sie aus der ganzen Gegend.

– Ich bin froh, daß Sie gekommen sind, sagte der Mann. Aber es ist richtig, so ein Ball ist eine komische Sache, wenn man's bedenkt.

– Es ist merkwürdig, wir kommen niemals her. Immer nur diese Boule-Spielerei.

– Es ist so nahe und da denkt man nicht daran, daran liegt es.

Sie sahen den Tänzern zu. Sie sprachen wieder vom Tanz. Er sagte, er kenne Afrika nicht, aber er stelle sich vor, so müsse es auf vorgeschobenem Posten sein, in Abessinien zum Beispiel, oder in Somali-Land.

– Sie wußten, daß ich mitkommen würde, sagte Sara.

– Ich glaubte es, aber trotzdem, ich war dessen nicht ganz gewiß. Er fügte hinzu: Ich wollte Sie fragen, warum Sie es immer so einrichten, daß Sie bei Ihrem Kind bleiben müssen statt des Kindermädchens. Ich bin nun vier Tage hier und . . .

– Sie ist es, die es so einrichtet, daß ich nicht vergesse, daß sie auf mich wartet.

– Ich glaube es nicht ganz.

– Aber ja, sagte Sara, wenn man weiß, es wartet jemand auf einen, das kann man nicht vergessen.

– Sie hat einen Liebhaber, sagte der Mann, oder?

– Ja. Einen Zollbeamten. Er hat nur abends frei.

– Ihr seid alle ein bißchen erdrückend, erklärte der Mann, mit euren so ausgeprägten Persönlichkeiten – er lachte – ach, was bin ich froh, daß ich hierher in die Ferien gekommen bin.

– Ich möchte, Sie sollten Ludi und Gina besser kennen, sagte Sara.
– Ich auch, sagte der Mann.
– Ich glaube, im ganzen Leben, und wenn man Glück hat, kann man nur einmal Leuten wie diesen begegnen.
– Ich beginne schon, es zu glauben. Aber wem begegnet man schon nicht nur einmal in seinem Leben?
Sie tranken ihren Campari.
– Es ist ein merkwürdiges Gefühl, sagte Sara, einander in solchem Maße nicht zu kennen.
– Ich heiße Jean, sagte der Mann.
– Richtig, hier nennt niemand Sie bei Ihrem Namen.
– Sie nennt man Sara, ist es so?
– So ist es.
– Es ist mir völlig gleichgültig.
Sie wollte einen weiteren Campari trinken. Er denn auch. Er sagte, er habe sich an dieses Getränk gewöhnt, das er in den ersten Tagen gar nicht gemocht habe. Es gebe so Dinge, die man in den ersten Tagen nicht möge und an die man sich gewöhne, bis sie einem angenehm, ja bisweilen unentbehrlich seien. So kann ich nicht absehen, wie ich jetzt an diesem Ort ohne Campari bitter leben sollte. Dinge, deren Entdeckung man mache.
– Wenn Sie nicht gezwungen wären heimzugehen, hätten wir mit dem Boot eine kleine Spazierfahrt gemacht, sagte der Mann.
– Selbst dann wäre es nicht möglich gewesen, sagte Sara. Jedermann ist viel zu sehr auf dieses Boot aus. Man hört den Motor weithin. Aber morgen früh.
– Morgen früh, wiederholte der Mann.
– Heute nachmittag, sagte Sara, auf dem Strand, ich weiß nicht, was wir da alle hatten.
– Ich habe nichts bemerkt.
– Wir waren vielleicht bösartig.
– Alle Leute haben ihre Bösartigkeit, sagte der Mann. Selbst die nettesten.

– Es war Ihnen gleichgültig?
– Nicht so sehr . . . Er fügte hinzu: Aber sehr bald, das muß ich sagen, hatte ich das Gefühl, nicht das eigentliche Ziel zu sein.
– Das kommt vor, sagte Sara. Wenn man die ganze Zeit so zusammen ist.
Er beugte sich über den Tisch, das Gesicht ganz nah an dem Saras.
– Und Sie haben ein Kind, sagte er.
– Richtig.
– Und Sie haben ein Dienstmädchen mit einem sehr schlechten Charakter?
– Ja. Und ich habe sehr Angst vor dem Meer.
– Vor dem Meer, und vielleicht auch vor vielen anderen Dingen.
– Ja, sagte sie, vor vielen anderen Dingen.
– Also dann liegt kein Irrtum in der Person vor, sagte er lachend.
– Das kann man nie wissen, sagte Sara, auch sie lachend.
– Nein, ich glaube, bei uns beiden liegt kein Irrtum in den Personen vor, und selbst wenn, was würden wir riskieren?
– Nichts, sagte Sara.
Er beugte sich noch ein wenig mehr über den Tisch, aber sie rührte sich nicht auf ihrem Sitz. Sie ließ es dabei bewenden, ihn anzusehen. Er begriff, daß sie nicht tun konnte, was er tat, daß sie es nicht tun wollte, weil alles hier so eng beisammen war, dreißig Personen, und jedermann sie kannte. Aber nur aus diesem Grund.
– Ich möchte noch einen Campari, sagte sie. Und Sie?
– Zehn. Ich möchte zehn, sagte er.
Er beugte sich noch ein wenig mehr vor.
– Und weiter? fragte er.
– Ich weiß nicht recht, sagte Sara.
– Sie treiben nichts Besonderes?
– Nichts. Ich schlafe gut. Und Sie?
– Keine Besonderheiten, sagte der Mann.

– Das ist schon eine, sagte Sara.
– Da wären wir also im Bilde, sagte der Mann lachend.
Einige Minuten sprachen sie nicht mehr zueinander, solange sie brauchten, ihren dritten Campari zu trinken. Dann redeten sie wieder von dem Ort, von Ludi, von den Leuten, die da waren, von der Hitze und vom Meer. Dann sagte Sara:
– Ich muß jetzt heim, die Stelle des Kindermädchens einnehmen.
Er sagte ihr, er würde sie gerne begleiten, und sie willigte ein. Er bezahlte die Campari. Er schien etwas verwirrt. Nicht, daß er so jung gewesen wäre, nein, aber er mußte wohl ein Mann sein, dem an Erfolgen bei Frauen nicht so viel lag, daß er sie nur auf seinen eigenen Zauber zurückführte. Das konnte man sehr bald sehen. Als ob schon auf eine verbotene Annäherung sich bereitend, ließ er für die Campari ein maßloses Trinkgeld liegen.
Sie gingen am Boule-Platz vorbei, eben als Jacques an der Reihe war. Jacques war einer der drei besten Spieler der Bande. Alle sahen ihm beim Werfen zu. Niemand sah Sara zu so später Stunde in Gesellschaft des Mannes vorbeigehen. Der Weg war menschenleer und die vier Straßenlampen, die sich über die hundert Meter, die dieser Weg maß, verteilten, beleuchteten nur die weißen Wände der Villen. Sie ließen die drei Kaufläden hinter sich, die den Kern des Dorfes bildeten, und langten am Platz vor dem Hotel an, da, wo der einzige Baum der Gegend sich befand, jener, von dem Ludi behauptete, nur der Makadam habe ihn umgebracht, und nicht die Sonne. Es waren noch drei Gäste im Hotel, darunter der Krämer. Sara schleppte den Mann in den Vorgarten. Nun war es das Orchester vom anderen Flußufer, das Mademoiselle de Paris spielte, und der Krämer, allein vor einer Limonade an seinem Tisch, schlug mit der Hand den Takt dazu. Er gähnte. Auf dieser Seite des Flusses spielte man Die süßesten Früchte.
– Guten Abend, sagte Sara.
Der Krämer zeigte voller Widerwillen auf die Limonade.

– Am Ende muß man es doch so weit bringen, daß man ins Bett gehen kann. Und da droben haben sie nur Wein, allmählich tut mir das nicht gut.
Sara stellte sie einander vor. Aber sie kannten sich schon.
– Sie sind der Besitzer des Motorbootes, sagte der Krämer. Von da droben sieht man Sie alle Morgen aufs hohe Meer hinausfahren. Das ist sehr schön, die Kiellinie bleibt lange sichtbar, so von oben gesehen.
– Also, fragte Sara, der Pfarrer ist gekommen?
– Er kommt morgen. Aber so wie ich die allmählich kennenlerne, werden sie sich nicht so einfach herumkriegen lassen.
– Hat sie gegessen?
– Suppe, aber keinen Käse. Wenn sie einmal nach Hause gefahren sind, werde ich sie besuchen. Das hat mir immer gefehlt, Freunde, zu denen man zu Besuch fahren kann, Vorwände zum Reisen. Ich fahr diesen Winter hin.
– Sie sagen, wenn sie einmal nach Hause gefahren sind, sagte Sara, Sie fangen also an zu glauben, es fällt in den Bereich des Möglichen, daß sie wegfahren?
– In den Bereich des Unvermeidlichen, sagte der Krämer, wie sollte es sonst zugehen? Es hat schon hübsch lange gedauert.
– Er trank ein wenig von seiner Limonade. – Sie gefallen mir, ich wüßte nicht zu sagen, warum. Vielleicht weil sie neu sind. Ich habe ihnen, um sie zu zerstreuen, mein ganzes dreckiges Leben erzählt, und selbst mehr als mein Leben, die Leben, die ich nicht gehabt habe, die, die ich gern gehabt hätte. Niemand hat mir bisher so zugehört, nun bin ich müde davon wie weiß Gott was.
– Mit Ihnen spricht sie sicher, sagte Sara, wir waren dessen gewiß, wir sagten es uns eben, Gina und ich.
– Ein wenig, mal jetzt, mal dann, aber am liebsten ist es ihr, man erzählt ihr Geschichten. Es ist auch ein wenig der Grund, daß ich mit ihnen sprach. Sie aber sagt danke, guten Tag.
– Und von der Hitze, spricht sie davon?

– Niemals. Auch vom Feuer nicht, sie hat es gesehen und uns gezeigt, das ist alles.
Er nahm einen Schluck Limonade.
– Sehen Sie, man muß sie sehen, wenn sie Geschichten anhört . . . Ich glaube, sie ist nicht so furchtbar unglücklich, sie hat nicht mehr Kraft, nicht mehr Jugend genug dafür. Da ist was anderes.
– Was? fragte der Mann.
– Wie soll man es nennen? sagte der Krämer, das hat keinen Namen mehr. Es braucht keinen Namen mehr zu haben, was sollte er nützen?
– Gewiß, sagte Sara.
– Müdigkeit vielleicht, sagte der Krämer.
Er schwieg. An diesem Abend war er ebenso alt wie die Mutter des Minensuchers.
– Morgen vormittag kommen wir rauf zu euch, sagte Sara. Sie fügte hinzu: Vielleicht ist es ihnen lästig, wenn man die ganze Zeit so daherkommt.
– O nein, sagte der Krämer, ganz im Gegenteil. Das hat sie noch sehr, Lust auf Leute, und am Zuhören, sehr stark sogar.
Sie gingen. Über den Platz hinaus war der Weg nicht mehr beleuchtet. Doch der Fluß spiegelte die Helle des Himmels, man konnte recht gut sehen. Er war sehr nahe. Die Flut stieg. Stoßweise hörte man das Rauschen des Wassers an die steile Böschung schlagen, im langsamen Gleichmaß der steigenden See.
– Immerhin gibt's diesen Fluß, sagte Sara. Man wird nicht müde, auf ihn zu sehen. Wie schön das ist, Flüsse, besonders wenn sie ihrem Ende zugehen, riesig werden, wie dieser hier.
– Ich bin ihn gestern bis zur Brücke hinaufgefahren. Von der Biegung ab sind die Ufer vom Wind geschützt und voller Vögel. Sie müßten das sehen.
– Man könnte, sagte Sara, einmal hinfahren, auf dem Heimweg vom Strand.
– Früher, sagte der Mann, denn um diese Zeit würde man keine Vögel mehr sehen.

– Ludi hat mir davon erzählt, sagte Sara. Jedes Jahr mindestens einmal fährt er den Fluß hinauf.
– Wovon hat Ludi Ihnen nicht erzählt?
Der Mann näherte sich ihr und nahm ihren Arm.
– Was ist denn los? fragte er.
– Aber gar nichts, sagte Sara.
Kaum spürbar umfaßte er sie.
– Ist es der alte Bursche, der Sie traurig gestimmt hat?
– Ich weiß es nicht.
– Auch ich mag es gern, wenn man mir die Dinge sagt.
– Das kann ich Ihnen aber nicht sagen.
– Sie reden nicht gerne?
– Nicht sehr.
Sie wandte sich ihm zu. Sie blickten einander an.
– Sie sollen nicht traurig sein, sagte er.
Wortlos schritten sie ein gutes Stück des Weges weiter. Immer noch stieg die See den Fluß hinauf. Dann fragte er:
– Ist es jetzt vorbei?
– Ist vorbei.
– Es ist schon merkwürdig, wie sehr Sie mir gefallen, sagte er.
Die Nacht war so warm, daß da, wo ihre Arme einander berührten, alsbald leichter Schweiß sich bildete. Sie sagten nichts mehr zueinander bis zu dem Augenblick, da sie vor der Villa anlangten. Sara blieb stehen.
– Da wären wir, sagte sie.
Er küßte sie. Dann entfernte er sich um einen Schritt von ihr. Sie rührte sich nicht. Sie blickten einander an. Sara sah in seinen Augen den Fluß, wie er glänzte.
– Ich will nicht weggehen, sagte er.
Sara rührte sich nicht. Er küßte sie wieder.
– Ich werde nicht weggehen, wiederholte er.
Wieder küßte er sie. Sie betraten die Villa.
Auf der Freitreppe saß das Kindermädchen und wartete.
– Ich habe mich verspätet, sagte Sara.
– Es ist zehn Uhr, sagte das Mädchen, Sie hatten gesagt neun

Uhr, es ist zu spät für mich, zum Tanz zu gehen, was ich das satt haben kann.
– Sie gehen alle Abende, sagte Sara, das eine Mal werden Sie eben später kommen. Wenn ich mich verspätet habe, dann weil ich auch dort war.
– Wenn Sie auch hingehen, sagte das Mädchen, dann ist alles aus.
Sie war zum Ausgehen fertig, trug Lackschuhe mit hohen Absätzen für den Tanz, war wild geschminkt, sah aus wie ein hübsches kleines Straßenmädchen.
– Gehen Sie trotzdem noch, sagte Sara, Sie sind ja ganz fertig, es wäre schade, wenn Sie nicht gingen.
– Das ist es nicht, sagte das Mädchen, schon besänftigt, aber er hat nur bis elf Uhr frei.
– Sie haben noch eine Stunde, er hat sicher gewartet. Sie fügte hinzu: Und dann, Männer, die gibt's so viel Sie wollen, heute abend beim Tanz.
– Na hören Sie mal, sagte das Mädchen, er oder keiner, wofür halten Sie mich denn?
Sie sah zum Manne hin, ihn zum Zeugen der Beleidigung anzurufen, aber der hatte sich dem Fluß zugewendet, er rauchte, er drehte sich nicht um.
– Entschuldigen Sie, sagte Sara, gehen Sie rasch zum Tanz.
– Es ist ja richtig, jetzt, wo ich schon fertig bin, da sähe ich schön blöd aus, wenn ich ins Bett ginge. Also auf Wiedersehen, der Herr, die Dame.
Sie ging. Der Mann wandte sich wieder nach Sara um, lächelte ihr zu, ein wenig gezwungen, wie es schien, dann setzte er sich, gegen die Mauer gelehnt, auf die Erde. Sara entschuldigte sich und betrat die Villa. Da war es ebenso heiß wie untertags. Leise schlich sie sich ins Zimmer des Kindes. Wieder einmal hatte das Mädchen vergessen, das Fenster aufzumachen. Sie öffnete es weit, ging wieder zu ihrem Kind und betrachtete es im Halbdunkel. Es schlief gut, aber es war ihm sehr heiß. Sie zog das Laken zurecht, in das es sich verwickelt hatte, und trocknete ihm die Stirn. Dann sah sie es noch mal

an, schon an den Mann denkend, der sie auf der Veranda erwartete. Das Kind atmete so leicht wie eine Blume, und blumenhaft war seine ein wenig feuchte kühle Stirn. Wie jeden Abend sagte sie sich – an diesem Abend aber ohne Bitterkeit und nur verständig –, daß es das letzte Mal in ihrem Leben sei, daß sie einen solchen Ort aufsuche, einen so üblen Ort für Kinder. Als sie es küßte, drehte das Kind sich mit unwilligem Brummen gegen die Wand. Sie wartete eine Sekunde. Dann lag es wieder ganz still an der Stelle, an die es sich gedreht hatte, und wieder stieg sein Atem in die Nacht, beruhigend wie der Hauch eines Gottes. Sie ging hinaus, holte aus der Küche eine Flasche Chianti und zwei Gläser. Dann kehrte sie zur Veranda zurück.

– Ich habe nach dem Kleinen gesehen, sagte sie. Sie vergißt jeden Tag, das Fenster aufzumachen, jeden Tag.

– Seltsam genug, sagte der Mann, als ich ankam, habe ich Sie gar nicht bemerkt.

Sara goß Wein in die beiden Gläser, stellte die Chiantiflasche auf das Fenstersims und setzte sich neben ihn.

– Jetzt habe ich wirklich genug, sagte sie, von diesem Mädchen, ich kann ihr alles durchgehen lassen, aber nicht diese Geschichte mit dem Fenster.

– Was ich bemerkt habe, sagte der Mann, das ist Ihre Liebe zu Ihrem Kind, es ging mir sogar ziemlich auf die Nerven.

– Allen Leuten, sagte Sara.

– Und dann waren es die ungewöhnlichen Beziehungen, die Sie zu diesem Dienstmädchen unterhalten.

– Ich muß ein anderes finden, sagte Sara.

– Aber Sie, nein, Sie habe ich nicht bemerkt.

– Was macht das schon? fragte Sara.

– Ludi habe ich bemerkt, und . . . Jacques, sagte er. Und Gina, und Diana. Dich nicht.

– Sie hätten müssen, sagte Sara, da ich mit ihnen war.

– Warum?

– Sie hätten sich fragen müssen, warum ich mit ihnen war, da Sie mich doch nicht bemerkten.

– Das hätte ich müssen. Er fügte hinzu: Eigentlich mußte ich gestern weg. Dann hab ich dich auf der Straße daherkommen sehen. Ich hatte dich schon am Abend vorher gesehen. Und da haben wir's nun.
Er trank, stellte sein Glas vor sich und umfing sie plötzlich. Seit sie vor dem Weg stehengeblieben waren, hatten sie sich nicht mehr umarmt.
– Im Grunde genügt es, sich schadlos halten zu wollen, sagte der Mann, jedermann hält sich auf irgendeine Weise schadlos, oder?
– Gewiß, sagte Sara.
Er ließ sie in seinen Armen zurücksinken, sah sie lange an, streichelte derweil ihr Haar.
– Sie habe ich sofort bemerkt, sagte Sara.
Es verging noch einige Zeit, nicht so viel freilich – sie wußten es beide – daß sie nicht noch ein gutes Stück allein sein würden.
– Du freilich, du bemerkst eben alles, sagte der Mann.
– Ja, sagte Sara. Und es freut mich, für dich und für mich.
Er zog sie ganz an sich und sie kamen auf die Steinplatten der Veranda zu liegen.
– Im übrigen hältst du dich ganz schön schadlos, sagte der Mann lachend.
Er sah zum Fluß, eben lang genug um zu fragen:
– Wofür, das wüßte ich gerne.
– Aber für gar nichts, sagte Sara.
– Doch. Ich hätte gern gewußt, wofür.
– Mir schien, mit jedem sei es so weit, sagte Sara.
Sie konnte es schwer fassen, Gegenstand seines Begehrens zu sein. Übrigens hatte sie nie das Begehren der Männer nach ihr ganz fassen können. Es war das, sozusagen, Saras Unschuld, oder wenn man lieber will, ihre Einfalt.
Auf der anderen Seite des Flusses spielte man Blue Moon, und auf der Seite, wo sie waren, Mademoiselle de Paris. Jedoch, so wie die Bodenformation, der Lauf des Flusses, die Lage des Berges und dieses besonderen Hauses, und die späte Stunde,

und die Richtung des Windes, der von der Ebene her blies, es ergaben, war es im wesentlichen Blue Moon, was bis zu ihnen drang, und was sie nicht hörten.

Der Mann war seit einer Stunde fort, als Jacques vom Boule-Spiel zurückkam. Sie sagte ihm guten Abend. Er zündete das Licht an und zog sich aus.
– Du schläfst noch nicht?
– Mir ist heiß, sagte Sara.
Sie sah ihm beim Ausziehen zu. Sie hatte an ihn gedacht, seit der Mann weggegangen war, an ihn und an den Mann. Und während er sich auszog, dachte sie noch daran.
– Deine Haare sind naß, sagte Sara.
– Ich bin mit Diana zum kleinen Strand baden gegangen. Du mußt einen Abend mitkommen, es ist großartig.
– Und die anderen, haben die nicht gewollt? Und Ludi?
– Ach Ludi!
Er zündete eine Zigarette an. Er setzte sich aufs Bett.
– Ludi, der hätte schon gewollt, fuhr er fort, aber Gina wollte es nicht, weil er sie beim Heimkommen geweckt hätte. Immer das gleiche.
Er streckte sich aus, löschte das Licht.
– Und du, was hast du getrieben?
– Nichts. Wir haben ein Glas Wein zusammen getrunken.
Er wartete einen Augenblick.
– Und dann ist er gegangen?
– Ja.
Er packte sie am Arm.
– Du hättest Lust, mich zu betrügen, was?
– Ganz wie du, sagte Sara.
Im Dunkeln rauchte er seine Zigarette, und mit der anderen Hand hielt er Sara eng an sich. Wenn er an der Zigarette zog, sah sie sein Gesicht, von der Seite, aufflammen wie Glut.
– Warum sagst du mir das, daß du Lust hättest, mich zu betrügen?

– Weiß ich? sagte Sara, von Zeit zu Zeit macht es mir Spaß, dir die Wahrheit zu sagen.
Sie sah ihn lächeln.
– Man sollte sich immerhin daran gewöhnt haben, sagte er. Sie antwortete nicht.
– Du hast wohl sehr arg Lust, mich zu betrügen?
– Ganz wie du, wiederholte sie.
– Woher weißt du das, daß ich Lust hätte, dich zu betrügen?
– Wie du die Frauen anschaust. Und außerdem weiß ich, daß es bei dir ist wie bei mir.
Er wartete eine Minute, rauchte.
– Weißt du, sagte er, daß ich diesen Gedanken sehr schlecht ertrage.
– Ich muß ihn auch ertragen, sagte Sara.
Er legte seine Zigarette auf den Aschenbecher, drehte den Schalter und sah sie bei Licht wieder an.
– Glaubst du, daß Gina, zum Beispiel, niemals Lust hat, Ludi zu betrügen?
– Ich glaube, niemals. Aber man kann nie wissen.
– Warum gibt es Frauen wie Gina?
– Ich weiß nicht, sagte Sara. Sie vergessen, daran zu denken. Jedenfalls muß man es annehmen . . .
Er antwortete nicht.
– Du könntest das nicht ertragen, sagte Sara, eine Frau, die nie daran dächte.
– Allerdings.
– Er sah sie nochmals an, strich ihr übers Haar.
– Du bist weniger traurig wegen dieser Ferien, sagte er. Ach wie ich das möchte.
– Das siehst du so?
– Ja. An deiner kleinen Fratze, gleich. An deiner Stimme schon.
– Es ist ja wahr, man gewöhnt sich an diesen Ort, oder?
Er löschte das Licht. Es verging ein Augenblick.
– Ich gewöhne mich schlecht daran, sagte Jacques. Immerhin ist Ludi da, und das Meer, also . . .

– Hier oder woanders, sagte Sara, man muß die Ferien wohl irgendwo zubringen, oder?
– Sicherlich, sagte er, aber – er zögerte – ich mag diese Art, es anzusehen, nicht sehr.

KAPITEL III

Am Morgen darauf war die Hitze noch immer da, unwandelbar sich gleichend.
Nicht ein Tropfen Wasser war in der Nacht gefallen. Der Wind war nicht sehr stark gewesen und das Feuer am Berg war nicht viel weiter gekommen. Wieder wachte Sara als erste auf, wieder gegen zehn Uhr. Sie fand das Kind am gleichen Platz wie tags zuvor dasitzen, auf den Stufen zur Veranda, und den Garten betrachtend, der schon erdrückt unter der Sonne lag.
– Ich schau zu wie die Eidechsen laufen, sagte er.
Die nackten Hinterbacken auf den Steinplatten, angetan nur mit einem Hemdchen, sah er unverwandt auf die Koloquintenstauden, von wo, so glaubte er, die Eidechsen nach den Schilfbüschen starteten, die den Fluß säumten. Sie ließ ihn da und ging in die Küche. In guter Voraussicht bereitete das Mädchen den Kaffee abends zu. Sara nahm sich nicht erst die Zeit, ihn heißzumachen. Sie trank ihn kalt, eine große Tasse mit einem Zug – die Nacht machte einen so durstig wie der Alkohol –, dann zündete sie sich eine Zigarette an und setzte sich auf die Stufen der Veranda neben das Kind.
Und da Ferien waren, hatte sie nichts anderes zu tun, als das Kommen Ludis oder Dianas abzuwarten.
Die Augen in die Ferne, nach den Koloquinten, lauerte das Kind immer noch auf die Eidechsen.
– Hast viele gesehn?
– Eine Million – er besann sich – mindestens zwei.
Er wendete sich ihr zu, aber seine Gedanken waren anderswo, trunken von Eidechsen.
– Und Papa?
– Er schläft. Hast Hunger heute früh?
– Ich hab Brot gestohlen in der Küche ich möchte daß Papa mir eine Eidechse fängt.

Sie beugte sich nieder, küßte ihn. Immer dieser Sonnengeruch.
– Also hast dir ganz allein ein Frühstück verschafft?
– Ich bin zu Jeanne gegangen die hat mir Scheiße gesagt hab ich Brot aus der Schublade geholt.
– Ich möchte dir gern Milch geben, sagte Sara zu sich selbst, aber die Milch wird ja hier um acht Uhr früh schon sauer. Ich werde dir ein bißchen Tee machen. Magst Tee?
– Ja wenn Papa wach is sag ich ihm er soll mir eine Eidechse fangen die tu ich in eine Schachtel.
Sie beugte sich nieder, küßte ihn wieder, atmete wieder – und bis zum Schwindel – den Sonnenduft der Haare ihres Kindes.
– Ich mag dich lieber als das ganze Meer, sagte sie.
– Und den Ozean?
– Mehr als den Ozean. Mehr als alles was es gibt.
– Und alles was es nich gibt?
– Auch mehr als alles was es nicht gibt.
– Ich auch, sagte das Kind zerstreut, was ich möchte das is eine rote Eidechse Papa sagt die gibt es.
– Die gibt es.
Sie versuchte ihn in ihre Arme zu nehmen, aber er wehrte sich, ganz bei seinen Eidechsen. Sie setzte ihn wieder ab und sofort lag er auf seiner unermüdbaren Lauer.
Sie ging in die Küche zurück, trank noch ein wenig Kaffee und bereitete den Tee. Das Kindermädchen stand auf. Gähnend und sich streckend kam sie herein. Sie mußte spät ins Bett gekommen sein. Ihre Schminke klebte noch vom Vorabend her, und klein und schmutzig-grau, nachorgiastisch, sah unter dem gekräuselten und glanzlosen Haar ihr Gesicht hervor. Die Hitze war derartig, daß man nur selten die Kraft fand, einander guten Morgen zu wünschen. Nun bediente auch das Mädchen sich schweigend mit Kaffee und ging, einer Schlafwandlerin gleich, zum Badezimmer. Jacques stand unmittelbar nach ihr auf. Er kam zu Sara, küßte sie ohne ein Wort und trank, nun auch er, eine Tasse kalten Kaffees. Und sogleich tat auch er wie Sara getan hatte, setzte

sich auf die Stufen zur Veranda. Sie hörte ihn mit kraftloser Stimme darüber reden, daß es rote Eidechsen gebe. Dann war der Tee fertig und sie brachte dem Kind eine Tasse.
– War das eine Nacht, sagte Jacques. Aber nach dem Kaffee geht's besser.
– Es muß, es muß jetzt regnen.
Das Kind schüttete seinen Tee herunter, verlangte noch welchen. Kinder und Pflanzen kamen um vor Durst.
– Ich habe zwei Stunden auf der Veranda geschlafen, sagte Jacques, das Bett brannte. Ich bin völlig erledigt.
– Wir sind's alle, außer Ludi, sagte Sara. Sie setzte sich neben ihn auf die Stufen.
– Eine rote Eidechse Papa.
– Ausgeschlossen, sagte Jacques.
Er ging in die Küche, füllte einen Krug mit kaltem Wasser und ging in den Garten, um zu duschen, neben den Koloquintenstauden.
– Das wenigstens hätten sie nun gehabt, diese armen Idiotinnen von Koloquinten.
Nun ging auch sie in die Küche, füllte den Krug mit Wasser, dann duschte sie ausführlich das Kind, diesmal neben den Zinnien. Von der anderen Seite des Gatters her beobachtete sie lächelnd der Fischer. Das Kind lachte mit geschlossenen Augen unter dem Wasser. Sie holte noch drei weitere Krüge, duschte es ausführlich, langwierig.
– Ein Glück, daß noch Wasser in den Brunnen ist, sagte der Fischer.
– Ein Glück.
Sie ließ das Kind nackt in den Garten laufen, trocknete es absichtlich nicht ab, daß ihm länger die Kühle der Dusche erhalten bleibe.
Das Kindermädchen kam auf die Freitreppe, fertig angezogen, geschminkt, einen Scheuerlappen in der Hand.
– Nicht zum Aushalten, sagte sie. Ich geh drauf.
– Wir gehen alle drauf, sagte Jacques.

Nun duschte auch Sara wie Jacques neben den Koloquinten. Dann, das Badezimmer war nun endlich frei, kämmte sie sich, zog sich an, alles sehr langsam. Langsamer wohl noch als die Hitze es erforderte.
So verging eine Stunde.
Jacques, auf den Stufen zur Veranda sitzend, rauchte, die Augen auf dem Fluß. Weder spielte noch sprach er mit dem Kind. Die Nächte waren allzu heiß. Vom Schlafen wurde man todmüde. So leer und schwer verging der Morgen, bis man aus diesen Nächten auftauchte. Sara kam endlich, sich neben ihn zu setzen. Die Stunde des Badens war beinahe gekommen. Die dramatische Stunde des Tages, zu der man sich entschließen mußte, nach dem Meer zu wandern.
– Es geht besser, sagte Sara. Und dir?
– Es geht – er sah sie an – bei dir scheint's wirklich besser zu gehen.
– Es geht besser. Heiß ist es auf der ganzen Welt.
– Möglich, sagte Jacques. Aber siehst du, jetzt kommt es mir vor, als begänne nun ich den Ort satt zu haben.
Er nahm eine Zigarette, zündete sie an und sagte mit natürlichem Tonfall:
– Na und? Sag schon? Was habt ihr euch erzählt, du und der Bursche?
– Alles und nichts.
– Und außerdem?
– Wir haben geredet wie man gewöhnlich redet, von allem, von nichts.
– Aha, sagte er.
– Es ist merkwürdig, sagte sie, ich würde nicht daran denken, dich zu fragen, was ihr einander gesagt habt, du und Diana.
– Mit Diana ist es etwas anderes, sagte er. Er fügte nach einem kurzen Zögern hinzu: Und dann Diana, das weißt du genau, die hab ich dir zum Geschenk gemacht.
– Ich weiß, sagte Sara.
Jacques streckte sich plötzlich.
– Was möchte ich reisen, reisen, sagte er, weggehen.

– Wann hast du sie mir zum Geschenk gemacht? fragte Sara.
– Ist ja gleich, sagte Jacques überrascht.
– Ich gebe zu, ich wußte es, aber doch nicht so.
– Ich weiß nicht mehr . . . Vor zwei Jahren . . . Was macht das aus?
– Nichts. Aber ich habe keine besondere Lust mehr, von hier wegzugehen.
– Ich möchte weg, sagte Jacques, reisen. Mich bringt das um. Zwei Jahre reisen und nicht mehr arbeiten.
– In Hotels leben, das muß großartig sein, sagte Sara. Diana lebt sehr viel in Hotels, genau genommen.
– Ja. Ich glaube, für sie ist es unentbehrlicher als für eine andere.
– Kann sein. Ich möchte auch manchmal. Jetzt zum Beispiel. Warum ist es für sie unentbehrlicher als für andere?
– Wie soll ich das sagen? Vielleicht widerstrebt es ihr mehr als anderen, sich einzurichten, im Leben . . .
– Sie hat's gut, sagte Sara, sie ist sehr klug.
– Was hat das damit zu tun?
– Nichts. Eine Überlegung von mir. Sie ist die klügste Frau, die du je gekannt hast.
– Ich glaube auch. Aber das hat nichts zu bedeuten.
– Es ist schade, sagte Sara.
– Was?
– Daß du sie mir zum Geschenk gemacht hast.
– Warum?
– Weil ich keine Verwendung dafür habe, für die Klugheit.
– Das ist Anmaßung, sagte Jacques. Übrigens ist auch mir Klugheit egal.
– Das sagst du immer. Und doch, siehst du, ich glaube immer mehr, daß ich keine Verwendung dafür habe.
– Das ist nicht wahr, sagte Jacques. Das ist die schlimmste Anmaßung.
– Wenn du dessen so sicher bist, sagte Sara, muß ich dir halt glauben.

– Was du mir auf die Nerven gehen kannst, sagte er. Er stand auf, ging in die Küche, trank noch eine Schale kalten Kaffees und kam zurück.
– Ich denke, daß ich doch noch eine Reise machen werde, sagte er.
Er sah auf Sara, die auf den Fluß hinaus sah. Das Kind spielte in der Sonne.
– Auf Reisen kann ich auf alles verzichten.
– Ja, sagte Sara. Im Hotel kann man auf jedermann verzichten.
– Ja.
Er setzte sich wieder neben sie auf die Stufen.
– Und wie ist er, der Bursche?
– Ich kenne ihn nicht, sagte Sara. Er ist nicht redselig.
– Eine Abwechslung nach denen, die es sind?
– Eine kleine Abwechslung.
– Ich weiß nicht warum, er ist mir nicht sympathisch.
Sara antwortete nicht.
– Ich habe etwas gegen Leute, die dauernd auf der Hut sind. Es gibt so eine Art aristokratischer Zurückhaltung, die ich nicht mag.
– Du brauchst immer einige Zeit, bis du die Leute sympathisch findest.
– Richtig, sagte Jacques.
– Aber du wirst sehen, du wirst ihn sympathisch finden.
– Glaubst du?
– Du wirst sehen.
Sie schwiegen, weil Diana die Gartentür öffnete. Gewöhnlich kam sie, wenn sie kam, immer lange nach Ludi. Sie kam auf einem Rad.
– Ich komme um, sagte sie, ich möchte frisches Wasser. Ich habe Ludis Rad genommen, um schneller vorwärts zu kommen.
Das Kindermädchen brachte ihr ein Glas Wasser. Sie goß es in einem Zug hinunter. Dann setzte sie sich auf die Treppe.
– Davon abgesehen, geht es, sagte sie.

– Du hast einen schönen Rock, sagte Jacques.
– Alten Rock, sagte Diana und sie sah Sara an. Gehen wir baden?
– Und wie wir gehen, sagte Jacques. Ich hole die Badeanzüge.
Er verschwand im Haus. Das Kind begann im Schatten der Koloquintenstauden zu spielen, nahe bei Sara und Diana, an dem Platz, an dem Jacques geduscht hatte.
– Das ist aber recht, im Schlamm spielen, ermunterte Diana. Das Kind war schon bedeckt davon, aber alles war besser für die Kinder als die Sonne. Die Sonne konnte einem Angst machen.
– Es hat Streit gegeben, sagte Sara.
– Aha, sagte Diana. Sie fügte hinzu: Und worüber?
– Über Sachen ohne Bedeutung, sagte Sara. Sie machte eine unbestimmte Bewegung. Diana beugte sich zu ihr vor, hörte nicht auf, sie anzusehen.
– Wirklich ohne Bedeutung?
– Wirklich.
– Du bist früh nach Hause gegangen, gestern abend, sagte Diana in leichtem Gesprächston.
– Wir sind ein Glas Wein trinken gegangen, der Bursche und ich.
– Heute früh habe ich ihn im Hotel gesehen. Er ist sympathisch.
– Kleine Abwechslung von den anderen, sagte Sara.
– Ja, kleine Abwechslung, sagte Diana.
Das Kindermädchen erschien, gekämmt und gewaschen.
– Also, fragte sie, wie soll das heute werden?
Sie lachten los.
– Ich weiß nicht, sagte Sara.
– Ja, dann kann ich's Ihnen auch nicht sagen, sagte das Mädchen lustig.
– Wir werden es uns überlegen, sagte Diana.
Jacques kam mit dem Beutel für die Badeanzüge.
– Gehn wir?

– Ludi kommt, sagte Diana, warten wir auf ihn. Er ist gleichzeitig mit mir weggegangen.
– Allezeit auf alle warten, sagte Jacques. Warten wir.
Sie blieben alle schweigend auf der Freitreppe sitzen und rauchten, dann erschien Ludi am Gatter. Er war frisch wie ein Fisch.
– Ein herrliches Wetter, sagte er.
– Du nimmst uns auf den Arm, sagte Jacques.
– Ah nein, sagte Ludi, sie ist herrlich, diese Hitze, auf dem Weg hörte ich mein Blut sieden, ich hörte es tatsächlich. Ihr müßt euch beeilen, da ist der Bursche, er will bis Pointa Bianca fahren, und es ist wahr, bei der Sonne sollte man hin. Er nimmt vier Personen in sein Boot und Giulio sechs in seines. Geht es so?
– Es geht doch, oder? sagte Diana.
Sara nickte bejahend mit dem Kopf. Jacques zögerte:
– Ich hätte gern hier in aller Ruhe gelesen, sagte er.
– Man kann nicht lesen, sagte Sara, das weißt du genau.
Wieder erschien das Kindermädchen.
– Ich bin Ihnen vielleicht lästig, sagte sie, aber was tun Sie heute?
– Wir machen eine Bootfahrt, sagte Ludi. Man kann das Kind nicht mitnehmen, heute, nein, die Sonne in Pointa Bianca ist zu heiß für Kinder.
– Also dann geben Sie ihm zu essen, sagte Sara, eine Scheibe Schinken und eine Artischocke.
– Schinken, wie heißt das hier?
– Prosciuto, sagte Ludi. Und gekochter Schinken prosciuto cotto.
– Wenn Sie sich einbilden, daß ich mir sowas merke, sagte das Mädchen.
– Bringen Sie Papier mit, ehe Sie irgend etwas fragen, sagte Sara.
– Was ihr nur alle habt, heute früh, sagte das Kindermädchen.
Sie brachte das Papier. Ludi schrieb.
– Und der Kleine, was tun Sie jetzt mit ihm?

– Führen Sie ihn zum Strand und passen Sie auf ihn auf, sagte Sara.
– Das sage ich Ihnen gleich, sagte das Kindermädchen, wenn er ins Wasser läuft, ich laufe ihm nicht nach, ich hab Angst vor dem Wasser, da kann ich nichts gegen tun.
Ludi stand auf und sah sie sich an.
– Sie sind wirklich ungewöhnlich, sagte er. Ich habe nie jemanden wie Sie gesehen.
Geschmeichelt lächelte das Mädchen Ludi zu.
– Scheiße noch mal, sagte Diana, sie soll halt den nächsten Zug nehmen, Schluß und fertig.
Das Kindermädchen hörte zu lächeln auf und sah, verwirrt, auf Diana.
– Also hören Sie, sagte Jacques. Sie werden ihn ans Meer führen. Wenn er ertrinkt, ertränke ich Sie, wenn ich heimkomme. Haben Sie das verstanden?
Alle lachten. Auch das Kindermädchen, das nun zum Kind hinging.
– Also was ist, kommst du? fragte sie. – Das Kind gehorchte.
– Komm, zieh dich an und wir gehn los.
– Und wir müssen jetzt gehen, sagte Ludi, weil Gina noch zu den Alten rauf will, vor dem Mittagessen.
– Ach richtig, die gibts auch noch, sagte Diana.
– Ich weiß nicht, ob ich mitkomme, sagte Jacques. Ich glaube doch eher, ich werde lesen.
– Die Felsen sind wirklich schön, sagte Ludi, komm, du kannst dir nicht vorstellen, wie schön es ist. Weiß, ein Weiß, das du nie in deinem Leben gesehen hast, ich bin sicher.
– Komm, sagte Sara.
Ludi und Diana gingen. Jacques nahm seinen Badeanzug und sie zogen gleich nach Ludi und Diana los.
– Also, du willst, ich soll mitkommen? sagte Jacques.
– Ja.
– Dir geht's wie mir. Wenn du nicht da bist, ist alles Scheiße.
Sie sahen einander an und lachten.
– Was soll man dagegen machen? fragte sie.

Ludi und Diana warteten auf sie am Hauseingang. Die Sonne strahlte nicht hell. Dichter Dunst überzog den Himmel. Der Fluß spiegelte eisernes Licht. Wind gab es vormittags nie. Der Brand hatte sich nur wenig ausgebreitet, aber die Luft roch nach Feuer. Ludi und Jacques stapften voran.

– Sie wird ihn schlagen, sagte Sara, sie wird ihn ertrinken lassen.

– Alle Leute sind vormittags am Strand, sagte Diana, es ist überhaupt keine Gefahr.

– Ich muß mich daran gewöhnen, weniger daran zu denken.

– Ich weiß nicht warum, sagte Diana und zeigte auf Jacques, manchmal scheint mir, ich habe mehr Freundschaft für dich als für ihn.

– Nein, sagte Sara, das ist nicht wahr.

– Das kannst du nicht wissen, sagte Diana.

Die Sonne erschien wieder hinter ihrer dichten Dunstschicht. Einen Augenblick lang strahlte sie.

– Ich weiß es, sagte Sara, selbst wenn du Streit mit ihm hast, sogar wegen mir, dann weiß ich's immer noch.

Diana antwortete nicht. Sie blieb stehen.

– Ach was möchte ich, daß es regnete, sagte sie.

– Aber es wird ja regnen, komm, sagte Sara. Jacques und Ludi hatten sich umgedreht.

– Wir gehen drauf vor Hitze, sagte Sara.

Jacques sah Diana mit einiger Dringlichkeit an, dann setzten sie ihren Weg fort.

– Du wirst sehen, sagte Sara, eines Tages, wenn man am wenigsten darauf vorbereitet ist, wird der Regen kommen.

– Man kann nicht anders, als an irgendwas denken, und ich bin nicht mehr so jung und ich bin vielen Männern begegnet.

– Ich weiß, sagte Sara. Aber immer bist du da und interessierst dich für die Geschichte der anderen.

– Ach, die Geschichten der andern, was mir die zum Hals heraushängen, sagte Diana.

– Aber vielleicht hast du selbst eine wie jedermann, sagte

Sara. Vielleicht haben die andern nicht mehr als du, nicht mehr und nicht weniger.
– Das ist nicht wahr, es ist schwierig, eine Geschichte für sich allein zu haben. Du, was du auch anstellen magst, es führt immer auf deine Geschichte mit Jacques zurück, da ist nichts zu machen.
– Das ist es nicht, Geschichten, sagte Sara, eine einzige auf einmal.
– Du bist viel zu hintergründig, um eine Nacht wie jedermann verbracht zu haben.
– Ich habe eine Nacht verbracht wie jedermann, sagte Sara.
– Bist du dessen sicher?
– Ganz sicher, sagte Sara.
Sie waren am Anlegeplatz angekommen. Jacques und Ludi warteten.
– Das ist sicher, daß wenn es weiterhin nicht regnet, sagte Diana in aller Ruhe, wir dann alle draufgehen.
– Aber nein, sagte Ludi, sowas glaubt man, aber es stimmt nicht.
– Also, sagte Jacques, eine Art Rekord ist es schon.
– In ganz Europa ist es das gleiche, sagte Ludi, in Paris 43, in Modena 46, in Berlin auch 43, wie in Paris.
– Das ist doch kein Grund, sagte Sara.
– Du neigst dazu, sagte Jacques lächelnd – er hatte seine gute Laune wiedergefunden – aus der Hitze ein persönliches Schicksal zu machen.
– Ich fang auch schon an, sagte Diana, es muß etwas typisch Weibliches sein.
– Und doch ist sie schön wie die Revolution, diese Hitze, sagte Ludi.
– Da kommen die anderen, sagte Sara.
Die anderen kamen in der Tat vom Hotel. Sie riefen, sie seien bereit, und stürzten sich in die Boote. Jacques zog es vor, nicht in das des Mannes zu steigen. Diana und Sara stiegen dort ein, gefolgt von Ludi und Gina. Das andere Boot war eine Motorbarke, die ein junger Mann aus dem Dorf fuhr.

Darin waren acht der anderen Gäste des Hotels. Der Mann sagte Sara guten Tag, nachdem er Diana und Gina guten Tag gesagt hatte. Diana sah ihn an, aber es war nichts besonderes an dem Blick des Mannes, das Diana hätte wahrnehmen können. Er setzte sich an den Motor, vorne. Ludi ging zu ihm. Diana legte sich auf den Boden des Bootes und Sara setzte sich ins Heck neben Gina. Alle hatten sie das Boot in Badeanzügen bestiegen. Gina brachte die Kleider in einer Gummileinwand unter und sie fuhren auf den Fluß hinaus. Das andere Boot war ihnen voraus, aber es dauerte nicht lange und sie holten es ein. Der Mann legte Tempo vor. Schon gleich bei der Abfahrt, um des Fahrtwindes willen. Ludi lachte. Diana schrie vor Freude und selbst Gina schloß die Augen und überließ sich dem Wind. Sara legte sich in ganzer Länge neben Gina, in Windrichtung, die Füße gegen das Waschbord gestemmt. Trübselig unter der Sonne segelte das Dorf vorbei. Kinder auf den Uferböschungen schrien fröhlich auf, als sie das Boot vorbeigleiten sahen. Ein paar stürzten sich in den Fluß vor Begeisterung. Schreiend und lachend rief Ludi sie bei ihrem Namen. Sehr bald hatten sie das Meer erreicht. Sara sah Jacques im Bug der Motorbarke aufrecht und hilflos, wie er sie lächelnd betrachtete. Dann kam der Damm. Als er so weit war, wendete der Mann in weitem und makellosem Kreisbogen, fast ohne langsamer zu werden. Gina fiel auf Diana und begann den Mann anzupöbeln, als kennte sie ihn schon seit langem. Das Boot fuhr dann am kleinen Strand vorbei. Sara hielt mit allen Kräften Ausschau, es gelang ihr weder den Kleinen noch das Kindermädchen zu entdecken. Sie vergaß es. Unmittelbar nach dem kleinen Strand tauchte die Felsenküste auf. Noch war sie niedrig, aber gegen Pointa Bianca zu wurde sie immer höher. Hier war sie noch mit Feigenbäumen und Sandbeersträuchern bewachsen, dazwischen stand da und dort, vom Wind beinahe ganz entblößt, eine Pinie oder eine Zwergeibe. An dieser Stelle, der Felsenküste entlang, traf man immer auf eine äußerst lange Grundwelle, und das Boot schlingerte leicht. Der Mann bediente gleichzeitig den Motor und, mit Hilfe einer Schnur, das Steuerruder. Bis zur ersten kleinen Bucht nach dem Strand hielt er sich in immer gleichem Abstand von den Felsen. Da angelangt, rief er Ludi zu:

– Jetzt fahren wir näher hin, um auf den Meeresgrund sehen zu können.

Er verringerte nun immer mehr seine Geschwindigkeit und näherte sich schräg den Felsen, die jetzt gut hundert Meter hoch waren und viel nackter als noch soeben. Er kam bis auf etwa zehn Meter an sie heran. Alle beugten sich heraus und sahen auf den Grund des Meeres. Sichtbar war er nur auf der Seite, wo der Rumpf des Bootes seinen Schatten warf, und sie konnten nur einer nach dem andern hinabschauen. Sara schaute nach Ludi. Der Meeresgrund schien sehr nahe, er leuchtete wie Mondlicht, das bisweilen die grünen Strahlen des Tages durchzögen. Der Mann sagte Ludi, er solle versuchen, den Außenbord-Motor zu übernehmen, es sei nicht sehr schwer, und er selbst werde sich um das Ruder kümmern. Ein wenig verschreckt übernahm Ludi den Motor. Der Mann ging nach hinten, in Saras Nähe. Er öffnete den Behälter, in dem sich die Unterwasserbrillen befanden, und beugte sich zu Sara nieder. Ludi fuhr, ob seiner Verantwortung entsetzt, starr nach vorn blickend. Gina und Diana wiederum blickten auf den Meeresgrund. Guten Tag, sagte der Mann. Sara antwortete nicht. Langsam entnahm er dem Behälter eine Unterwasserbrille, streifte mit seinem Kopf den frei schwebenden Fuß Saras und küßte ihn. Niemand sah es, konnte es sehen. Er ging wieder nach vorn und übernahm den Motor aus Ludis Händen. Die Unterwasserbrille bot er Gina an. Doch Gina rief, sie wage es nicht, so nahe an den Klippen ins Meer zu springen, aus Furcht, der Brandung wegen dann nicht mehr ins Boot zurücksteigen zu können. Der Mann bestand nicht weiter darauf. Er erhöhte wieder ein wenig die Geschwindigkeit und erklärte, immer schreiend – die nahen Felsen warfen die Stimmen bedrohlich zurück –, daß er die Geschwindigkeit erhöhen müsse, denn hier sei es gefährlich.

Die Brandungswelle wurde tief und mächtig – sie umfuhren einen Felsvorsprung – und das Boot zerschnitt sie, so gut es eben konnte, wurde einmal da- und einmal dorthin getragen, wie ein Insekt, und immer der Küste zugetrieben. Die geringste Unachtsamkeit und es wäre in hohem Schwung gegen die Klippen geworfen worden. Endlich kam, ein wenig ruhiger, eine kleine Bucht, wo der Fels wieder Aschenpflanzen und Sandbeersträucher trug. Die eine Felswand der Bucht warf auf das Meer einen ziemlich breiten Schatten. Der Mann entschloß sich, ihn zu überqueren und der Richtung der Uferfelsen zu folgen. Als der Schatten erreicht war, wurde mit einem Mal der Meeresgrund sichtbar. Sara schrie auf. Der Mann wandte sich um, lächelte, verließ aber nicht den Schatten der Bucht. Er sagte, sie sollten versuchen, weiter zu schauen. Es war die Kehrseite der Welt. Über einer leuchtenden und stillen Nacht fuhr man einher, stille, in Schweigen erstarrte Algen überwucherten sie. Die Züge der Fische riefelten ihr Dickicht mit schemenhaften Pfaden. Dann und wann hörte, augenscheinlich, alles Leben auf. Nackte und leere Abgründe gähnten. Blauer Schatten erhob sich, köstlich, Schatten einer reinen und unergründbaren Tiefe, dem Leben gewiß nicht minder Beweis als ein Anblick des Todes. Aber Diana rief, man müsse hier fort.

– Wissen Sie nicht, sagte Diana, daß wir keine Leute sind, die fähig wären, den Anblick des Meeresgrundes zu ertragen?

– Aber niemand ertrüge ihn, sagte der Mann.

Er sah Sara an, lächelnd nun auch er, aber auf so beharrliche Weise wie er es seit der Abfahrt noch nicht getan hatte, und ganz als sei ihm urplötzlich eine neue Kühnheit gekommen beim Anblick dieser Dinge.

Er entfernte sich von den Felsen und verließ den Schatten der Bucht. Als sie eben herausfuhren, um das offene Meer zu gewinnen, kreuzten sie ein Floß, das, mit Steinblöcken beladen, sich auf den Damm zu bewegte. Es kam so langsam vorwärts, daß es stillzustehen schien: Arbeiter, auf den Steinen sitzend oder ausgestreckt, ruhten auf ewig aus auf dieser schwimmenden Insel. Man rief einander Grüße zu und allerlei über das Meer und über die Hitze. Dann überholten sie das Floß. Der Mann entfernte sich noch ein wenig von den Felsen; auf etwa hundert Meter von ihnen erhöhte er unversehens die Geschwindigkeit erheblich und hielt Kurs direkt auf Pointa Bianca zu. In diesem Augenblick hatte die Motorbarke sie beinahe eingeholt. Sara konnte wieder Jacques sehen, ganz nackt stand er im Bug des engbrüstigen Schiffes. Er lächelte ihr zu wie ein armer Fischer, der sich mit seinem Schicksal abgefunden hat. Sie lachte, lachte ihm zu und machte ihm ein Zeichen mit der Hand. Er antwortete ihr. Erneut erhöhte der Mann die Geschwindigkeit und wieder ließen sie ihn weit hinter sich. In kaum zehn Minuten kamen sie an. Die Felsenküste von Pointa Bianca war ein wenig höher als jene, die über der Bucht hing. Sie bestand aus weißem Marmor, war völlig kahl ohne einen Grashalm. Ein ganzer Teil war ins Meer abgestürzt, aus dem blitzende Blöcke herausragten. Der Strand befand sich in eben jener Einbuchtung, die durch den Absturz entstanden war. Er wurde nicht von Sand gebildet, sonder von Marmorkieseln, blendend weiß auch sie. Hier war die Rückspiegelung derart, daß man nicht ohne Schmerzen die Felsenküste betrachten konnte. Ludi und der Mann sprangen ins Wasser und zogen das Boot bis zum Strand. Diana, Sara und Gina stiegen ebenfalls aus, um ihnen die Arbeit zu erleichtern. Sie tauchten alsbald unter. Jetzt, da das Boot stillstand, wurde die Hitze ungeheuer und man konnte es nicht erwarten, im Meer unterzutauchen. Schwimmend folgten Diana und Sara dem Boot bis zum Strand. Im Schatten des Mahagoniholzes erröteten die Marmorkiesel unter dem Schiffskörper. Als das Boot nun festgelegt war, verschwanden, mit allen Kräften schwimmend, der Mann, Ludi und dann Gina in Richtung auf die offene See. Diana blieb bei Sara, im Wasser ausgestreckt. Hier gab es keine Algen mehr, nur Kiesel, die den Füßen wehe taten. Das Wasser war rein und belebend wie Weingeist. Die Motorbarke trudelte ein.

Man zog sie neben das Motorboot. Ludi und der Mann kamen zurück, um zu helfen. Dann war es an Jacques, zu tauchen, nun seinerseits aufs Meer hinauszusteuern und, zurückkehrend, neben Sara und Diana sich auszustrecken. Sie sagten ihm, ihr Boot sei hart an die Felsen gefahren und sie hätten dort den Meeresgrund gesehen, der ganz außerordentlich schön sei. Sofort erhob sich Jacques und rief dem Mann zu, er solle ihm seine Unterwasserbrille leihen. Der Mann bezeichnete ihm den Platz, wo sie im Boot lag, und schleunigst ging Jacques sie holen. Es waren da zwei. Er nahm sie alle beide und fragte in die Runde zurück, wer wohl mit ihm gehen wolle. Diana lehnte ab, sagte, sie fühle sich vor Wohlbefinden ausgelöscht. Gina nahm an.

– Ich komm mit dir, mein Schatz, sagte Gina.

Die ganze Gruppe war im Wasser, mehr oder weniger weithin zerstreut. Jacques und Gina entfernten sich Seite an Seite wie mit einer einzigen Bewegung.

– Das mag sie, das Meer, sagte Diana, wenn sie da drin ist, wird sie wie ein junges Mädchen.

– Du badest nicht?

– Keine Lust heute, aber ich werde doch rein müssen. Gina kann jeden Tag schwimmen, sie kriegt nie genug. Ich schon.

– Für mich stellt sich die Frage nicht, sagte Sara, es tut mir leid.

– Was hast du gestern abend getrieben?

– Du sagst, dir hängen die Geschichten der anderen zum Hals heraus, und jedesmal fängst du wieder an.

– Es ist nicht so sehr, daß ich es wissen möchte, ich hätte gerne gehabt, daß du es mir gesagt hättest.

– Und du, was hast du getrieben?

– Ich bin mit Jacques baden gegangen. Ich hatte Lust zu baden und er ist mit mir gekommen. Du weißt es übrigens.

– Ich weiß wenig, sagte Sara. Aber das ist wahr, er hat es mir gesagt.

– Zu faul zu reden, es ist widerlich . . .

– Ich rede ja zu dir, sagte Sara. Ich hatte ihn nichts gefragt und

er hat es mir gesagt, daß er mit dir am kleinen Strand gebadet hat.
– Ich hatte ihn gebeten, mit mir zu kommen. Das Spiel war so früh aus.
– Auch das hat er mir gesagt.
– Siehst du, sagte Diana sanft, ich wußte es seit langem, daß es euch eines schönen Tages passieren würde.
– Nichts weißt du, sagte Sara.
Schwimmend verließ Diana sie. Sie war eine gute Schwimmerin. Sara sagte sich, auch sie müsse nun ein wenig schwimmen. Sie versuchte zwei oder drei Schwimmstöße in Richtung auf die anderen, aber der Grund senkte sich so steil, daß sie erschrak und es sein ließ. Sie kehrte dahin zurück, wo sie gewesen war. Sie war allein an dieser Stelle, und nah dem Strand. Kaum war Diana weg, kam der Mann ruhig auf sie zu. Auch er legte sich ins Meer, neben sie. Jacques war weit. Er besah sich den Meeresgrund.
– Kommen Sie mit mir bis zu diesem Felsen, sagte der Mann.
Der Felsen war, ziemlich breit und flach, zwölf Meter weit weg.
– Ich habe Angst, sobald ich keinen Grund habe, sagte Sara.
– Man hat ja Grund, sagte der Mann. Ich werde neben dir gehen, dann wirst du ja sehen, daß man Grund hat. Aber du wirst schwimmen.
– Aber warum bleiben wir nicht hier?
– Ich weiß auch nicht, um dich schwimmen zu sehen, um irgendetwas mit dir anzustellen.
Sie folgte ihm, bemühte sich gut zu schwimmen. Lächelnd sah er ihr zu, wie sie vorwärts kam. Je weiter sie vorwärts kam, desto tiefer schritt er ins Meer hinein.
– Schau auf mich, sagte er. Laß dir Zeit. Du bist ganz nah am Felsen.
Als sie anlangten, ragte, guillotiniert, allein sein Kopf aus dem Meer, ganz nah dem ihren, sehr nah. Der Fels war glatt und hatte, auf der einen Seite, eine Art von kleiner Plattform. Er half ihr, sich darauf hochzuschwingen. Sie streckte sich

aus, müde, soviel geschwommen zu sein. Er setzte sich neben sie, die Füße im Wasser.

– Guten Tag, sagte er.

– Mein Herz klopft, sagte sie, lächelte ihm zu. Guten Tag.

Sie sahen ins Weite. Diana und Ludi waren aufeinander getroffen. Links von ihnen waren die meisten der Gäste aus dem Hotel und zwischen dieser Gruppe und Ludi lagen Jacques und Gina ausgestreckt auf dem Meer, wie Ertrunkene, völlig unbeweglich und die Gesichter der anderen Seite der Welt zugekehrt.

– Der Gedanke freut mich, sagte Sara, dich geliebt zu haben.

Er beugte sich zu ihr hin.

– Ich möchte dich haben. Ich möchte hier, sogleich.

Sie lächelte ihm zu, er aber nicht.

– Ich möchte gerne eine Zigarette, sagte sie.

– Vielleicht bin ich verliebt in dich. Er sah wieder in die Ferne auf den unbewegten Horizont.

– Aber das ist doch nicht schlimm, sagte Sara lachend.

Sie sagten eine Sekunde lang nichts mehr zueinander.

– Wenn du eine Zigarette willst, sagte er, kann ich dir eine holen. Ich kann beim Schwimmen rauchen. Willst du?

– Das ist ja eine ganze Unternehmung.

– Es würde mir Freude machen, dir eine Zigarette zu holen.

– Dann will ich. Aber vorher gieß Wasser auf mich, ich halte die Sonne nicht mehr aus.

Er nahm Wasser in seine Hände und bespritzte sie damit. Sie schrie ein wenig auf, weil das Wasser vergleichsweise eiskalt war. Der Horizont war unverändert unbewegt.

– Was ich gern dich haben möchte, sagte er wieder.

– Geh, hol mir diese Zigarette.

Er tauchte. Sie sah ihn einige Meter weit unter Wasser gleiten, vom eigenen Stoß wie angesogen, gleichmäßig und wie ein unmenschliches und gefahrbringendes Ding. Dann verbarg ihn ihr der Fels. Er kam sehr bald zurück, den Kopf über dem Wasser, eine Zigarette im Mund.

– Nimm sie, sagte er.

Vorsichtig nahm sie sie ihm aus dem Mund. Tropfnaß setzte er sich wieder neben sie.
– Ich muß dich wieder haben, sagte er.
– Vielleicht wäre es besser, nicht erst anzufangen davon zu sprechen.
– Ich will dich wieder haben. Ich will es.
– Mir ist heiß, gieß noch Wasser auf mich.
Er bespritzte sie, wie soeben, und diesmal liebkoste er sie, eilig, wie ein Dieb. Aber der Horizont war immer noch blau und unbewegt.
– Warum nur gefällst du mir so sehr, sagte er.
– Weiß ich doch nicht. Sie mußte lachen.
– Ich auch nicht, sagte er.
Sie sah ihn an, ohne zu antworten. Er bestand nicht weiter darauf.
– Hast du es Diana gesagt?
Sie schüttelte verneinend den Kopf.
– Doch, sagte er, ich bin sicher, oder? Selbst Diana nicht?
– Diana sehnt sich nach allerlei, selbst nach . . . solchen Sachen.
Jacques und Gina, immer noch bäuchlings, kehrten nun zurück, ihnen entgegen.
– Du mußt jetzt etwas weiter weg, sagte Sara.
– Ich seh dich heute abend, verkündete er.
– Nein, heute abend stiehlt man dir dein Boot, um eine Spazierfahrt zu machen.
Ungläubig sah er sie an, dann lachte er los.
– Stiehlt es endgültig?
– Nein. Nur gerade um dich zu ärgern. Und nur für eine Spazierfahrt.
– Ich dachte mir sowas. Er überlegte. Aber ihr werdet nicht damit umzugehen wissen.
Er dachte offensichtlich an sein Boot, und dies allein beschäftigte seine Gedanken für einige Minuten.
– Aber ich könnte euch herumfahren und dann nach Hause bringen, oder?

– Wir hatten es uns in den Kopf gesetzt, es dir zu stehlen, so geht es also nicht. Du weißt doch wie das ist, mit Ferienideen.
– O, nimm's nur, sagte er.
– Man findet, du hängst viel zu sehr an diesem Boot.
Ganz plötzlich packte er ihren Fuß und preßte ihn.
– Und ist es auch deswegen, daß du mich gestern abend eingeladen hast . . . zu dir zu kommen?
Sie mußte lachen.
– Und wenn's so wäre, sagte er, die Augen in die Ferne gerichtet, mir ist es gleich.
Sie antwortete nicht weiter. Er ließ jäh ihren Fuß los.
– Auch du, sagte er, auch du hast ja Lust auf mich, mir ist es gleich.
– Wo ist es denn, dein Boot, bei der Nacht?
– Auf der Insel, neben Ludis Villa.
– Warum versteckst du es denn so?
– Ich weiß nicht, um euch alle zu ärgern.
– Geh jetzt weg, sagte sie.
Das Baden dauerte noch eine halbe Stunde. Sara kehrte zum Strand zurück. Jacques ließ sie Rückenschwimmen versuchen, dann kehrte sie wieder zum Strand zurück. Dann kehrten auch die anderen zum Strand zurück. Dann ging ein jeder, einzeln für sich oder in Gruppen, noch mal ins Wasser. Dann rief Gina nach allen, weil es die Stunde der Rückkehr war. Sara stieg in die Motorbarke und Jacques beschrieb ihr die Wunderdinge, die er am Meeresgrund gesehen hatte. Er sagte ihr, er hätte sie gerne mit ihr gesehen und daß er es immer bedauern werde, daß sie ein Opfer so unsinniger Ängste sei wie zum Beispiel der vor dem Meer. Er bat sie, sich doch einen Ruck zu geben, um damit fertig zu werden. Und sie versprach es ihm. Sie streckten sich im Bug des Bootes aus und sprachen die ganze Zeit während der Heimfahrt von diesen und jenen Dingen, die an ihr Dasein nicht unmittelbar rührten.
Als sie angelangt waren, war es ein wenig über Mittag. Gina ging nach Hause, um die gefüllten Tomaten zu holen, die sie nach droben zu bringen versprochen hatte. Der Kleine war

mit dem Kindermädchen in die Villa zurückgekehrt. Sie stiegen alle zu dem weißen Haus hinauf, auch der Mann. Eine gleiche Entschlossenheit ergriff sie jeden Tag, wenn es galt, diesen Weg hinaufzuklimmen, um die Alten zu besuchen, und das war ihnen gemeinsam, daß keiner von ihnen es das eine oder andere Mal für zwecklos gehalten hätte, dorthin zu gehen. Immer noch war kein Wind aufgekommen und der Wald roch nach Brand. Aber der Dunst, der den Himmel bedeckte, war zerrissen, und nackt und einsam strahlte die Sonne am Zenit. Eben dieser Sonne wegen konnte man das Feuer nicht sehen, aber auf seiner Höhe stieg ein dichter schwarzer Rauch in Schwaden aus der Dichte der Pinien und ostwärts bebte ein kleines befestigtes Dorf in dem zitternden Dunst. Sara ging hinter dem Mann und Diana her. Ludi, der schimpfend die gefüllten Tomaten trug, stapfte neben Jacques. Gina war allen vorausgeeilt und eröffnete allein den Zug. Man hätte denken können, man hatte immer das Gefühl, die Hitze habe noch zugenommen und je im Augenblick sei sie am ärgsten.

– Ich glaube, es ist noch heißer, sagte Jacques, aber vielleicht liegt es an diesem Brandgeruch. Aber welch ein Bad war das heute früh.

– Das schönste, sagte Diana, seitdem wir hier sind.

– Hast du sie gesehen, sagte Ludi, diese Sonne auf dem Marmor? Es war beinahe griechische Sonne. Zum Berauschen. Nein, man darf sich nicht beklagen über die Hitze.

– Wer beklagt sich darüber? fragte Sara.

– Man muß sie verstehen, sagte Ludi, sie wirken lassen, sie anhören. Dann liebt man sie.

Er wendete sich nach dem Mann um.

– Sie sind viel gereist?

– Ziemlich.

– Ist es nicht richtig, daß es nirgends eine Sonne wie diese gibt?

– Nein, nirgends.

– Sie ist weniger weiß, weniger trocken, was?

– Ja, sagte der Mann. Und dann, ich weiß nicht, es ist nicht der gleiche Geruch dabei. Er fügte hinzu: Auch macht sie nicht so glücklich.
Jacques drehte sich um und sah den Mann an.
– Ich verstehe, sagte Ludi nach einer Pause.
– Da wo ich sie kenne, sagte Sara, ist es auch nicht die gleiche Sonne, es ist eine graue Sonne voller Regen, und der Himmel ist immer schwer.
– Was alles für Sonnen, spaßte Jacques, was für verschiedene Sonnen.

Der Krämer war da. Er sprach. Die Alten hörten ihm aufmerksam zu. Billigend nickten sie mit ihren Köpfen. Alle drei lehnten sie an der Mauer, die parallel zum Weg verlief, vor der Seifenkiste. Die Mauer war voll von Inschriften, verschlungenen Namenszeichen, politischen Parolen. Die neueste richtete sich an die Sommergäste: »Redet nicht so viel, denkt an die fünfzigtausend Arbeitslosen im Departement.« Der Krämer aber, der Krämer sprach von seinem Leben. Die beiden Zollbeamten, durch die andere Mauer geschützt, schliefen mit offenen Mündern, Gewehr umgehängt, von Langeweile niedergestreckt.
– Dann haben die Familien sich geeinigt, sagte der Krämer, und die Heirat kam zustande. Ich habe meinen Beruf im Arsenal aufgegeben. Wir haben gleich das Kolonialwarengeschäft gekauft. Sie liebte die Kolonialwaren, liebte Verkaufen. Ich nicht, aber ich liebte sie, so war es ohne Bedeutung, während sie, die Arme.
– Grüß euch, sagte Gina, hier sind die gefüllten Tomaten. Bei dieser Hitze finde ich, ist es besser, sie mit Kräuterfülle zu machen.
– Aber sie muß dich doch auch geliebt haben, sagte Ludi.
– Nein, sagte der Krämer, zwanzig Jahre lang hat sie sich keine Stunde lang von ihrem Laden abbringen lassen. Anfangs, da wir doch hier waren, ganz nahe dem Meer, wollte ich dauernd Boot fahren. Gleich hat sie das verrückt gefun-

den. Zwei Jahre lang habe ich nicht lockergelassen. Dann, nach zwei Jahren, habe ich sie nicht mehr gebeten.
Sie setzten sich alle in den Schatten der großen Mauer. Die Alte rückte ein wenig weg. Sara kam zwischen den Mann und Ludi zu sitzen. Jacques saß ihnen gegenüber, im Schatten der kleinen Mauer.
– Und jetzt, sagte der Mann, reizen Sie Spazierfahrten auf dem Meer nicht mehr?
– Nein, sagte der Krämer, mit ihr habe ich alle Lust am Leben verloren. Jetzt bin ich nur mehr Bitterkeit.
– O nein, sagte Ludi, wie falsch das ist, was du da sagst.
– Doch, doch, sagte der Krämer, zwanzig Jahre lang mit einer Frau, die sich überhaupt nicht ändert, da kommt man nicht so ungeschoren raus. Da ist man für immer erledigt.
– Ich hätte sie natürlich mit Fleischfülle machen können, sagte Gina, aber ich habe kein Fleisch gefunden, das mir gepaßt hätte.
– Nach fünf Jahren rief sie mich nicht mehr bei meinem Namen, sie rief mich . . . anders. Viele im Dorf, die Kinder besonders, die in den Laden kamen, nannten mich so wie sie. Aber am Ende bedeutete es gar nichts mehr. Was mich wundert ist, daß ich niemals jemandem die Zähne eingeschlagen habe. Wenn ich gewollt hätte, hätte ich der ganzen Gemeinde die Zähne einschlagen können, aber ich hab's nie getan.
– Ich hätt's getan, sagte der Alte.
Die Alte ließ sich, Zeichen der Zustimmung, einen leisen Klagelaut entlocken. Sie hörte dem Krämer mit ganzer Aufmerksamkeit zu und für den Augenblick hatte sie ihre eigene Geschichte vergessen. An diesem Tag schien sie gar nicht schläfrig zu sein.
– Erstaunlich ist auch, fuhr der Krämer fort, wirklich erstaunlich, daß ich nie daran gedacht habe, daß ich diese Frau ja verlassen könne. Der Gedanke kam mir nicht.
Ein kurzes Schweigen trat ein. Man sah einander an. Der Mann zog ein Päckchen Zigaretten aus seiner Tasche und bot rundum an. Nur Sara nahm eine. Jacques sah den Mann eine

Sekunde lang an, einigermaßen ratlos. Seit seiner Bemerkung über die Sonne sah er ihn ziemlich oft an.

– So haben Sie also niemals irgendeinem die Zähne eingeschlagen? sagte Diana.

– Ich hatte so Grundsätze, sagte der Krämer, immer schon. Und überdies wollte ich mich meiner Kraft nur zum Beweis von Freundlichkeit bedienen und nicht anders. Genaugenommen wartete ich, um mich ihrer zu bedienen, auf die Gelegenheit zur größten Freundlichkeit. Sie ist nie gekommen. Es wäre mir zuwider gewesen, mich ihrer nur um meinetwillen zu bedienen.

– Na, sagte Ludi lächelnd, du kannst sagen was du willst, aber schließlich bist du auch dünn wie ein Zündholz, Krämer. Er lachte sehr freundlich. Auch der Krämer lachte, aber traurig.

– Wenn du schon von dir erzählst, fuhr Ludi fort, mußt du alles sagen, und auch das. Du warst vielleicht stark, aber das und der Gemeinde die Zähne einzuschlagen, da ist noch ein Unterschied . . .

– Und das Judo, sagte der Krämer, wo läßt du das? Als ich das Arsenal verließ, war ich Judomeister der Gegend. Und da gab's, das sag ich dir, da gab's Burschen, die diesen neuen Sport betrieben, und doch war ich der beste. Bei diesen zurückgebliebenen Halbwilden hier hätte ich das ganze Dorf ausrotten können.

Er legte die Hand quer zu seiner Gurgel, ein Judo-Griff.

– Aber dann, sagte Ludi, bist du wirklich recht klein geworden, mit dem Alter.

– Ich, sagte Jacques, ich glaube ihm.

– Und selbst, sagte Gina, wenn nur er selbst es glaubte? Ist das nicht die Hauptsache?

– Richtig, sagte der Krämer. Mein Judo, das habe ich für mich behalten, zwanzig Jahre lang. Das hat mich dazu gebracht, daß ich unnötigerweise manche Dinge ertragen habe, aber ich wollte es nicht benützen, nicht an diese Kraft rühren, die ich in mir hatte, so wohlverborgen. Ich sagte mir, sie wird

schon noch kommen, die Gelegenheit der größten Freundlichkeit, sie wird kommen, mach dir keine Sorgen, diese Gelegenheit, dich ihrer zu bedienen. Sie ist nicht gekommen. So ist das jetzt.
– Seien Sie mir nicht böse, sagte Diana, aber wenn Sie sich dessen ein ganz klein wenig bei ihr bedient hätten, dieses Judo, ich glaube das wäre so übel nicht gewesen, jedenfalls, Sie verstehen mich.
– Nein, sagte der Krämer, das hätte mir zu gar nichts gedient. In Geschwindigkeit hat sie aus mir einen Mann gemacht, den man nicht mehr lieben konnte, den keine Frau hätte lieben können, weder sie noch eine andere.
– Das hast du dir alles eingebildet, sagte Ludi.
– Nein, sagte der Krämer, einen Mann ohne Stolz, und wie sie, ohne . . . Sinn für die Liebe. Niedergedrückt fügte er hinzu: Und dabei ist sie mir treu gewesen wie ein Hund, in zwanzig Jahren nie die geringste Untreue.
– Das ist schon richtig, in der Ehe, sagte Ludi traurig, verliert sich das Weibliche. Er sah auf Gina, die begann, die Geduld zu verlieren.
– Manchmal, sagte Jacques, bleibt es auch. Man darf nicht verallgemeinern.
– Also, sagte Gina, der Pfarrer, war er da?
– Er war da, er wird heute abend wiederkommen, sagte der Alte, aber, er sah seine Frau an, ich glaube, wir werden uns fügen müssen, jetzt sind es schon vier Tage. Der Zollamtmann ist auch gekommen.
Die Frau senkte die Augen und seufzte. Ein Augenblick verging.
– Ich glaube, sagte endlich der Krämer, ich glaube wirklich, ich bin etwas bösartig geworden.
– Ah nein, rief Diana aus.
– Doch, sagte der Krämer, es liegt an diesem Judo, das nie zu etwas gedient hat . . .
– Warum der Zollamtmann eher als sonst wer? fragte Jacques. Er sah den Mann an und lächelte ihm mühsam zu.

– Allzusehr die Gelegenheit der größten Freundlichkeit gesucht, sagte der Krämer. Jetzt, wenn ich könnte, ich würde sie herausfordern, daran liegt's vielleicht.
Er schenkte sich ein Glas Wein ein. Er mußte ganz hübsch getrunken haben im Laufe des Vormittags. Er bot Jacques eines an und der nahm an.
– Die Gelegenheit zur größten Freundlichkeit, sagte Ludi leise, das oder was anderes . . .
– Dann wollen Sie also fort? sagte Gina zur Alten.
– Es sind jetzt vier Tage, daß wir da sind, sagte die Alte.
– Jedermann wartet auf die Gelegenheit zur größten Freundlichkeit, sagte Jacques, und niemand hat je Gelegenheit, sich seines Judo zu bedienen. Er sprach zu Ludi. Man darf sich darüber keinen Kummer machen, es ist das Schicksal aller.
– Dennoch, sagte Ludi.
– Nein, sagte Sara, nicht ein jeder beschränkt sich aufs Warten.
– Sie sollten in die Stadt gehen, Krämer, sagte Diana.
– Zu spät. Was sollte ich denn da, jetzt noch, in einer Stadt? Mich von den Autos überfahren lassen?
– So ist es, sagte Ludi, eines Morgens wacht man auf und es ist zu spät, ich glaube an solche Sachen. Ich glaubte nicht daran, und fand sie naiv . . .
– Wenn man schon dran glaubt, sagte Gina, wozu wartet man dann noch?
– Zu spät, sagte der Krämer. Aus Liebe geht man in die Städte, aus Liebe zur Liebe, was. Ach, was habe ich sie geliebt, die Städte, bis zum Wahnsinn. Lange Zeit habe ich, farbig, von erfundenen Städten geträumt, in denen ich mich frei bewegte, auf Abenteuern. Aber die Träume waren nicht genug, und ich bin ein wenig bösartig geworden.
– Es ist merkwürdig, sagte Diana, ich glaube, wenn man erst einmal anfängt, seine Ferien in einsamen Gegenden verbringen zu wollen, hört man auf, farbig von erfundenen Städten zu träumen. Das ist eine Ansicht, wie denkt ihr darüber?
– Es gibt die Eisenbahn, sagte Gina, Schiffe und Autobusse,

um alle beliebigen einsamen Gegenden der Erde zu verlassen.
Ludi gab es einen Riß, dann lächelte er Diana zu.
– Die Ehe . . ., sagte er mühsam. Er sprach nicht weiter.
Der Krämer trank noch ein Glas Wein. Seine eigene Rede bezauberte und betrübte ihn in einem.
– In den Städten also, fragte Jacques, in diesen erfundenen und farbigen Städten, sahen Sie sich der Gelegenheit zur größten Freundlichkeit begegnen?
– Ja, sagte der Krämer, nachts in meinen Träumen, und selbst untertags mal, hinter diesem verdammten Ladentisch. Während sie die Buchhaltung erledigte, besonders. Ich sah mich eine Frau verteidigen, eine bestimmte Frau, immer die gleiche, die ich einmal, als Fünfzehnjähriger, im Kino gesehen hatte, Missetäter griffen sie an in einer Straße voller Sonne, im Sommer, um Mittag. Sie griffen sie ganz ungerechtfertigt an, ich habe nie versucht, dahinterzukommen, wieso. Ich kam daher, erledigte sie alle und wir gingen, sie und ich, fort in die Stadt. Ich bin alt geworden, und die Frau, in meinen Träumen, ist nie gealtert. Warum war es besonders während jene die Buchhaltung erledigte, daß ich sie am deutlichsten sah? Ich wüßte es nicht zu sagen. Aber ich will darüber nachdenken. Ich habe mich dazu entschlossen, mich von nun an für mein Leben zu interessieren.
– Es ist halb eins, sagte Gina. Um welche Zeit sollen wir denn mittagessen?
– O, sagte Ludi, jetzt reicht's mit den Zeiten fürs Mittagessen.
– Hätte ich Sie gesehen, Krämer, sagte Diana, ich wäre Ihnen gefolgt in die Stadt, wohin Sie gewollt hätten.
Jäh hob der Krämer den Kopf und zum ersten Mal lachte er.
– O, gnädige Frau, sagte er.
Jedermann lächelte Diana zu. Sie war ein wenig errötet.
– Es ist wahr, sagte Jacques, vielleicht wäre sie Ihnen in die Stadt gefolgt.
– Aber nicht sie, sagte Ludi, und zeigte auf Gina.

Und sie auch, sagte Jacques und zeigte auf Sara, sie ganz sicher wäre Ihnen gefolgt. Sie sehen, es gibt immerhin welche, die Ihnen gefolgt wären . . .
– Auch ich, sagte der Mann, auch ich glaube, daß sie Ihnen gefolgt wären.
Er nahm das Glas auf der Seifenkiste, schenkte sich Wein ein und trank.
– Auch das wissen Sie? fragte ihn Jacques.
– Was? Daß sie ihm gefolgt wären?
– Ja.
– Es ist nicht schwer, diese Dinge zu wissen, sagte der Mann sehr freundlich.
– Das ist wahr, sagte Ludi, man weiß es sofort, bei den Frauen. Man weiß auch sofort, welche ihm nicht gefolgt wären.
– Stimmt, sagte Jacques.
Jedermann schwieg. Der Krämer lächelte selig.
– Ich frage mich, warum du hinter mir her bist, schrie Gina, wenn sogar . . . sogar meine Art, Frau zu sein, wenn sogar das . . . das dir mißfällt.
– Nun, man kann nicht alle Leben miteinander leben, sagte Ludi, das stimmt schon. Aber das bedeutet noch nicht, daß ich das Leben nicht liebe, das ich mit dir führe.
– Es kommt auch vor, fügte Gina hinzu, daß man sich täuscht. Es kommt vor, daß es die sind, die gar nicht danach aussehen, die den Männern am weitesten beim Auszug aus den Städten folgen. Aber die sagen es nicht.
– Das ist richtig, sagte Sara.
– Ja, sagte Jacques.
Ludi lächelte Gina zu, aber Gina lächelte nicht.
– Er, sagte der Alte, ganz bei seinen eigenen Gedanken, und zeigte auf die Kiste, er liebte leider die Städte nicht, nur diese mistigen Berge.
– Saragossa, sagte die Alte.
– Ja schon, sagte der Alte, aber da konnte er ja nicht hin.
Die Alte begann wieder, die Kiste anzusehen und ganz leise zu ächzen.

– Genug mit dem Mist, sagte Gina, wir müssen essen gehen. Sie wies auf die Alte, die nun weinte.
– Nein, sagte Diana.
– Doch, gehen wir, sagte Ludi.
Er sagte auf Wiedersehen und ging sogleich weg, ganz allein. Alle folgten ihm. Sara ging an seiner Seite und nahm ihn beim Arm.
– Auch sie ist stolz darauf, sagte Ludi, sich nie geändert zu haben. Es ist das gleiche. Er hätte genausogut von ihr sprechen können.
Er tat seinen Arm um Sara. Der Mann, Jacques und Diana folgten, sprachen überhaupt nicht, hörten auf das, was Ludi und Sara sagten. Gina überholte sie alle und pfiff herausfordernd, die Hände in den Taschen ihrer Shorts.
– Diese Irre, diese Irre, sagte Ludi, und sie ist stolz darauf, ja, ist stolz, so zu sein, taub für alles, was man ihr sagen mag. Er drückte Sara an sich.
– Mein kleines Mädchen, sagte er. Er fügte hinzu: Aber weißt du, das weiß ich, sie wird sich nicht ändern bis zu ihrem Tod.
– Du wirst sie immer lieben, sagte Sara, so wie sie ist. Und auch wir werden sie immer lieben, so wie sie ist.
– O, das weiß ich nicht.
– Ich glaub's. Wie man immer, sagen wir, das Meer liebt. Und überhaupt brauchst du vielleicht so eine schwierige Liebe.
– Aber weißt du, sagte Ludi, seit einigen Jahren gehört es zu den Dingen, die ich mir als möglich vorstelle, daß ich beispielsweise ein junges Mädchen liebe, ja . . . das wär's, ein junges Mädchen. Gleichzeitig freilich kann ich mir nicht vorstellen, daß ich sie nicht mehr liebe, daß ich ohne sie auskäme, nein, das werde ich nie fertigbringen. Früher aber, viel früher, da konnte ich mir keine andere Frau im Leben vorstellen als sie. Also du siehst, die Dinge ändern sich doch. Er sagte das sehr leise, und niemand hörte es.
– Aber das weiß sie, sagte Sara, sie weiß alles. Warum ein junges Mädchen?

– Ich weiß selbst nicht genau, weil junge Mädchen nicht genau wissen, was sie wollen, daran muß es liegen, sowas will alles und nichts, die Dinge und ihr Gegenteil in einem. Aber ein junges Mädchen lieben ist soviel wie niemanden lieben, es bleibt ja nicht, es wird ja etwas anderes, wenn es Frau wird. Gleichviel, manchmal denke ich daran. Es ist mein farbiger Traum von erfundenen Städten.
– Ich verstehe, sagte Sara.
Gina erschien an einer Biegung des Weges, sie eilte den Hang hinunter und pfiff immer noch herausfordernd.
– Ich hab eine Wut, sagte Ludi, ich werde nicht zu Hause essen, ich werde mit euch ins Hotel essen gehen, soll sie sie behalten, ihre gefüllten Tomaten.
– Du magst sie aber sehr, die gefüllten Tomaten.
– Ja, sagte Ludi, ich mag, wie sie sie macht. Sie kocht so gut, daß sie aus mir einen Mann gemacht hat, der zwei Stunden vor dem Mittagessen an die gefüllten Tomaten denkt, die sie gemacht hat. Das ist immerhin ein Resultat, oder?
Jacques überholte Diana und kam an die andere Seite Ludis. »Es gibt etwas, das ich nicht ertragen kann, sagte Jacques oftmals, das sind die Traurigkeiten Ludis.« Die Hitze am Berg erreichte ihren Höhepunkt. Die Unbeweglichkeit der Dinge war tödlich. Man hörte nur das dumpfe Aufschlagen des Meeres an die Felsen und das ungeheure Tosen der Bienen auf den Sandbeersträuchern. In dieser Gegend der Berge roch die Luft gleichzeitig nach dem Feuer und nach dem Honig der Blumen. Es war ein Geruch, der die Luft verpichte, Geruch einer ungeheuren Honigküche.
– Komm mit ins Hotel zum Essen, Ludi, sagte Jacques, komm dieses eine Mal.
Er lief weg, rief, auf einmal fröhlich:
– Ich geh Campari bitter bestellen, damit ihr sie fertig vorfindet.
– Ja, gut, sagte Ludi. Er fügte hinzu: Was ich den gern habe, diesen Jacques. Und weiter: Das macht mir Spaß, der Gedanke, mit euch zweien und Diana und dem Burschen da essen zu

gehen. Nein, sie glaubt es, sie möchte es, aber meine Freunde kann sie mir nicht ersetzen, das nicht. Er ist mir sympathisch, der Bursche, immer mehr.
Sara antwortete nicht. Ludi wendete sich zu ihr:
– Und dir, ist er dir nicht sympathisch?
– Doch, sagte Sara.
Sie lächelte Ludi zu.
– Siehst du, sagte Ludi, siehst du, ich glaube, er ist ein wenig verliebt in dich.
– Du siehst solche Sachen, du?
– Für wie blöd hältst du mich denn? sagte er lachend.
– Das freut mich, sagte sie.
– Was? Daß er ein wenig verliebt in dich ist?
– Ja.
– Ach, wie sehr wollte ich, sie wäre ein wenig wie du.
– Du würdest es nicht ertragen, noch weniger als Jacques.
– Sicher, sagte Ludi, würde ich es nicht ertragen, aber mit dem Kummer ist es wie mit dem Glück, man muß von Zeit zu Zeit die Art des Kummers wechseln, sonst wird man alt und schwachsinnig.
– Das glaube ich auch, sagte Sara.
Gerade erreichten Diana und der Mann sie. Diana hatte gehört, was Ludi über den Kummer gesagt hatte.
– Das ist leicht gesagt, sagte sie, das wäre allzu schön, wenn man nur den Kummer zu haben brauchte, den man haben möchte.
– Was ist nur manchmal mit ihr los, mit Diana? fragte Ludi.
– Sie langweilt sich, sagte Sara. Du langweilst dich nie?
– Doch, manchmal schon, sagte Ludi. Im Winter kann es mir passieren. Im Sommer nicht, nie.
Sie kamen zum Hotel, Jacques war da, im Vorgarten, vor sechs Campari bitter. Der Kleine spielte mit den anderen Kindern des Hotels. Trübsinnig sah das Kindermädchen in die Ferne, eine Beute ihrer Gedanken.
– Ich habe einen zuviel bestellt, sagte Jacques. Gina will keinen.

– Das macht nichts, sagte Diana, ich will gleich zwei.
– Sie ist gegen jeden Apéritif, sagte Ludi. Immer und immer schon war sie gegen jeden Apéritif.
Sara ging zum Kind hin, hob es auf und küßte es.
– Was treibt denn ihr hier? fragte sie das Kindermädchen.
– Ich warte auf Sie. Er will nicht zu Hause essen, sondern bei Herrn Ludi.
– Schade, sagte Ludi, ich werde nicht zu Hause mittagessen.
– Um diese Stunde müßte er schlafen, sagte Sara.
– Nichts zu machen, sagte das Kindermädchen, er hat eine Nervenkrise hingelegt, wie er heimgehen sollte.
– Ich will bei Ludi essen, gleich, sagte der Kleine.
– Geh schon hin, sagte Ludi. Mir ist es gleich, heut bin ich nicht da, ihr könnt alles aufessen. Er erklärte: Wenn sie bei uns ißt, bleibt nichts mehr zu essen übrig, wenn sie fortgeht. So hab ich noch nie essen sehen.
– Da hört aber alles auf, sagte das Kindermädchen, das ist ein starkes Stück. Ich bring nichts herunter, ich habe keinen Appetit neuerdings. Sie fing leise zu grinsen an.
– Das soll kein Vorwurf sein, sagte Ludi, im Gegenteil, es freut mich.
– Nehmen Sie einen Campari bitter, sagte Sara, Sie sehen mir nicht geheuer aus, es wird Ihnen guttun.
– Das ist ja widerlich, Ihr Bitter, sagte das Kindermädchen, aber ich will ganz gern einen, es wird mir aufhelfen. Was ich mit dem da mitgemacht habe am Strand, man kann es nicht beschreiben.
– Er ist sehr schwierig, sagte Sara, aber er ist nicht bösartig.
– Ich glaub's ohne weiteres, sagte das Kindermädchen, aber was ich's satt haben kann, trotzdem. Vielen Dank für den Apéritif. Nach dem Essen, was soll ich da mit ihm?
– Was wollen Sie mit ihm tun? Legen Sie ihn schlafen, ich komme nach. Seien Sie ein bißchen nett mit ihm.
Sie nahm den Kleinen, küßte ihn in die Haare. Der Kleine schrie, er habe Hunger, und wehrte sich.
– Sie verstehen, sagte das Kindermädchen sehr nett, für Sie ist

es nicht das gleiche, er gehört Ihnen, so können Sie's nicht verstehen.
– Aber ja, wir verstehen, sagte Jacques. Aber selbst, wenn wir nicht verstünden, was wollen Sie dagegen machen, daß er ausgerechnet uns gehört?
Das Kindermädchen lachte, sagte auf Wiedersehen und ging ab, zu Ludi.
– Ich kann sie nicht mehr sehen, sagte Diana.
– Also an manchen Tagen gefällt sie mir nicht schlecht, sagte Ludi, heute zum Beispiel. Es gibt Tage, an denen ist sie sogar hübsch.
– Ich hab sie irgendwie gern, sagte Jacques, ich kann mir nicht helfen.
Es war kühl im Vorgarten. Schweigend tranken sie ihre Campari bitter. Jeder zwei; Diana und Jacques drei. Die anderen Gäste hatten zu essen begonnen. Sie waren immer die letzten, aber man nahm es ihnen nicht übel, weil sie gute Gäste waren, mit ihren Apéritifs. Auch der Mann trank drei Campari.
– Ich fange an, sie zu mögen, sagte er, es ist sonderbar.
Er hatte sich damit an Sara gewandt. Nur Diana merkte es. Die Campari bitter taten rasch ihre Wirkung, um so mehr, als sie alle nüchtern waren, vom Baden blank geputzt. Es war ein erfrischendes Getränk, man trank es wie Wasser, und es machte einen fröhlich und unternehmend, kaum hatte man es getrunken.
– Ich gehe Zigaretten kaufen, sagte Sara, setzt euch nur zu Tisch.
– Nimm zwei Packungen für mich mit, sagte Jacques.
Sie entfernte sich. Sie hatte noch nicht den Weg erreicht, als schon der Mann ihr nachkam. Er lächelte. Er sah ein wenig angeheitert aus.
– Auch ich brauche Zigaretten, sagte er.
Sie gingen los. Der Weg brannte durch die Sandalensohlen, viel stärker als der am Berg, wo es immerhin den kurzen Schatten der Sandbeersträucher gab. Dürre Oleander säumten diesen, verbreiteten einen immer süßlichen, ein wenig wi-

derwärtigen Duft. Der erdrückenden Sonne wegen konnten sie einander nicht einmal ansehen. Sie sahen voneinander nur die staubigen nackten Füße in den Strandsandalen, und sie gingen rasch im blendenden Widerschein der weißen Wände der Villen und des Flusses.

– Ich wollte nicht, daß du ganz allein zum Krämer gehst, sagte er lachend.

– Ich fürchte, daß man was merkt, sagte Sara.

– Die Hitze, die Campari bitter, sagte der Mann, meine Schuld ist es nicht.

Sie kamen zum Laden. Alle Fenster waren geschlossen, und drin herrschte große Kühle. Der Krämer war schon vom Berg heruntergestiegen und saß, mitten in seinem Laden, auf einem Stuhl, aß ein Stück Brot und Wurst.

– Oh, das ist ja wie im Wasser, sagte Sara.

Der Laden roch nach Wurst, Knoblauch und Apfelsinen. Der Mann bat um amerikanische Zigaretten. Der Krämer sagte, er verkaufe sie nicht mehr, aber er habe noch einen Vorrat oben, und ihm wolle er sie gern geben. Um sie zu holen, stieg er Treppen hinauf, schwankend vom Wein, den er da droben bei den Eltern des Minensuchers getrunken hatte, und vor Alter. Dann hörten sie ihn ruhigen Schrittes durch das Zimmer gehen. Mit allen seinen Kräften war der Mann über Sara und küßte sie die ganze Zeit, während der Krämer nach den Zigaretten suchte. Dann hörte man wieder seinen Schritt. Fast gewalttätig schob der Mann Sara von sich weg, er setzte sich auf den Stuhl in der Mitte des Ladens. Sara lehnte sich an die leeren Regale neben der Kasse. Droben schloß der Krämer einen Schrank zu und ging in eine andere Richtung. Dann öffnete eine andere Tür sich in dem kühlen Schweigen des Hauses.

– Er scheint sie nicht zu finden, sagte Sara.

– Heute abend. Ich will dich heute abend treffen.

– Ja, sagte sie, heute abend.

– Du gehst zu dem anderen Tanz, am anderen Ufer. Du wirst nicht auf dem Boot mitfahren. Du wirst sagen, du hast Lust,

zu dem andern Tanz zu gehen, nicht zu diesem hier. Wirst du das sagen?
– Ich werd es sagen.
Der Krämer hatte gefunden. Er schloß den Wandschrank, der erneut knarrte, und schritt wieder durchs Zimmer.
– Aber vielleicht kommt wer mit mir, sagte Sara.
– Du mußt allein kommen, du mußt es tun.
– Ich werd es tun.
Er sah sie an, wollte etwas sagen, dann mußte er lachen, ohne es gesagt zu haben.
– Warum lachst du?
– Ich denke an etwas, das ich dir hätte sagen wollen.
Der Krämer kam eben von der Treppe.
– Da sind fünf Packungen, sagte er, aber es sind die letzten.
Der Mann schien nicht zu hören. Sara trat vor und nahm an seiner Stelle die Zigarettenpackungen. Der Krämer sah sie an, den einen nach der anderen.
– Sie sind erschöpft, sagte er. Er fügte hinzu: Allerdings ist er am Ende des Dorfes, dieser mistige Laden, und bei der Sonne ...
– Danke vielmals, sagte der Mann. Wieviel macht das?
– Ich möchte Marke National, sagte Sara, aber ich möchte nur zwei Packungen, um Gelegenheit zu haben, öfter zu dir zu kommen.
– Das ist nett, sagte der Krämer. Jetzt wo die weggehen, werde ich öfter im Laden sein. Was soll man sonst tun?
– Aber du fährst sie ja besuchen, sagte Sara.
– Ich fahr sie besuchen. Und im Winter werd ich Wein trinken, damit die Zeit rascher vergeht.
Sie zahlten und fanden sich wieder auf dem glühend heißen Weg.
– Du wirst kommen?
– Ich habe sehr Lust zu kommen.
Der Weg war, soweit man nur sehen konnte, verlassen, nicht der Schatten eines Vogels zeichnete sich auf ihm ab. Jedermann war in den Villen und aß zu Mittag.

– Das ist nicht genug, sagte der Mann, du mußt kommen wollen.
Sie gingen rasch, mit gesenkten Köpfen, ein wenig wie verfolgte Leute.
– Ich erkenne deine Füße nicht wieder, sagte Sara, vielleicht sehe ich sie zum ersten Mal.
– Was auch geschehe, du mußt kommen.
– Er hatte mich schon oft betrogen, aber ich hatte ihn noch nie betrogen.
– Ich weiß, sagte der Mann.
Ein Durcheinander von Stimmen quoll aus den offenen Fenstern und prasselte in die Sonne.
– Das ist eine wichtige Sache, ein Geheimnis, sagte Sara. Ich hätte es nie gedacht.
– Ja.
– Welches Geheimnis auch immer, fügte Sara hinzu.
Der Mann antwortete nicht. Da, auf zwanzig Meter, war das Hotel.
– Da, unter dieser Sonne, jetzt, wäre ich dazu fähig, sagte der Mann.
– Auch ich wäre fähig dazu, sagte Sara.
– Heute abend, zum Tanz, am anderen Flußufer, zu jeder Stunde, die du willst.
Sie kamen zum Hotel. Die anderen fingen eben zu essen an. Außer Ludi.
– Ihr habt so lang gebraucht, daß wir zu essen angefangen haben, sagte Jacques.
– Recht habt ihr getan, sagte Sara, er hat in seinem ganzen Laden nach amerikanischen Zigaretten gesucht, es nahm kein Ende.
– Wo ist Ludi? fragte der Mann.
– Er ist nach Hause gegangen, sagte Diana. Gina brauchte ihn nicht einmal zu holen. Er ist von ganz allein nach Hause, plötzlich hat es ihn gepackt, wie eine Kolik. Jacques und ich sprachen gerade drüber. Er war doch recht sicher, bei uns bleiben zu wollen.

– Das erste Mal kann man solche Dinge wohl nicht ganz allein wollen, sagte Sara. Da müßte, ich weiß auch nicht, . . . eine Frau, Gina selbst müßte es an seiner Stelle wollen, aber ernstlich.
– Sie will es nicht ernstlich, sagte Diana. Was sie will, das ist nicht, daß er nach Hause komme, wie alle Männer, sondern daß er beim Nachhausekommen sich ergebe, wie ein Feind.
– Das ist was Schönes, sagte Sara, lieber noch die Liebe auf solche Weise zu leben, auf solche Weise die Liebe festhalten zu wollen.
– Ich weiß doch nicht, sagte Diana.
– War das, wie er diesen ewigen gebratenen Hotelfisch gesehen hat, daß er weg ist? fragte der Mann.
– Ja, sage Jacques lachend. Er hat ihn herumgedreht, angewidert angesehen, daran gerochen, und ist im Laufschritt weg.
– Wenn sie Pasteten an die Alten da weggibt, sagte Diana, dann ist es, um ihn dafür zu bestrafen, daß er auf ihre Küche so aus ist, auf sie.
– Meinetwegen, sagte Jacques, wenn man so will. Gina wird es nie hinnehmen . . . also . . . wir verstehen uns. Vor allem anderen hat sie gegen das Leben was, oder . . . oder gegen ihre Treue, es kommt auf das gleiche hinaus.
– Gibt es Treuen, die einen Sinn haben? fragte Diana.
– Ich glaube doch, sagte Jacques. Er zögerte und sagte dann lachend: eben jene halt, denen man sich nicht zu entziehen vermag.
– Vielleicht wird eines Tages Ludi den ewigen gebratenen Hotelfisch essen, sagte der Mann.
– Wer weiß? sagte Jacques.
Sie aßen mit Appetit, sprachen dabei von diesem und jenem, von gleichgültigen Dingen, wie der Hitze, von Reisen, vom Hotelmenu. Sie tranken Espresso, er war gut und tröstete sie ein wenig über das Hotelmenu hinweg.
– Das Feuer hat wieder Fortschritte gemacht, sagte der Mann.

Durch das rote Weinlaub des Vorgartens sah man, ostwärts, viel besser als tags zuvor, den ungeheueren schwarzen Brandherd. Er erstreckte sich über die steile Flanke des Berges, dem Fluß gegenüber. In seiner Mitte war ein kleines Stück unversehrten, noch grünen Waldes.
– Auf alle Fälle, sagte Diana unwillkürlich, werden sie jetzt weggehen müssen.
– Da alles in Ordnung kommt, ist es nur mehr eine Frage von Stunden, sagte der Mann.
– Es ist nicht wegen des Feuers, sagte Jacques. Hier ist's mit dem Feuer wie mit der Luft, dem Meer, es ist ein Teil der Welt.
Sie sprachen noch einen kurzen Augenblick darüber, dann sagte Jacques zu Sara:
– Ich möchte dir etwas sagen, einen Gedanken, der mir gekommen ist.
– Wann?
– Heute nacht, als ich wegen der Hitze nicht schlafen konnte. Ich möchte gern, daß wir eine kleine Reise machen, für eine Woche vielleicht, du, Diana und ich. Wir würden Gina und Ludi den Kleinen lassen.
– Weshalb?
– Der Abwechslung halber. Und dann gibt es Dinge, die ich gern sehen möchte.
Diana schien schon unterrichtet. Jacques hatte offenbar mit ihr darüber gesprochen. Man konnte ihr nicht anmerken, ob sie einverstanden war. Sie beide, er und sie, kannten sich schon seit langem. Ihr Einverständnis war im Grunde vollkommen, nur durch ihre Launen getrübt, sonst aber nicht.
– Nicht jetzt, sagte Sara. Aber in einigen Tagen ist es mir sehr recht.
Jacques hatte gespannt auf sie gesehen, nun wechselte sein Gesichtsausdruck. Er lehnte sich auf seinem Stuhl zurück, zündete eine Zigarette an, und man hätte glauben mögen, das sei alles gewesen, was er von seiner Frau hatte erfahren wol-

len. Auch der Mann zündete eine Zigarette an, blickte dabei unverwandt auf den Waldbrand.
– Ich glaubte, du liebtest diesen Ort nicht, sagte Jacques.
– Ich hasse ihn, sagte Sara, ich glaube sogar, ich hasse ihn mehr, als ihn zu hassen der Mühe wert ist, mehr, als du ihn hassen kannst.
– Wenn ein Gefühl so jedes Maß überschreitet, dann ist es immer mehrdeutig, sagte Diana leichthin.
– Zweifelsohne, sagte Sara.
– Es gibt Leute, fuhr Diana fort, die die Trostlosigkeit der Sonne und der verödeten Wege unvernünftig macht, das ist es.
– Das ist es, sagte Sara, man möchte zwar weg, gleichzeitig aber fällt es einem schwer, wegzufahren. Das ist es doch?
– Genau das ist es, sagte Diana.
– Was alles für Literatur, sagte Jacques.
– Die Literatur ist uns immer eine große Hilfe, sagte Diana.
Jacques lächelte und wendete sich dem Mann zu:
– Haben Sie schon eine derartige Selbstgefälligkeit der Gefühle erlebt?
– Ich habe da keine Meinung, sagte der Mann, in einem Ton, als entschuldige er sich. Er blickte immer noch nach dem Brand.
– Wirklich keine Meinung?
– Durchaus keine.
Jacques wendete sich Sara zu. Er wartete ein wenig und sagte dann:
– Eine kleine Reise, sagte er. In einem durch bis Rom. Dann Neapel. Runter bis nach Paestum. Wir könnten sogar ein bißchen weiter fahren.
– Es wäre besser, ein wenig zu warten, sagte Diana, bei dieser Hitze.
– Das ist wirklich wahr, wir werden sterben, sagte Sara.
– Was macht das schon aus? sagte Jacques lachend. Er fügte hinzu: Die Hitze geht weg. Morgen, übermorgen, in ein paar Tagen spätestens wird es regnen, und dann ist es aus.

– In diesem Lande ohne Cognac, sagte Diana, weiß man nie, was man nach dem Mittagessen trinken soll. Ich glaube, ich werde nach allem doch noch einen Campari bitter nehmen. Sie wendete sich zu Sara: Ein Campari bitter?
– Nein. Sie lächelte Diana zu.
– Vielleicht regnet es schon heute, sagte Jacques.
– Nach all der Zeit, die man auf Regen wartet, sagte Sara, würde es mich wundernehmen.
– Alles kommt einmal, sagte Jacques.
– Also dann warten wir den Regen ab, ehe wir wegfahren, sagte Sara.
– Nehmen Sie einen Campari bitter mit mir? fragte Diana den Mann.
– Nein, einen Kaffee, keinen Campari nach dem Mittagessen.
– Wie einsam ich mir mit meinem Campari vorkomme, sagte Diana. Das ist richtig, es muß einen ja abkochen, wenn man jetzt reist. Das spielt schon eine Rolle bei der Lust am Reisen.
– Nein, sagte Jacques, es spielt nur eine Rolle, wenn man es unbedingt will.
– Ich eigne mich schlecht für heroische Reisen, sagte Sara.
– Ich habe nicht so sehr viel Ferien, sagte Jacques, ich persönlich kann keinen Regen abwarten.
– Also vielleicht nehm ich doch einen Campari bitter, sagte Sara.
– Ich habe heute nacht auf der Karte nachgesehen, sagte Jacques. Auf dem Weg nach Rom könnte man in Tarquinia halt machen, um Ludis etruskische Pferdchen anzusehen. Redet uns ja schon hübsch lang die Ohren voll davon. Von Neapel an hätten wir es auch nicht heißer als hier.
– In einigen Tagen, sagte Sara.
– Könntest du sagen, warum?
– Ich hab im Augenblick keine Lust.
– Aber ich hab immer Lust zu reisen, sagte Jacques, jederzeit.
– Ich nicht, sagte Diana.
– Sie müssen uns entschuldigen, sagte Sara zu dem Mann.

– Ich habe mich zu entschuldigen, sagte der Mann. Ich müßte eigentlich weggehen, aber ich finde, es ist immer sehr schwierig, sich nicht in die Geschichten anderer Leute zu mischen.
– Ein edler Fehler, sagte Jacques, ich finde, man soll sich immer in die Geschichten anderer Leute mischen.
Es entstand ein Schweigen. Jacques dachte nach. Sara bestellte einen Kaffee, Diana weitere Campari.
– Voriges Jahr war ich in Paestum, sagte der Mann.
– Ach ja, sagte Jacques. Na und?
– Es ist schon sehr schön, sagte der Mann. Es liegt am Meeresufer.
– Insbesondere der Poseidontempel, oder?
– Ja, sagte der Mann langsam, insbesondere der Poseidontempel. Der Tempel der Ceres ist viel weniger schön.
– Ludi sagt, er sei fast ebenso schön wie der von Agrigent auf Sizilien.
– Kenne ich nicht, sagte der Mann. Dieser da ist aus rotem Granit, er ist wuchtig. Das Licht ist ungewöhnlich.
Jacques hörte zu, ganz bei Paestum.
– Und die Büffel sind rund herum, sagte der Mann. Der Ort ist sehr einsam.
– Es wird vielleicht regnen, sagte Sara, schon seit zehn Minuten ist der Himmel bedeckt, über dieser Diskussion haben wir es gar nicht bemerkt.
– Siehst du, sagte Jacques.
– Ich glaube nicht, daß das schon der Regen ist, sagte der Mann lächelnd.
– Sagen Sie ihnen doch sowas nicht, sagte Jacques, auch er mit einem Lächeln.
– Ich habe wirklich keine Lust, bei dieser Hitze wegzufahren, sagte Sara. Es tut mir leid.
– Ist das wahr? sagte Jacques, du willst wirklich nicht?
– Nun reg dich nicht auf.
– Kümmere du dich nicht um meine Aufregungen, sagte Jacques. Er stand auf: Ich gehe jetzt, Siesta halten. Wenn du willst, können wir heute abend darüber weiterreden.

Er ging, kam zurück, pflanzte sich vor dem Manne auf und fragte ihn:
– Wie denken Sie über das alles?
Der Mann antwortete nicht sogleich, Diana stand auf und rief:
– Jacques!
– Aber was hast du denn? fragte Jacques ruhig.
– Warum fragen Sie mich das? fragte der Mann ebenso ruhig.
– Ich weiß nicht recht, sagte Jacques. Ich liebe es, wenn die Dinge ausgesprochen werden.
– In solchem Maße ausgesprochen?
– Nach Maßgabe des Möglichen, gewiß, sagte Jacques.
– Ich flehe Sie an, antworten Sie nicht, sagte Diana. Daß einmal einer es ablehne, ihm zu antworten.
– Ich antworte nicht. Er lächelte: Entschuldigen Sie.
– Das ist so gut als hätten Sie geantwortet, sagte Jacques.
– Eben, wozu also mich befragen?
– Indem Sie keine Antwort geben, meine ich . . . sagte Jacques. Er drehte sich zu Sara um und sagte ihr, als ob von nun an niemand anderer in Betracht komme: Du kommst nicht, Siesta halten?
– Ich komme in zehn Minuten, sagte Sara.
– Ich glaube, es ist nicht so ernst, sagte der Mann auf einmal, es ist ihnen nicht so ernst damit, nicht nach Paestum fahren zu wollen.
– Ich glaube auch, sagte Jacques.
Er ging. Kaum war er weg, sagte Diana:
– Anfangs bin ich immer gegen dich, aber am Ende, da wendet sich alles, da bin ich auf deiner Seite, selbst wenn du unrecht hast.
Weder der Mann noch Sara antworteten.
– Er bildet sich ein, man schuldet ihm die Wahrheit wie dem lieben Gott, sagte Diana. Ich hätte manchmal Lust, ihn zu schlagen.
– Er möchte sehr gerne nach Paestum fahren und es sehen, sagte der Mann. Er fügte hinzu: Ich finde ihn sympathisch.

Überrascht sahen Diana und Sara einander an.
– Darum handelt es sich doch nicht, sagte Diana.
– O doch, sagte der Mann, für mich schon, der ich ihn nicht kenne.
– Von allen Leuten hier ist er der verrückteste, sagte Sara.
Diana hatte nicht wenige Campari getrunken.
– Ich auch, sagte Diana, ich möchte auch gern nach Paestum.
– Ich auch, sagte Sara. Wer ginge nicht gern nach Paestum? Aber ich will nicht gezwungen werden.
– Soviel haben wir begriffen, sagte Diana. Sie fügte hinzu: Auf diese Weise wird niemand nach Paestum fahren. Auf diese Weise versäumt man alles.
Sara ließ sich nichts anmerken. Sie waren nun allein auf der Terrasse des Hotels. Es war viel später geworden als sonst. Nur ein Kellner döste am anderen Ende des Vorgartens vor sich hin, wartete auf Gäste.
– Die Sonne ist wieder da, sagte der Mann, sehen Sie, wie ich es sagte.
– Wenn das so weiter geht, kommen wir noch dran, sagte Diana. Ich gehe eine halbe Stunde schlafen. Also, gegen halbsechs auf dem großen Strand, wie gewohnt?
– Einverstanden, sagte Sara. Sie zögerte ein wenig: Heute abend habe ich die Absicht, zu dem Tanz auf die andere Seite des Flusses zu gehen.
– Das ist eine gute Idee, sagte Diana, die Augen senkend. Es wäre wirklich eine kleine Abwechslung . . .
– Ja, sagte Sara, es wäre eine kleine Abwechslung.
Diana ging. Der Mann und Sara blieben allein. Am andern Ende des Vorgartens gähnte, mit dem Blick auf sie, der Kellner. Der Mann sah Sara an. Sie aber sah nur nach dem Feuer, das immer größer wurde auf dem vom Rauche schwarzen Berg.
– Ich glaube, sie haben auf ihre Spazierfahrt mit Ihrem Boot verzichtet, sagte Sara.
– Komm in mein Zimmer.
– Die Häuser sind aus Glas.

Sie stand auf. Um sich etwas zu zerstreuen, versuchte der Kellner zu hören, was sie einander sagten, gähnte immer weiter an seinem Ende des Vorgartens. Das ganze Dorf stand still, hängen geblieben und selbstvergessen in der sommerlichen Siesta.

– Geh nicht gleich fort.

– Wenn ich nicht gleich fortgehe, komme ich in dein Zimmer.

– Dann geh nicht fort.

– Ich hasse die Häuser aus Glas.

– Sara, sagte er.

Sie war überrascht, zeigte es aber kaum.

– Du bist schon wieder traurig.

– Jedermann ist traurig. Ich bin weniger traurig als Diana.

– Ich flehe dich wirklich an, komm in mein Zimmer.

– Wenn ich in dein Zimmer komme, wird er es sein, an den ich denke.

Er machte eine Handbewegung, als wolle er sich verteidigen.

– Trotzdem, mir ist es gleich, sagte er.

– Mir nicht. Ich möchte in dein Zimmer kommen können und nicht mehr an ihn denken.

– Also heute abend.

– Ja. Ich werde heute abend sagen, daß ich zum Tanz auf der anderen Seite des Flusses gehe, damit sie dir dein Boot stehlen können.

– Du hast es eben selbst gesagt, kein Mensch interessiert sich mehr für diese Geschichte mit dem Boot.

– Das ist mir gleich. Ich werde so tun, als müsse man dir trotz allem heute abend dein Boot stehlen. Wer weiß? Wenn wir den Bootsmotor auf dem Fluß hören sollten, müßten wir uns trennen und heimgehen.

– In aller Unschuld – er lächelte – bin ich hierhergekommen und nun habe ich eine Geschichte wie jedermann.

– Du mußt natürlich überrascht sein, wenn du den Motor hörst. Du mußt dann sofort zurückkehren. Du mußt dich sehr wundern, wenn sie zurückkommen.

– Ich werde mich vielleicht dumm anstellen, aber in letzter

Minute werde ich schon herausbringen, wie man das macht. Für den Augenblick kann ich nicht weiter sehen als bis zu diesem Tanzabend mit dir.
– Wenn du dich nicht wunderst, werden sie alles erraten. Denk daran.
– Und wenn schon? So fürchterlich, wie du glaubst, wäre es auch nicht . . .
– Doch, sagte Sara. Es wäre fürchterlich. Ich könnte allerdings sagen, ich hätte dir alles über ihre Pläne eben in dem Augenblick gesagt, als man den Motorlärm auf dem Fluß hörte. Man würde annehmen, du hättest dich schon gewundert.
– Sag, was du willst. Leiser fügte er hinzu: Hinter dem Tanzplatz habe ich Maisfelder gesehen, ganz nahe am Meer.
– Da sind welche, sagte Sara. Und der Strand ist sehr breit an dieser Stelle.
– In der Ebene dort, sagte der Mann, fängt nichts den Wind ab, und die Nächte sind dort kühler als auf dieser Seite.
– Auf dieser Seite ist nichts einfach, sagte Sara.
Die Zeit verging. Der Kellner schlief immer noch nicht.
– Ist es teuer, dein Boot? fragte Sara.
– Mach dir keine Sorgen um mein Boot, sagte der Mann.
Sie stand auf. Er versuchte wieder, sie zurückzuhalten, setzte zu einer Bewegung an, doch, angesichts des Kellners, vollendete er sie nicht. Sie brach auf. Sie ging rasch und kam schweißgebadet zur Villa. Jacques lag ausgestreckt auf der Veranda und las.
– Du hast es gut, du kannst lesen, sagte Sara.
– Ich kann an allen Orten lesen, sagte Jacques. Und unter allen Umständen.
Sie eilte ins Badezimmer, zog sich aus. Er kam ihr dorthin nach. Sie duschte. An die Tür gelehnt, sah er ihr dabei zu.
– Jetzt finde auch ich diesen Burschen sympathisch, sagte er.
– Siehst du.
– Übrigens sind mir die Leute, denen du gefällst, immer sympathisch, sagte er lächelnd.

Sie goß sich noch einen zweiten Krug Wasser über die Schultern und zog sich wieder an.
– Und dir ist er nicht mehr sympathisch?
– Na und ob, sagte Sara.
Sie verließ das Badezimmer, und sie gingen wieder auf die Veranda. Kaum merklich begannen einige Blätter sich zu rühren.
– Es ist spät, sagte Sara, man sollte jetzt schlafen.
– Ich möchte, daß du mir sagst, was du zu tun gedenkst. Kannst du es sagen?
– Diese kleine Reise unternehmen, aber in einigen Tagen. Wenn der Regen da ist.
Jacques setzte sich auf den Boden, ohne zu antworten. Sie blieb stehen.
– Wir könnten in Tarquinia halt machen, fuhr Sara fort, das ist ein guter Gedanke.
– Wir könnten, sagte Jacques.
– Ich werde bis fünf Uhr schlafen, sonst kommen wir viel zu spät zum Baden.
– Nein, geh nicht gleich schlafen.
Sie blieb stehen, nahm das offene Buch vom Tisch.
– So sehr viel liest du aber auch nicht, sagte sie.
– Nein, sagte Jacques. Sag mir . . .
Er legte seinen Kopf auf den Lehnsessel.
– Sag mir . . . Ich wollte dir sagen, daß mir sehr viel daran läge, diese kleine Reise mit dir zu unternehmen.
Sein Gesicht drückte eine große Müdigkeit aus. Er hob den Kopf wieder und sagte:
– Ich kann diesen Gedanken nicht ertragen, nicht sofort mit dir fortzufahren. Ich kann es nicht. Ich bin bereit, alle deine Gründe zu verstehen, die Hitze zum Beispiel. Aber ich fühle mich . . . hilflos bei dem Gedanken, noch hier zu bleiben, und wäre es nur einen Tag.
– Wenn es so weit geht, sagte Sara, dann könnte ich fahren.
– Nein, sagte Jacques, nein, siehst du, was sein müßte, wäre, daß ich es eben ertrage, daß ich so weit komme. Ich möchte es

mit allen Kräften. Ich möchte mit allen Kräften zum Beispiel allein fort können. Ohne dich.
Sie stand auf und strebte durch den Flur. Er stand auch auf.
– Ich möchte es, sagte er wieder, ich möchte so weit kommen.
– Ich bin so weit gekommen, erinnerte sie ihn.
– Ich weiß.
Er folgte ihr in den kühlen Schatten des Ganges.
– Verzeih mir, sagte er.
Sie kam dicht zu ihm.
– Seit einigen Jahren, sagte sie, manchesmal in der Nacht, da träume ich von neuen Männern.
– Ich weiß. Auch ich träume, träume von neuen Frauen.
– Was also machen?
– Keine Liebe der Welt ersetzt die Liebe, da ist nichts zu machen.
– Kann man nichts finden, nichts tun?
– Nichts, sagte Jacques. Geh schlafen.
Sie ging schlafen. Er hielt sie nicht zurück. Sie streckte sich neben dem Kind aus, das tief schlief, von Schweiß überströmt. Statt an all diese Dinge zu denken, die eben geschehen waren, dachte sie wieder, wie ungünstig diese dumpfe Villa, dieser ganze Ort für Kinder seien. Sie dachte sich andere Ferien aus, wo es in köstlicher Kühle hätte spielen können. Die Hitze war so groß, daß man hätte glauben sollen, es werde unverzüglich regnen, am Nachmittag noch. Dies hoffend schlief sie ein.

KAPITEL IV

Aber als sie erwachte, hatte es, wieder einmal, aufgeklart. Der ewige kleine Seewind hatte wieder zu wehen begonnen, wie jeden Tag, seit sie angekommen waren.
Schwankend erhob sie sich, und sie ging in den Garten. Und der Seewind war da, wie immer um diese Stunde, unter ihm bogen sich grün und zart die Ufer des Flusses. Als sie über den Vorplatz ging, sah sie durch die offene Zimmertür, daß Jacques nicht mehr da war. Im Garten schritt sie bis zur Pforte dem Fluß gegenüber. Der Wind war weich und gleichmäßig, er roch nach dem Brand. Offenbar hatte Jacques keine Siesta gehalten. Offenbar war er zu Ludi gegangen, oder zu Diana, oder gar zu dem Mann, sofern sich der da befand, in den Vorgarten des Hotels. Um über die Fahrt nach Paestum zu reden. Über den Poseidontempel, zwischen dessen Säulen die Büffel weideten. Ludi sprach oft darüber. Sechs Reihen von je vierzehn Säulen aus rotem Granit, zwischen denen Büffel träumten. In dem trübseligen Garten erstand der Tempel, am Ufer eines einsamen Meeres, hingestreckt im fahlroten Leuchten einer sinkenden Sonne. Vom schweigenden Haus her drang ein schwaches Geräusch wie von Mäusen zu ihr. Das Kind wachte auf. Es kam und setzte sich schweigend neben sie, ganz nackt. Seine Haare waren naß von Schweiß. Sie füllte einen Krug mit kaltem Wasser und duschte es nahe den Zinnien. Alsbald belebte das Kind sich und begann wieder vom Boot zu sprechen und von seinem Wunsch, alle Fische des Ozeans zu fischen. Dann vergaß es Boot wie Fische und machte sich ans Spielen. Nun, da es spielend im lauen und weichen Wind umherlief, duschte auch Sara, zog sich an, kämmte ihr Haar. Dann kam sie wieder, sich auf die Veranda zu setzen, und wartete auf das Kindermädchen. Der Tanz würde wie jeden Abend auf der anderen Seite des Flusses stattfinden. Heute abend mußte das Kindermädchen das Kind hüten. Das Kindermädchen kam.

– Ich glaube, heute abend ziehen sie los, sagte das Kindermädchen.
– Ich weiß nicht, sagte Sara. Heute abend müssen Sie dableiben und auf den Kleinen aufpassen, ich werde spät heimkommen, wenn der Tanz aus ist.
Das Mädchen schien zunächst überrascht, dann verärgert.
– Das trifft sich schlecht, sagte sie, eben hatte ich mich mit ihm verabredet.
– Sie gehen fünfmal in der Woche hin. Für einmal . . .
Das Mädchen ließ sich auf den Sessel neben Sara fallen. Die Aussicht auf einen Abend ohne Tanz warf sie nieder.
– Ich weiß schon, sagte sie, aber in diesem mistigen Land, wenn man da nicht tanzen geht, was anderes kann man denn sonst tun, das frage ich mich.
– Das stimmt schon. Von den Nächten abgesehen, wenn man schläft, und dem Meer, und schließlich der Liebe, sehe ich auch nicht, was man treiben könnte.
Sie lächelten einander zu. Das Kindermädchen hatte keinerlei Hintergedanken.
– Wenn gar nichts stimmt, das stimmt, sagte sie. Sie fügte hinzu: Sie könnten nicht bis neun Uhr hingehen, zum Beispiel, und ich nachher?
– Das kann ich nicht, sonst täte ich es, das wissen Sie genau. Ich werde Ihnen ein Buch leihen.
– Und er? fragte das Kindermädchen und zeigte auf das Kind.
– Ich behalte ihn bis zum Abendessen, dann kommen Sie ins Hotel, ihn holen. Bis zum Abendessen könnten Sie tun, was Sie lustig sind.
Das Kindermädchen ging, ihrem Zöllner mitzuteilen, daß sie nicht zum abendlichen Stelldichein kommen werde. Sara blieb wo sie war, auf der Veranda. Es konnte nicht mehr viel bis fünf Uhr fehlen. Auf der Zementallee, die vom Haus zum Feldweg führte, spielte der Kleine Lokomotive. Er war schon wieder schweißgebadet, aber sie wußte, daß es nicht in ihrer Macht stand, ihn am Laufen zu hindern, und so versuchte sie es erst gar nicht. Auf dem Fluß warfen die immer selben Fi-

scher des Vortags ihre Netze aus Geduld und Langeweile. Das Land lag verlassen. Vom Autobus abgesehen fuhr nichts auf dem Weg vorbei, außer, alle Viertelstunden, einem Eisverkäufer; die Klingel seines Dreirads erfüllte die Luft mit ihrem Geschepper.

Einige Zeit verging. Der Fischer von nebenan trug seine Reusen heraus. Er fragte sie, wie es ihr gehe, und sagte, mit der Hitze gehe es nicht so weiter, die Gemüse gingen ein, es sei ein wahrer Fluch. Es verging noch eine Zeit, kurz, aber voll Spannung. Und Jacques kam nicht zurück. Schon konnte er kaum mehr im Hotel sein. Mit wem sollte er dort sein? Er mußte auf dem großen Strand sein, mit den anderen, den fünfundzwanzig anderen, die jeden Abend nach der Siesta über den Fluß fuhren. Oder aber mit dem Mann. Wäre sie in Ludis Villa gewesen, so hätte sie es gewußt. Von da aus konnte man alles wissen, was sich rundum begab. Von ihrer Villa aus jedoch konnte man nichts wissen, man wußte nicht, welchen Lauf die Welt nahm. Das hatten sie seit ihrer Ankunft vermißt. Und das vermißte sie auch an diesem Nachmittag. Sie wartete weiter. Und wieder war sie auf diesem Tanzabend, der weithin in die Maisfelder hinausstrahlte. Und im langgestreckten Schatten der roten Säulen von Paestum, bei sinkender Sonne, und fürchtete die in Schlaf verfallenen Büffel. Es gab nichts, was der Neuheit der Begierde und der Welt in einem hätte die Waage halten können. Sie bildete sich ein, besser darüber Bescheid zu wissen als die anderen Frauen. Immer bildet man sich ein, besser darüber Bescheid zu wissen als die anderen Frauen. Auch sie bildete es sich ein.

Als sie endlich sich dazu aufraffte, mit dem Kind aufzubrechen, war es spät. Sie gingen langsam am Flußufer und sahen dabei nach den Fischern. Sara erklärte dem Kind die Hochseefischerei. Knapp ehe sie das Hotel erreichte, hörte sie das Motorboot des Mannes dem Strande zufahren. Es mußte gegen halbsechs Uhr sein. Im Hotel war niemand mehr. Man sagte ihr, alle seien soeben weggefahren, teils mit dem Motorboot, teils mit der Fähre, auch Jacques. Sie trank einen Cam-

pari bitter bis zur Rückkehr des Fährmanns, dann begab sie sich zu der kleinen Landungsbrücke. Da war der Krämer. Auf dem Geländer sitzend, beobachtete er das Kommen und Gehen der Hotelgäste. Auch er sagte ihr, er habe sie fortfahren sehen, die einen mit dem Boot des Mannes, die anderen mit der Fähre. Zum ersten Mal duzte er sie. Er hatte einen Auftrag.
– Dieser Herr Jean läßt dir sagen, du sollst hier auf ihn warten, sagte er, er wird zurückkommen und dich mit deinem Kleinen holen, um dir den Weg zu Fuß vom Fluß zum Strand zu ersparen. Zum Teil deswegen bin ich hier, ich habe gewartet, um es dir zu sagen. Ich geh dann jetzt auf den Berg.
– Es ist der letzte Abend?
– Na ja. Ich bin gegen diese Todeserklärung, aber ich weiß dabei, daß sie sie ja doch eines Tages unterschreiben müssen.
– Zu Hause sollten sie nicht mehr so viel zu tun haben. Warum also sollten sie jetzt schon weggehen?
– Das ist Unsinn, was du sagst, sagte der Krämer. Mit dem Ausruhen geht es wie mit allem anderen, es ist eine Sache, an die man sich jung gewöhnen muß. Sie hat es nie getan. Wenn sie schläft, macht es sie müde.
– Das ist schon richtig, sagte Sara, und dann, wenn es schon nicht ewig dauern kann, dann kann man nicht anders als wünschen, daß es so bald wie möglich ein Ende nehme.
– Du vielleicht, weil du jung bist, aber ich nicht.
– Das mag stimmen, sagte Sara.
Sie sagte es zerstreut. Er sah es.
– Du bist traurig, sagte er.
– Ich sehe offenbar so aus, aber ich bin nicht traurig.
– Man ist oft traurig, wenn die Sonne untergeht, vielleicht liegt es auch daran.
– Aber nein, sagte Sara. Außerdem will die Sonne noch gar nicht untergehen.
– Sie haben lang miteinander geredet, dein Mann und dieser Herr Jean. Ich weiß nicht, worüber.
Sie wendete die Augen ab, und dem Fluß zu.

– Ich weiß nicht, worüber, wiederholte er.
– Über mich, sagte Sara.
Derlei Dinge überraschten den Krämer nicht mehr.
– Ich dachte mir schon, daß es über dich sei. Er fügte hinzu: Sie sind zusammen weggegangen.
– Es ist schwierig, die Frau eines Mannes zu sein, sagte Sara.
– Aber es gibt doch so viele solcher Frauen, sagte der Krämer.
Sie sahen zum Fluß. Zwischen den unbeirrten Netzwürfen der einsamen Fischer nahm der Fährmann seinen Rückweg. Fernher vom Meer hörte man das Knattern des Außenbordmotors. Es vergingen zehn Minuten und dann tauchte er auf. Er nahm eine weite Kurve zum Fluß und fuhr ihn dann in hohem Tempo hinauf.
– Sie sind zusammen, sagte der Krämer.
Es waren zwei Männersilhouetten im Bug des Bootes. Sie nahm den Kleinen auf ihre Arme und zeigte es ihm.
– Jetzt fahren wir aufs Meer mit diesem Boot, sagte sie. Der Kleine fing an zu lachen, entschlüpfte ihren Armen und sprang herum vor Freude. Der Krämer merkte nur mehr auf den Weg des Bootes den Fluß herauf, wie jedes Mal.
– Jetzt fahren wir mit diesem Boot, wiederholte sie, dann baden wir, und dann spielen wir vielleicht Wasserball mit Ludi.
– Das Gute an diesen Motorbooten, sagte der Krämer, ist, daß man sich nicht mit Rudern abplagen muß.
– Es geht rasch, sagte das Kind.
– Ja, und außerdem geht es rasch. Aber wohin soll man auf dem Meer? Das Ärgerliche ist, man findet kein Ende.
– Kleine Fahrten kann man immerhin unternehmen, sagte Sara.
Sie nahm wieder das Kind zu sich, aber wieder entschlüpfte es ihr, ganz bei diesem Boot.
– Es kommt schon vor, sagte der Krämer, daß ich mir noch Dinge vom Leben erwarte. So kommt es vor, daß so ein Boot, im Sommer, mir . . . oder auch ein kleines Auto . . .
– Ja warum nicht? sagte Sara.

– Und wenn dein Motor auf hoher See in die Luft fliegt?
Sara hörte nicht. Das Kind schon.
– Ich kann ja schwimmen, sagte das Kind.
– Ich nicht, sagte der Krämer.
Wie das Kind sah er nach dem Boot.
– Du wirst sehen, sagte er, eines Tages, wenn man immer schneller auf dem Fluß daherrast, mit all den Sandbänken, die es da gibt . . .
– Was? fragte das Kind.
– Nichts. Leiser fügte er hinzu: Das ist ganz sicher, um ihm derartige Dinge zu sagen, muß man bösartig geworden sein.
Das Kind verlor alles Interesse am Krämer.
– Hast du wirklich so sehr Angst davor, böse geworden zu sein? fragte Sara.
– Was Schlimmeres könnte es geben? sagte der Krämer.
– Die Wölfe, die sind böse, sagte das Kind.
– Du verstehst, es dauert einfach zu lang, das Alter, sagte der Krämer zum Kind.
Er sagte, jetzt sei es Zeit für ihn, wieder da hinaufzuklettern. Er brach auf, ohne Sara auf Wiedersehen zu sagen. Fast gleichzeitig mit seinem Abgang langte das Boot an. Jacques und der Mann saßen immer noch im Bug. Sie hatten beide das gleiche, erschöpfte Lächeln. Der Mann drehte sich um, sein Boot festzumachen. Jacques blieb wie er war, sah sie weiter an mit seinem Gesicht, das erstarrt war im Lächeln der Müdigkeit selbst.
– Das ist nett von euch, sagte Sara.
Sie hatten offenbar vieles gesprochen seit dem Mittagessen, im Vorgarten des Hotels, und zu dieser Stunde der Siesta, die für den Schlaf geschaffen war und fürs Vergessen. Und sie waren offenbar zu keiner Verständigung gekommen, trotz all ihrem guten Willen. Jacques half dem Mann beim Manöver des Abstoßens. Etwas einte sie nunmehr, vielleicht war es das Gefallen selbst an so unlösbaren Konflikten.
Sie richtete sich mit dem Kind im Heck ein. Sofort fuhr das Boot wieder ab. Es kreuzte quer über den Fluß und folgte bis

zum Meer dem anderen Ufer, an den Kranen und Steinhaufen vorbei, die, so schien es, seit Jahren darauf warteten, verwertet zu werden. Man hatte, Ludi zufolge, immer davon gesprochen, auf dieser Höhe des Flusses eines Tages eine Brücke zu bauen.

– Geht's gut? fragte Jacques in den Wind hinein.

– Geht gut.

Nur verstohlen und für Augenblicke vermochte sie ihn anzusehen. Er besah sie sich genau, wie er es meist tat mit Frauen, in den Cafés, auf der Straße. Er sah sich die Frau an, die im Leben ihm zukam. Dann wandte er sich ab und schien sich für die Manöver des Mannes zu interessieren. Da sah sie sie nun beide von rückwärts. Den einen, den kannte sie für immer. Den anderen, nein, den würde sie nicht mehr genauer kennen. Der andere war ein Mann, den sie nie mehr genauer kennen würde. Er wurde zu einem Mann, den sie nie kennen würde. Mann kann nicht alle Leben miteinander leben, hatte Ludi gesagt. Diese Kenntnisse waren unvereinbar. Neben ihr schrie das Kind vor Freude. Nur die Kielwelle eines Bootes und die ersten Wellen der Mündungen interessieren die Kinder. Der Mann kurvte um den Damm in weitem Bogen, dann fuhr er plötzlich mit voller Geschwindigkeit gegen das offene Meer hinaus. Jacques, aufrecht stehend, schien nicht weiter überrascht. Der Strand rückte in die Ferne, und mit ihm das grünschillernde Band der Maisfelder am Ufer des Meeres. Die Dinge waren, genaugenommen, nicht weiter gediehen, mit dem Unterschied freilich, daß ihr Schweigen nun gebrochen war.

– Wir fahren schnell, schnell, schrie das Kind.

Der Mann wandte sich nach ihm um, die Haare vom Wind ins Gesicht geweht, und lächelte ihm zu. Er machte mit der Hand eine merkwürdige Bewegung, die wohl heißen sollte, er könne nicht anders handeln. Dann drehte er sich wieder nach vorn. Jacques rührte sich nicht, stand immer noch hinter dem Mann.

– Noch schneller, schrie das Kind.

Der Mann wandte sich wieder um und nun schrie er, es gehe nicht rascher. Mit ihren Armen schützte Sara das Kind vor dem Wind. Es schloß die Augen. Und auch sie schloß die Augen, um nicht so viel Wind ertragen zu müssen. Und wieder erstand aus dem Geheul dieses Windes die machtvolle Quadrille der Säulen von Paestum am Ufer des Meeres.
Der Mann hatte endlich die Geschwindigkeit vermindert. Mit einem Schwung hielt er auf den großen Strand zu. Dort wartete man auf sie.
Sara vertraute das Kind Diana an und ging alsbald ins Meer. Der Mann, von Jacques unterstützt, zog sein Boot auf den Strand. Dann ging auch er ins Meer, aber in die Sara entgegengesetzte Richtung. Er entfernte sich rasch, schwamm mit allen Kräften. Sie sah unterm Wasser die fließend vergängliche Spur seines Körpers verschwinden. Das Kind war zu den anderen Kindern gestoßen, sie spielten, wer schneller laufe als die Wellen. Diana, Ludi und Gina schwätzten. Hier also schien alles wie gewohnt. Außer daß Gina nichts von allem wissen wollte, was vor sich ging. Und Ludi auch. Und daß Diana – das sah man sofort – durchaus verstand, was vor sich ging, so wie sie allezeit alles verstand, und daß sie litt, wie sie allezeit und für jeden unter ihrer Machtlosigkeit litt, den Fragen gegenüber, die das Leiden und die Liebe stellten. Jacques gesellte sich, im Meer, zu Sara.
– Versuche auf dem Rücken zu schwimmen, sagte er.
– Ich hab es hundertmal versucht, es nützt nichts, es gibt so Dinge.
– Versuch es trotzdem, ich will, daß du das lernst.
– Es gibt so Dinge, die man nie lernt, es nützt nichts.
Er gab es auf, diesmal jedoch, ohne sich zu erzürnen. Er blieb im Meer aufrecht stehend neben ihr. Sie machte einige Schwimmstöße, er folgte ihr, sie hielt ein, und er hielt ein.
– Ich bin zum Hotel gegangen, sagte er. Er war noch da. Wir haben miteinander geredet.

Sie antwortete nicht. Sie machte noch einige Schwimmstöße. Dann mußte sie wieder einhalten.

– Nie werd ich schwimmen können.

– Versuche, mich zu verstehen.

– Ich weiß nicht, wovon du sprichst.

– Ich wollte nicht mit ihm reden. Ich bin ins Hotel gegangen, um aus dem Haus zu kommen, um dir mit der Geschichte nicht weiter auf die Nerven zu gehen. Er war noch da, ganz allein, im Vorgarten. Zehn Minuten habe ich widerstanden, dann ist es mir nicht mehr möglich gewesen, nicht hinzugehen und mit ihm zu reden.

Sie tauchte wieder ins Meer. Sie war nicht in der Lage, mehr als zehn Stöße zu schwimmen, ohne sich wieder aufzurichten. Er stieß zu ihr.

– Wir haben von allem, von nichts geredet, sagte er. Er hat mir einiges von sich erzählt.

Sie schwamm wieder, hielt wieder an. Er folgte ihr wie ein Automat.

– Wir haben deinen Namen nicht ausgesprochen, sagte er.

Sie vermochte überhaupt nicht mehr, ihn anzusehen.

Er kam nicht von ihr los.

– Als er mir von sich erzählte, hatte ich vergessen wer . . . wer er war, sagte er noch.

Wieder versuchte sie, sich zu entfernen, versuchte, zu schwimmen. Aber es erschöpfte sie immer gleichermaßen.

– Ich hatte mir geschworen, nicht mit ihm zu reden. Ich hab es nicht gekonnt.

In der Ferne kam der Mann zurück, den Blick auf sie. Jacques sah ihn nicht.

– Als ich ihn da sah, ganz allein, habe ich nicht anders gekonnt, ich wollte ihn ein wenig kennenlernen, den Mann ein wenig kennen, mit dem . . .

– Ach, was möcht ich schwimmen können, sagte sie.

– Mit dem ich dich jede Nacht lassen werde, während meiner Fahrt nach Paestum.

– Dann war's nicht der Mühe wert, sagte sie, auch ich fahre nach Paestum.
Plötzlich bemerkte er, daß der Mann zurückkam, ihnen entgegen.
– Nein, sagte er, ich will nicht, daß du nach Paestum fährst.
Er sah nach dem Mann.
– Ich will dich nicht mehr in Paestum haben. Ich will, daß einmal die Dinge zu etwas nütze sind.
Er zögerte ein wenig und sagte dann, immer noch auf den Mann blickend:
– Du verstehst mich. Daß einmal die Dinge für sich zahlen.
Er sah sie an, ein wenig verwirrt.
– Sonst kommen wir da nie raus, sagte er.
– Ja.
– Ja?
– Wie du meinst, sagte sie.
Er entschloß sich wegzugehen, tauchte kopfüber ins Meer, das Gesicht von Ekel verzerrt. Nun schwamm er, wie der Mann, mit allen Kräften nach dem offenen Meer. Gina, Ludi und Diana hatten wieder gebadet und kamen zum Strand zurück. Der Kleine spielte immer noch brav mit den kleinen Abendwellen. Sara versuchte noch einmal, auf dem Rücken zu schwimmen. Die anderen waren weit rechts von ihr, gegen den Platz zu, wo die Kinder sich beieinander hielten. Jacques war schon weit. Immer noch schwamm er, wie man sich schlägt. Der Mann, auch er weiterschwimmend, in umgekehrter Richtung wie Jacques, hielt unmittelbar auf sie zu, wie er es noch nie getan hatte, ohne jedes Zögern und ohne alle Vorsicht. Die Sonne stand nun auf gleicher Höhe mit dem Berg, und das Meer war schwarz unter dem geröteten Himmel. Der Mann langte bei ihr an und reckte sich aus dem Wasser. Er sah auch in Jacques' Richtung. Er hatte das gleiche Gesicht wie dieser, verzerrt von Ekel und von Müdigkeit. Er sah lange nach Jacques aus und wendete sich dann ihr zu.
– Wir haben lange miteinander geredet, sagte er.

Sie lag im Wasser, ihm gegenüber, und sie sah ihn gut, ganz allein gegen den Himmel abgezeichnet.
– Bleibe so da, wie du bist, sagte er. Er sah nicht mehr nach Jacques, sie freilich schon.
– Heute abend, sagte er.
Nun stand sie auf. Er näherte sich. Sie wich etwas zurück.
– Ich sehne mich sehr nach dir, sagte er.
Er hatte seinen gewohnten Tonfall wiedergefunden, dazu freilich eine leichte Müdigkeit, die aus seiner Stimme herausklang. Sie wendete sich der Ebene zu, die nun im Schatten lag, von Dämpfen bedeckt, die aus den frisch besprengten Gärten aufstiegen.
– Wir hingegen haben keine Zeit gehabt, lange miteinander zu reden, sagte sie.
Auch er wendete sich nun der Ebene zu, kehrte alsbald zu ihr zurück.
– Er hat eine Art zuzuhören, sagte er, man könnte zwei Stunden mit ihm reden . . .
– Ich weiß. Nun sah sie zu ihm hin, der immer gleichermaßen grimmig in der Ferne weiterschwamm, und in der Erinnerung an ihn lächelte sie.
– Er ist unbeschreiblich neugierig, sagte sie, als du mit ihm sprachst, hatte er ganz vergessen, wer du warst. Sie fügte hinzu: Ihr habt auch von Paestum gesprochen?
Ein Schatten von Zaudern bedeckte seine Stimme.
– Auch davon. Er hat mich sehr über Paestum und die Gegend drum herum ausgefragt.
– Er fährt morgen nach Paestum ab.
– Das hat er mir nicht gesagt.
Sie sahen einander an.
– Auch ich . . . hätte ein wenig Lust hinzufahren, sagte sie, dessentwegen was du darüber gesagt hast, vom Meer, das ganz nahe ist, von den Büffeln, die da spazierengehen . . .
Er überflog sie, die ganze Person, mit einem einzigen forschenden Blick.
– Du weißt ja, wie das ist . . . fügte sie hinzu.

Ihre Hände hoben sich, fielen alsbald, machtlos, wieder zurück, legten sich an ihren Leib.
– Es ist schwer zu ertragen, dieser Gedanke, sagte er.
Er sah sie an, mit geöffneten Händen, wie ein Würger.
– Der Gedanke, kein einziges Mal mehr dich zu lieben, sagte er, nicht . . . ein einziges Mal.
Er wartete ihre Antwort nicht ab, blieb so, den Blick auf sie, die Hände immer noch geöffnet, und er sprach es aus:
– Du brauchst nur zu wollen, du kannst heute abend kommen.
Zu ihrer Rechten kehrte Jacques, sehr langsam, zu der Gruppe der anderen zurück, die auf dem Strande ausruhten.
– Gehen wir, sagte sie.
– Du glaubst wirklich, daß du heute abend nicht kommen wirst?
– Dazu müßte ich es wollen wie . . . wie ich nichts mehr zu wollen weiß.
– Mit ihm würdest du gehen?
– Mit ihm habe ich es, einmal, gewollt.
– Mit ihm hast du solche Dinge getan?
– Ja. Gehen wir.
Sie gingen den Strand hinauf, einen Meter voneinander entfernt, und geradeaus, nicht schräg in Richtung auf die Gruppe, um ein wenig Zeit zu gewinnen wohl.
– Ich habe eine Frau, sagte er. Auch ich habe schon solche Dinge getan. Und ich glaube, man kann wieder damit anfangen.
– Vielleicht hast du eben doch keine Frau.
– Vielleicht. Wie vernünftig du bist.
– Ich glaube nicht, daß wir vernünftig sind, Jacques und ich, eher das genaue Gegenteil.
Vor ihnen rauschten die Maisfelder im Abendwind. Auf dieser Seite des Flusses, zu dieser Stunde, wurde die Hitze zu einer Erinnerung. Besonders da die Luft nach den nun gesprengten Gärten duftete. Er faßte den Gipfel des Gebirges ins Auge, das sich, noch sonnbeschienen, vom wolkenlosen Himmel abhob.

– Es ist halb sieben, sagte er, in dreieinhalb Stunden hättest du hier sein können, auf dieser Seite der Ebene.
Sie sah nach Jacques. Er ging zu Ludi hin, ohne ihnen einen Blick zuzuwerfen, ohne sich den Anschein zu geben, als kümmere er sich um sie.
– Es tut mir weh, daran zu denken, sagte er.
– Es tut gut, es noch zu wissen, sagte sie.
– Was?
– Daß du es gewollt hättest. Weißt du, man kann immer noch daran glauben, bis heute abend.
Der Duft der besprengten Gärten war so stark, daß er jenen des Meeres überdeckte. Es war der wundervolle Duft des Regens, des gestillten Durstes.
– Was ist denn eigentlich geschehen? fragte er.
– Am ersten Tag, am Tag, an dem du angekommen bist, habe ich von dir geträumt.
Er ballte sacht die Fäuste. Sie sprachen leise, einen Meter voneinander entfernt, blickten dabei immer nach der weit weg schwatzenden Gruppe.
– Aber in diesem Augenblick jetzt, sagte sie, im Augenblick, da ich es dir sage, samt denen da, wie sie da sind, könnte ich es noch tun . . .
Jenseits des Flusses schwankte der noch sonnenbeschienene Gipfel des Berges ins Meer. Dann ging das vorüber.
Er zögerte, sagte dann plötzlich sehr leise:
– Höre . . . ich bitte dich um nichts. Ich sage dir einfach, daß ich auf dich im Tanzcafé warten werde, solange du es willst.
– Sowas gibt's nicht, Hochzeitsnächte des Ehebruchs.
– Ich will es nicht wissen. Ich bitte dich um nichts. Ich werde, ein letztes Mal, im Tanzcafé auf dich warten.
Er glaubte, sie wolle antworten.
– Antworte nicht, sagte er.
Sie sagten einander nichts mehr. Sie erreichten sehr bald die Gruppe der anderen. Jacques sah ruhig aus, fast beruhigt. Neben Ludi ausgestreckt rauchte er. Das Licht nahm ab in der Ebene. Die Luft war mild. Es war das der einzige Augen-

blick am Tage, da man sich wieder aufleben fühlte, nach diesem Bade und im aufkommenden Schatten. Sara streckte sich zwischen Ludi und Diana aus, die auch dalag und rauchte. Der Mann setzte sich etwas abseits, in Ludis Nähe. Ludi und Gina sprachen noch von der Reise nach Amerika, als sie bei ihnen anlangten. Gina wollte immer noch nicht reisen. Sie wollte immer noch nichts anderes als ruhig, ruhig zu Hause bleiben. Ludi war zornig. Jacques schien keine eigene Meinung zu haben. Aber Diana sehr.

– Ich halte es weiterhin für möglich, die Leute das tun zu lassen, wozu sie Lust haben, sagte sie.

Niemand nahm das auf, nicht einmal Gina. Es entstand ein Schweigen, dann setzte Diana wieder ein, im Tone eines, dem eine Erinnerung kommt.

– Was sagtest du gestern, genaugenommen? Daß der Neger vom Weißen einen genaueren Begriff hat, als der Weiße von ihm haben kann?

– Ja, sagte Ludi, also jedenfalls, wenn man so will . . . Was hast du denn auf einmal?

Diana war zornig, aber sie verbarg es meisterhaft.

– Nichts, sagte sie, es fällt mir wieder ein, das ist alles.

– Es war keine richtige Unterhaltung, sagte Jacques und lächelte Diana sehr freundlich zu, du weißt das doch, Ludi hat irgendetwas gesagt, es war gar nicht das, was er eigentlich sagen wollte.

– Wer weiß, sagte Gina, wer weiß, ob er's nicht sagen wollte.

Ludi lachte und schrie in einem.

– Wenn ich etwas sage, was dir nicht paßt, sagte er zu Jacques, dann sagst du, ich habe es in der Zerstreutheit dahergeredet und ich glaube es selbst nicht.

– Es ist so töricht, sagte Jacques, daß du unmöglich etwas derartiges hast können sagen wollen.

– Und wenn es mir nun paßt, töricht bis zum letzten zu sein, schrie Ludi immer noch lachend, und wenn es meine persönliche Dialektik von Herr und Knecht wäre?

– Dann lassen wir der Welt ihren Lauf, sagte Jacques langsam

– er war plötzlich traurig – und machen wir uns keine Sorgen. Da wir das Entscheidende haben, daß der Neger vom Weißen einen genaueren Begriff hat als der Weiße von ihm, lassen wir die Dinge laufen und jederlei Gewalttat geschehen. Sara streckte sich zu Ludis Füßen aus. Der Mann, der gegangen war, den Anker seines Bootes hochzuziehen, kam zu Gina zurück.

– Jedoch, sagte Diana, es steckt in jeder Befreiung eine Bedrückung, die man nicht vergessen darf, niemals, unter keinem Vorwand.

Jacques ging nicht darauf ein. Es war offenkundig, daß er nicht zu Diana sprechen wollte. Er dachte nur mehr an Ludi, der etwas derartiges gesagt hatte, und gar nicht mehr an sein eigenes Schicksal während dieser ganzen Tage. So war Jacques.

– Ach, was ist sie schön, die Dialektik unseres großen Herren, sagte er. Er lachte, weil Ludi sich vor Verlegenheit den Kopf kratzte.

– Was ich sagen wollte, setzte Ludi auseinander, war, daß unsere so schreckliche Zeit menschliche Werte verborgen hält, das ist alles. Natürlich muß man die Welt verändern, aber bitte, es wird mir immer Spaß machen, gelegentlich zu sagen, daß man sie nicht zu verändern braucht. Ich bin so.

– Dann sind wir ja einig, sagte Jacques.

– Selbst wenn ihr es nicht wäret, sagte Diana, so wäret ihr es doch, da du besser weißt, was Ludi denkt, als Ludi selbst.

– Das wußte ich, sagte Jacques – er hämmerte auf seinen Worten – daß Ludi nicht derartige Dinge denken konnte.

– Dein Scharfblick macht mich schwindlig, sagte Diana, welcher Tiefgang . . .

– Nein, sagte Jacques. Ich gebe mir Mühe, die Leute zu verstehen.

– Jetzt wo sie einig sind und alles klar ist, sagte Sara, braucht man vielleicht nicht mehr davon zu reden.

– Was habt ihr denn alle heute abend? fragte Ludi.

– Aber gar nichts, sagte Sara.

– Ich meinerseits gehe heim, sagte Gina, diese Art von Unterhaltung langweilt mich sehr, und dann muß ich zu den Alten raufgehen, ehe es Nacht ist.
– Du wirst es mir sagen, wann wir über diese Reise reden können, sagte Ludi, Zeit und Stunde.
– Im Jenseits, sagte Gina, bitte sehr, nicht vorher. Was du magst, das ist wütend werden, diskutieren, diskutieren. Wenn es offenkundig ist, daß jemand etwas nicht will, was willst du denn da noch von ihm?
Ludi hob die Arme zum Himmel, stand auf, dann ließ er die Arme wieder fallen, setzte sich stöhnend wieder. Gina stand auf, ging weg, dann kam sie zurück, als sei ihr etwas Endgültiges eingefallen. Sie ging zu dem Mann hin, und er war es, an den sie sich wandte, erbosten Tones:
– Schließlich Sie, Sie kennen doch Amerika, oder?
– Ich kenne es, sagte der Mann.
– Also warum sagen Sie es ihm nicht endlich, daß er dort alle Frauen finden wird, die er haben will, und sogar die, die er nicht haben will? Sagen Sie es ihm endlich.
– Darum handelt es sich doch gar nicht, sagte der Mann, aber wenn Ihnen daran liegt, daß ich es ihm sage, dann kann ich es tun.
Gina war einen Augenblick unschlüssig, dann faßte sie sich sehr rasch wieder. Niemand lachte mehr.
– Also dann sage ich es, sagte der Mann. Er wird in Amerika, wie überall sonst auf der Welt, alle Frauen finden, die er haben will. Er fügte hinzu: Nur muß er wollen.
– Na also, sagte Gina zu Ludi. Sie war ein ganz klein wenig unsicher.
Aufschreiend stand Ludi wieder auf.
Er pflanzte sich vor Gina auf:
– Und wenn du es bist, die ich haben will, du unmögliches Arschloch, schrie Ludi, und wenn es ausgerechnet das Frauenzimmer ist, das du bist, das ich haben will!
Gina lachte glücklich.
– Und wenn es mir zum Hals heraushängt, schrie sie, mit ei-

nem Mann zu leben, der jeden Tag jünger wird? Und der sich jeden Tag eine neue Verrücktheit in den Kopf setzt?
Ludi setzte sich und verkündete ruhig und rings umher:
– Sehr ihr, für diese Frau bedeutet Reisen eine Verrücktheit.
– Scheiße, sagte Gina, ich gehe heim.
Sie ging. Diana summte vor sich hin. Jacques sah sehr müde aus.
– Ich bitte um Entschuldigung, sagte Ludi.
– Das macht nichts, sagte Jacques leise. Es ist ermüdend, paarweise zu leben. Für jedes Paar.
– Ich möchte mit dir heimfahren, sagte Ludi. Er war traurig. Er nahm Jacques' Arm.
– Ich fahre mit dem Boot zurück, sagte das Kind.
– Ich weiß nicht recht, sagte Diana und sah zu Sara hin.
Sara bestand darauf, mit dem Fährmann zurückzufahren. Ludi und Jacques und schließlich auch Diana kehrten mit dem Boot des Mannes zurück. Sara ließ ihnen das Kind. Als sie sich entfernte, hörte sie Ludi sagen:
– Jetzt hat auch sie ihren schlechten Tag.
Jacques ging nicht weiter darauf ein.
Sie erreichte um vieles nach ihnen das Hotel. Der Mann war schon in sein Zimmer gegangen. Sein Schiff war an der kleinen Landungsbrücke festgemacht.
– Wir können ohne ihn losgehen, sagte Diana, er hat gesagt, er wolle nicht rauf, er habe ein wenig genug von dieser Geschichte. Ich verstehe ihn.
Niemand antwortete. Sara vertraute das Kind dem Kindermädchen an, das im Vorgarten wartete. Sie brachen fast unmittelbar nach ihrer Ankunft auf, nahmen sich nicht einmal die Zeit, einen Campari zu trinken. Fast als stünden sie unter dem Druck irgendeiner Verpflichtung, der sie sich nicht entziehen könnten.
Ludi und Gina waren noch voller Zorn aufeinander, immer noch wegen dieser Reise nach Amerika, die sie offenbar nochmals während des Rückwegs zur Sprache gebracht hatten. Wie gewöhnlich ging Gina allein, den anderen vorausei-

lend. Jacques folgte ihr. Diana ging hinter Sara. Sie war immer noch so nachdenklich und traurig wie auf dem Strand. Es war fast Nacht auf dem Berg. Vom Westen her kam noch bläuliches Licht. Hier vermochte der Wind es nicht, die Hitze zu vertreiben. In Wellen entstieg sie der verbrannten Erde und den Pflanzen. Immer noch roch sie nach dem Feuer und nach dem Weihrauch der Aschenpflanzen. Aber sie brannte nicht mehr in den Augen. In der Ferne prasselte immer noch der Brand. Von Zeit zu Zeit fielen Pinienzapfen hinein und platzten wie Patronen.

– Ich weiß nicht warum, sagte plötzlich Ludi, heute abend möchte ich am liebsten diesen ganzen Berg dem Feuer schenken.

Der Krämer hatte eine Sturmlaterne und zwei Decken gebracht. Er befürchtete Regen für die Nacht. Er sprach zu einem jungen Pfarrer, der zwischen der Alten und der Seifenkiste saß. Der Pfarrer sprach zu der Alten in monotonem Ton. Er hörte nicht auf das, was der Krämer ihm sagte. Die Alte hörte mit einigem Interesse auf das, was der Pfarrer ihr sagte. Der Krämer hatte die Sturmlaterne noch nicht angezündet und sie sprachen miteinander im weißen Schatten der Mauerreste. Gina und Ludi grüßten den Pfarrer kurz. Sie kannten ihn. Es war der Pfarrer eines Dorfes in der Ebene.

– Grüß Sie, Alphonse, sagte Gina.

– Grüß Sie, Madame, sagte der Pfarrer. Die Ankunft all dieser Leute schien ihn zu ärgern. Dennoch nahm er mutig seine Rede wieder auf.

– Es ist nicht eine Erklärung vor dem Ewigen, die man von Ihnen verlangt. Es bedeutet gar nichts. Eine kleine Verpflichtung, die der liebe Gott billigt. Man muß ihr nachkommen. Maria, die Mutter Gottes, an Ihrer Stelle, hätte sie unterschrieben.

Die Alte hörte zu. Der Alte sah sie an.

– Aber sie wird sie ja unterschreiben, sagte er leise.

– Der Zollamtmann hat ihn geschickt, erklärte der Krämer den anderen.

– Ich bin allen zu dienen verpflichtet, die in Schwierigkeiten sind, sagte der Pfarrer, allen meinen Schafen gleicherweise. Mich hat niemand geschickt. Ich komme, weil es meine Pflicht ist zu kommen.
– Er hat die Kiste eingesegnet, erklärte der Krämer – er wandte sich an den Pfarrer – nun kenne ich dich zwanzig Jahre, sagte er, mir wirst du sagen, ob der Zollamtmann dich geschickt hat.
Die beiden Zollbeamten hörten zu. Sie hatten die Uniformen, in denen sie seit dem Mittag die tierische Hitze aushielten, weit und wahllos aufgeknöpft.
– Was haben Sie davon, wenn Sie es wissen? fragte der eine von ihnen.
– Da sehen Sie es ja, sagte der Krämer, es war der Zollamtmann, ich wußte es doch. Hör mal, Alphonse, begann er wieder, du sprichst von Schafen, gut, meinetwegen, aber dieses hier ist gar nicht von hier, also?
Der Pfarrer tat, als höre er nicht. Er sah nur nach der Alten und sprach weiter.
– Denken Sie an sie, sagte er, an die heilige Jungfrau, drei Tage und drei Nächte auf Golgatha.
– Ganz wie bei uns, sagte der Alte.
– Was für ein Arschloch, alles was recht ist, sagte der Krämer, also tatsächlich, was für ein Arschloch . . .
Die Alte fuhr fort, ihnen zuzuhören, abwesenden Blicks. Der Alte sah verstohlen zu ihr hin, in der Besorgnis, man werde ihr schmerzliche Dinge sagen.
– Wir werden sie unterschreiben, wiederholte er, sie will ja jetzt.
Die Alte nickte leicht zustimmend mit dem Kopf.
– Abgesehen davon, sagte der Krämer, du bist Pfarrer und diese Sorte von Erklärungen geht dich gar nichts an.
– Wie geht's denn deiner Mutter? fragte Gina – sie erläuterte –, auch ich habe ihn gekannt, als er noch Kind war.
– Ja ja, sagte der Krämer, seine Mutter schickte ihn in die Gärten, Tomaten stehlen. Seine Mutter, die war eine der

sympathischsten Personen im Dorf. Jetzt läßt er sie die Glokken ziehen in seiner Kirche.
– Wie geht es ihr? wiederholte Gina.
– Sie wird alt, sagte der Pfarrer verlegen. Sagen Sie ihr, daß sie ihre Erklärung unterschreiben muß, Frau Ludi.
– Sag's ihr doch selbst, sagte Gina – sie überlegte. Ich komm einmal nach deiner Mutter sehen, nachsehen, wie du sie behandelst, ob du es sie nicht allzusehr bezahlen läßt, daß sie dich mit gestohlenen Tomaten großgezogen hat. Ich möchte nicht darauf schwören, daß sie glücklich ist mit dir, Alphonse.
Alphonse versuchte, es als Spaß zu nehmen. Die anderen lachten ein wenig. Die Alte lächelte, wie immer, wenn Gina sprach.
– Da haben wir sie wieder mit ihren Greisen, sagte Ludi ganz leise, muß wieder welche inspizieren, es ist eine Krankheit.
Die Zollbeamten waren im Grunde sehr froh über diese Besuche. Es langweilte sie, da Wache zu halten, und sie stürzten sich gierig auf jede Gelegenheit zur Ablenkung.
– Wenn Sie mich fragen, sagte der jüngere zu Diana, sie weiß selbst nicht, warum sie sie nicht unterschreiben will, ihre Erklärung. Sie versteht es ebensowenig wie wir, warum sie sie nicht unterzeichnet.
– Wir verstehen schon, sagte Diana.
Der Zollbeamte machte sich, in aller Freundlichkeit, lustig.
– Da gibt's nichts zu verstehen, was also könnten Sie verstehen?
– Alles was gegen die Zollbeamten geschieht, verstehen wir, das ist es.
– Um mich zu ärgern, sagte Ludi ganz leise, nimmt sie derartig Interesse an den Greisen, um mich zu ärgern und nichts sonst. Sie haßt sie, da bin ich sicher, die Greise.
– Wer versucht nicht, wen zu ärgern? sagte Jacques, mit Greisen oder mit was anderem? Er wendete sich zu Sara und versuchte, ihr zuzulächeln.
– Laß sie doch, sagte der Krämer zu Alphonse. Hör wen an-

deren Beichte. Die da gehen dich nichts an. Und da sie dir sagen, daß sie sie unterschreiben werden, lad dir nicht unnötig Arbeit auf.
– Mit Ihren Freundlichkeiten, Frau Ludi, sagte Alphonse, bestärken Sie sie noch in ihrem Irrtum.
– Schweig still, Alphonse, sagte der Krämer.
– Ja, es wäre wirklich besser, wenn du schweigen würdest, denn ich werde dir einen Tritt in den Arsch geben, Alphonse, sagte Gina.
– Du siehst wie sie ist, sagte Ludi leise, jetzt sucht sie Streit mit diesem Alphonse, wo der doch als Arschloch bekannt ist im ganzen Land. Sie muß mit irgendwem Krach haben.
– Gleichviel, sagte Alphonse, wenn sie diese Stücke zusammengelesen hat, dann doch, damit sie ein Begräbnis erhalten, ja oder nein, Frau Ludi?
– Man ist es halt gewohnt, Zerbrochenes zusammenzulesen, sagte der Krämer, das ist es in erster Linie. Wenn du die geringste Lebenserfahrung hättest, wüßtest du das. Wenn etwas Ganzes zerbricht, hebt man die Stücke auf und legt sie zusammen. An die Beerdigung, an die denkt man nachher, sofern man dran denkt.
– Es handelt sich nicht um Stücke von irgendwas, sagte Alphonse, sondern um die ihres vielgeliebten Sohnes. Also, indem Sie nicht unterschreiben, sagte er leiernd zur Alten, verzögern Sie um ebensoviel Zeit die Beerdigung Ihres Sohnes.
– Wenn er so weiter macht, sagte Jacques, hau ich ihn in die Fresse. Lassen Sie sie jetzt gefälligst in Ruhe.
Die Alte hob bestürzt die Hand. Eine uralte Angst vor Zorn stieg wieder auf in ihre Augen. Flehentlich sah sie Jacques an.
– Verzeihen Sie mir, sagte Jacques.
Er wandte sich an den Alten, der ihm einen guten Blick zuwarf, ihm aber nichts sagte, offensichtlich schwankend zwischen dem Wunsch, ihm seine Sympathie zu bekunden, und der Furcht davor, den Pfarrer zu beleidigen.
– Wir werden jetzt die Laternen anzünden, sagte der Krämer.
Er erhob sich ächzend, putzte die Dochte, wischte die Gläser

der Lampen mit seinem Taschentuch ab und zündete sie an. Als er damit fertig war, erklärte er: Das also wäre getan und braucht nicht mehr getan zu werden.
Die Alte wurde vom Licht der Lampen geblendet. Sie senkte die Augen auf ihre Hände, hob sie dann wieder ins Licht. Ihre Augen glänzten wie andere Augen, aber sie waren ohne Blick. Sie wanderten hin und her zwischen ihren Händen und der Seifenkiste. Einer der Zollbeamten sprach zu Diana, die nicht zuhörte, von dem Verhältnis des Kindermädchens mit seinem Kollegen. Es lagen auf der Kiste gefüllte Tomaten vom Mittagessen, der Wein, eine Mandarine und Ludis Zigarettenpackung. Die Alte sah das alles starr an, beinahe zerstreut. Dann wieder ihre Hände. Immer noch bedeckte sie eine schwarze Kruste aus Erde und Blut. Das Gesicht war nicht viel weniger schwarz. Und wieder die Seifenkiste. Da sah man dann, daß ihre Augen noch litten, weil das Kind tot war. Der Pfarrer sann immer noch darüber nach, was er ihr wohl sagen könne, damit sie die Todeserklärung unterschreibe.
Aber der Alte nahm das Wort.
– Ja und dann, sagte er plötzlich zum Krämer, nachdem Sie den Laden vergrößert hatten?
– Ah ja, sagte der Krämer, dann ist es ganz schrecklich geworden. Die Kolonialwaren allein genügten ihr nicht mehr, erklärte er den anderen, es mußte ein Regal mit Wurstwaren her, dann eines mit Gemüsen. Damals waren wir sechs Jahre verheiratet. Dann, nach den Gemüsen, hat sie Zigaretten haben müssen, sie konnte kein Ende finden.
Die Alte hatte wieder begonnen, mit Kinderaugen zuzuhören.
– Ich sagte ihr: warum nicht Automobile? Aber sie lachte schon über nichts mehr. Bei den Zigaretten aber habe ich doch angefangen, ein ganz klein wenig zu verstehen, ich war noch sehr dumm, es müsse ihr irgendwas abgehen im Leben, daß sie so aufs Geldverdienen aus war. Und da habe ich angefangen zu denken, daß sie vielleicht einen anderen Mann

brauche als mich. Wenn wir zum Markt gingen, machte ich sie auf die Männer aufmerksam. Sieh, wie der gut aussieht, sagte ich ihr. Sie sah gar nicht hin, sie sah aufs Gemüse. Dann sah eben ich auf die Männer, und ich dachte mir, daß vielleicht dieser, oder jener, ihr besser passen würde als ich, und ich stellte sie mir vor, wie sie lächelte, an seinem Arm.
– Das ist mal sicher, diese Frau hast du geliebt, sagte Ludi.
– Ja, das ist sicher, sagte Sara.
Gina horchte sehr genau, aber immer mit dem gleichen mißtrauischen und mißbilligenden Gesicht.
– Ich weiß es nicht mehr, sagte der Krämer. Ich liebte sie um ihretwillen, nicht um meinetwillen, und ist das die rechte Art von Liebe? Ich sagte mir: du wirst sie einem anderen Manne in die Arme geben. Ich dürstete nach solchen Handlungen, nach der Gelegenheit zur größten Freundlichkeit, wie ich es Ihnen schon erzählt habe. Ich sah mich, wie ich sie hergab, da schau her, das ist für dich, und dann ganz allein wegging, wie ein Held der Liebe, zurück in meinen Kramladen.
– Ja und danach, sagte Diana, Sie selber?
– Ich stellte mich mir vor, mit einer anderen Frau, nicht nur mit der meiner farbigen Träume, auch mit anderen. Mit irgend einer, tatsächlich, Hauptsache, sie wäre mit mir gereist. Es schien mir nicht so sehr nötig, gut zu wählen. Ich hatte schon eine Frau gehabt, sie. Schlecht oder nicht, sie hatte mein Leben genügend mit Beschlag belegt, um meine Frau gewesen zu sein. Von da an wäre ich mit einer zufrieden gewesen, die bereit gewesen wäre, mit mir zu reisen. Allein reisen, nein, das hätte ich nicht gekonnt.
– Ich verstehe, sagte Ludi, mit einem Blick auf Gina. Lieber nicht reisen als allein reisen.
– Man denkt immer, man brächte es fertig, sagte Sara, aber es ist nicht wahr.
Jacques lächelte in die Lampe.
– Es wird spät, sagte Gina, wenn man ihnen die Suppe rauftragen soll.
Ludi unterbrach sie:

– Das ist doch merkwürdig, sagte er, daß du in solchem Maße zu wählen ablehntest.
– Ich hatte allzusehr jene gewählt, sagte der Krämer. Von da an hätte ich mich mit einer zufriedengegeben und hätte mich da verschanzt. Mit einer, die die Eigenschaften gehabt hätte, die ich wünschte, und ich hätte mich damit zufriedengegeben, sie zur Frau zu haben. Ich glaube jetzt noch, daß ich wohl recht hatte. Gegen das Wählen war ich mißtrauisch. Im voraus mit meiner Einsamkeit rechnend, fing ich an, allen freien Frauen des Dorfes ein wenig den Hof zu machen, all denen, die das Reisen mochten und die am spätesten auf dem Platz vor dem Hotel herumstreunten. Die anderen, die allzu arbeitsamen, die habe ich gelassen. Und so fing ich an, als Schürzenjäger zu gelten. Sie erfuhr es.
Er hielt inne, nahm eine Zigarette und tat einen langen Zug.
– Was hat sie gesagt? fragte Ludi.
– Wenn er keine Lust hat, es zu sagen, sagte Gina, so laß ihn doch in Ruhe.
– Oh, ich kann alles erzählen aus meinem Leben, sagte der Krämer, ich fühle mich wie ein ganz anderer in meiner eigenen Haut – er wandte sich an die Alten. Ist es bei Ihnen nicht so? Als wäre man gleichzeitig da und dort? Nicht nur da, wo man ist?
Die Alte zuckte, als habe man sie geschlagen.
– Im Schmerz ist es anders, sagte der Krämer, er erinnert einen daran, wer man ist, wie wenn man im Schlaf gezwickt wird.
Die Alte zuckte wieder. Man hätte glauben mögen, sie sei verrückt oder von äußerster Befangenheit vor den Fremden. Aber in dieser Hinsicht schien der Alte ganz beruhigt.
– Was hat sie gesagt, als sie es erfuhr? fragte der Alte.
– Sie war ärgerlich, sagte der Krämer, weil es unserem Handel schadete. Von da an habe ich niemandem mehr den Hof gemacht. Und sie hat keiner haben wollen. Nicht daß sie häßlich gewesen wäre, sie sah sogar gut aus, aber wenn sie sie an-

sahen, kam den Männern nicht der Gedanke an Liebe. Ihr kam niemals der Gedanke, sie könne mit einem anderen Manne gehen als mit mir, sie hat es sich nie ausgemalt, sobald die Männer sie ansahen, wußten sie das.

– Sie hat es sich sehr wohl ausmalen können, und du hast nichts davon gewußt, sagte Gina. Was weißt du davon, was sie sich ausgemalt hat?

– An den Augen, sagte der Krämer, man sieht es an den Augen.

Die Alte sah Gina an, irgendwie beunruhigt wegen ihres Tones. Gina merkte es und beruhigte sie mit einem Lächeln.

– Nein, fuhr sie ohne Erregung fort, man kann nicht alles an den Augen sehen.

Der Pfarrer schien ein wenig ungeduldig, er wollte wohl wieder zu Wort kommen, aber niemand ließ ihm Zeit dazu.

– Also vieles sieht man schon, sagte Diana.

– Die Geduld, die sieht man nicht, sagte Gina, ich meine die lange Geduld für das Leben mit einem Manne.

– Vielleicht sieht man die wirklich nicht, sagte Ludi ein wenig unsicher.

– Man kann es so einrichten, daß nichts an den Augen gesehen werden kann, sagte Sara.

– Aber laß sie ruhig das Gegenteil glauben, sagte Gina.

– Ja, es ist besser so, sagte Jacques munter.

– Ich mag die alten Träumer nicht, sie widern mich an, sagte Gina, sie bringen es nicht mehr fertig, die Dinge anzusehen, nur mehr sich.

– Aber was soll man tun? Es gibt Leben, die einen zum Träumer machen, sagte der Krämer. Wohlgemerkt, fügte er traurig hinzu, was es einem schon nützt.

Er zog lange an seiner Zigarette.

– Ein wenig nützt es übrigens schon, fügte er noch hinzu, und wäre es nur, einem die Zeit zu vertreiben.

– Ein wenig nützt es, gewiß, sagte Ludi.

– Du hast deiner Frau hübsch auf die Nerven fallen müssen, Krämer, sagte Gina – sie sprach ganz freundlich – nach der

ganzen Zeit, die ich deine Geschichten anhöre, bin ich da ganz sicher.
– Aber natürlich, sagte der Krämer, zwangsläufig bin ich ihr auf die Nerven gefallen.
– Für mich ist ausgemacht, sagte Gina, daß ich zwischen den Bootsfahrten jeden Tag des Jahres und dem Kramladen heute noch nicht zu wählen wüßte.
– Stimmt vielleicht, sagte Ludi, aber da es zu Ende ist ...
– Für ihn nicht, das siehst du doch, sagte Gina.
Die Alte begann wieder die Seifenkiste anzuschauen. Sachte, grundlos hatten ihre Tränen zu fließen begonnen. Noch nie hatte jemand Tränen bei ihr gesehen. Jeder schwieg. Da war es der Alte, der wieder zu sprechen begann, dabei immer mit dem Blick auf sie. Er wandte sich an Jacques.
– Der Jüngste, sagte er. Er zeigte auf die Kiste.
– Aber warum wieder losziehen? fragte Jacques sanft.
– Das Haus wartet, sagte der Alte.
– Richtig, sagte Ludi, das ist zu bedenken, das Haus.
– Üble Arbeit, diese Minensucherei, sagte der Pfarrer.
– Auch nicht übler als eine andere, sagte der Krämer und sah den Pfarrer an.
– Er hatte versucht, etwas anderes zu treiben, sagte der Alte, aber er hatte nichts gefunden, seit seinem Militärdienst.
– Das ist nun der dritte, der in der Gegend hochgeht, sagte der Pfarrer.
Der Alte fuhr fort, als habe der Pfarrer nichts gesagt, und, von allen anderen absehend, blickte er nur auf seine Frau.
– Und dann hatte er das gern, das Minensuchen. Warum?
Er wartete, den Blick auf ihr. Aber sie antwortete nichts.
– Warum? Man weiß es nicht. Vielleicht wegen des Herumgehens, so ganz allein, an den Meeresufern. Die Sache ist die, daß man allmählich wohl gar nicht mehr dran glaubt, an die Minen, gar keine Furcht mehr davor hat. Man kann nicht dauernd auf das gleiche achtgeben.
Es war das erste Mal, daß der Alte so viel sprach. Man hätte meinen können, er habe ein wenig getrunken. Und vielleicht

hatte er ein wenig getrunken, mit dem Krämer, im Lauf des Nachmittags.
– Aber das sind ja keine Berufe, fuhr der Alte fort. Um es ihm zu verekeln, sagte ich ihm, das seien Berufe für Vagabunden, aber ihm war das ganz gleich. Die Kinder . . . Das können wir sagen, seit den zwei Jahren, die er das betrieben hat, haben wir keinen Augenblick Ruhe gehabt.
Die Alte hörte ihm zu, antwortete aber immer noch nicht. Es entstand ein Schweigen.
– Aber ja, ächzte der Alte, wie vieler Kummer.
Er senkte die Augen, nun auch er plötzlich den Tränen nahe.
– Ich komme morgen nach meiner Messe wieder, sagte der Pfarrer. Versuchen Sie, ihnen gut zuzureden.
– Nein, sagte der Krämer. Morgen werden sie unterschrieben haben. Strapazier dich nicht. Der Zollamtmann wird sie um acht Uhr heraufbringen.
– Ich werde dennoch kommen, sagte der Pfarrer.
– Sobald ein Toter da ist, halten sie sich für verpflichtet, sagte der Krämer. Du wirst nicht kommen, Alphonse. Hier glaubt keiner mehr dran.
Der Pfarrer ging. Man sagte ihm nicht auf Wiedersehen. Man vergaß ihn.
Ginas Dienstmädchen kam mit einem Küchentopf und Tellern.
– Sie kamen nicht, sagte sie, so bin ich gekommen.
– Es ist Suppe, sagte Gina, man muß sie rasch essen, damit sie nicht kalt wird.
– Danke, sagte der Alte.
– Iß mit ihnen, sagte Gina zum Krämer. Ich seh zwar nicht genau, warum ich dich füttere, aber ich füttere dich. Vielleicht versuchst du's selbst, dahinterzukommen.
– Ich versuch nicht, sagte der Krämer. Seitdem ich dahintergekommen bin, versuche ich immer weniger, dahinterzukommen.
– Das ist sehr gut so, sagte Jacques. Die beiden jungen Zoll-

beamten sahen auf die dampfende Suppe und gähnten wie die Katzen.
– Wenn ihr Hunger habt, sagte Gina zu ihnen, braucht ihr nur in eure Kantine hinunterzugehen.
Ginas Dienstmädchen begann, die Suppe aufzutragen. Aber noch niemand aß.
– Ich möchte es gerne fertigbringen, sie in diesem Winter zu besuchen, sagte der Krämer nachdenklich.
– Nichts hindert dich, sagte Ludi. Du machst den Laden zu und haust ab.
– Ich werde sie an Trauriges erinnern, sagte der Krämer. Ich werde es nie wagen.
– Nein, sagte der Alte, bitte kommen. Das Dorf liegt gleichzeitig am Meer und am Berg. Ungefähr wie hier, abgesehen vom Fluß.
Die Alte machte ein Zeichen, nein, es sei nicht wie dieses hier.
– Nicht ganz, begann der Alte wieder, immerhin ist da das Meer und auch der Berg.
– Es ist weniger heiß, sagte die Alte.
– Das allerdings, sagte der Alte. Es kommt der Wind von der Ebene die ganze Zeit, Tag und Nacht.
– Aber was soll ich denn da tun, fragte der Krämer, den ganzen Tag, was könnte ich denn da tun?
– Du wirst spazierengehen, sagte Ludi. Ach und du wirst sehr wohl was zu tun finden, da bin ich ganz ruhig.
– Wer weiß? Vielleicht geh ich hin . . .
– Das Haus liegt unten, sagte der Alte, am Meeresufer. Es steht am Dorfplatz.
– Ich könnte schon versuchen, hinzufahren, sagte der Krämer. Mit dem Bus ist es gar keine Entfernung. Eine Stunde.
– Es ist schwierig, sein Leben zu ändern, sagte Ludi. Nichts im Leben ist schwieriger.
– Immer die, die sich am meisten über ihr Leben beklagen, ändern es am wenigsten gern, sagte Gina, das ist eine alte Sache.
– Aber es ist eine ganz kleine Reise, sagte der Alte.

– Ihr müßt diese Suppe essen, sagte Gina.
– Ja übrigens, sagte Ludi, und diese Vongolen-Pasteten, wie waren die?
– Großartig, sagte der Krämer. Sie hat ganz tüchtig davon gegessen. Sie hat gesagt, es schmecke gut.
Er wendete sich zur Alten, die auf einmal wie eine Lebendige aussah, sobald sie von Vongolen hatte sprechen hören.
– Ich wollte Sie fragen, sagte sie auf einmal, diese Vongolen, stellen Sie sie vor oder nach den Tomaten zum Kochen?
Es war das erste Mal, seitdem ihr Kind tot war, daß sie so unbefangen sprach. Gina erbebte vom Kopf bis zu den Füßen.
– Also folgendermaßen, sagte sie. Zuerst die Vongolen, gewiß, eine gute Stunde vorher . . . dann die Tomaten, erst nachher, und dann noch eine gute Stunde zusammen.
– Und Sie tun auch ein Stückchen Sellerie hinein, sagte Ginas Dienstmädchen.
Gina schien erschöpft und sagte nichts.
– Ah ja, sagte die Alte, die Sellerie ist es.
– Ein großartiges Gemüse, Sellerie, sagte Ludi – seine Stimme bebte. Aber tust du nicht noch was anderes hinein, Gina?
– Ich glaube nicht, sagte Gina.
– Es ist auch das, daß man sie viel früher zum Kochen stellt, sagte die Alte.
– Ja ja, das ist es, sagte Gina, so geht das Wasser weg.
– Ja, sagte die Alte.
Gina stand auf und sagte zum Krämer:
– Kümmere dich um sie. Sieh zu, daß sie essen. Wir müssen heim. Auf Wiedersehen.
– Danke, sagte der Alte.
Auch die Alte sagte es, sehr schwach.
Auf dem Heimweg begann Gina plötzlich zu weinen. Ludi fragte sie nicht, warum. Er faßte sie unter, und so stiegen sie langsam zum Hotel hinunter, hinter allen anderen, wie Liebende.
Jacques bestellte Campari bitter für jedermann, aber ohne

viel Schwung. An diesem Abend war Gina damit einverstanden, einen zu trinken. Ludi war es, der darauf aufmerksam machte, der Bursche sei nicht da und das sei merkwürdig, um diese Stunde. Mehrere Gäste aßen schon.

– Man muß ihn in seinem Zimmer holen gehen, sagte Ludi, er soll seinen Apéritif mit uns trinken. Vielleicht ist er böse auf uns.

– Jacques könnte ihn holen gehen, sagte Diana.

– Er wird schon zum Abendessen runterkommen, sagte Jacques, das braucht's doch nicht.

– Dennoch, sagte Ludi, ich werd ihn holen gehen.

Er ging ins Hotel hinauf. Während er weg war, sagte Gina plötzlich:

– Ich möchte sehr, daß er soweit kommt, allein nach Amerika zu fahren. Was ich das möchte, du lieber Gott.

– Er kommt noch soweit, sagte Sara.

Gina hob vor Überraschung und Erwartung geweitete Augen zu ihr, aber Sara sagte nichts weiter. Jacques hörte, ganz abwesend, kaum zu.

– Das sagst du so, sagte Gina, aber das glaubst du selbst nicht, daß er allein fährt.

– Ich bin dessen so sicher, als wäre es schon geschehen, sagte Sara. Du brauchst dir keine Sorgen mehr zu machen wegen dieser Reise.

Lächelnd nahm Gina Diana zur Zeugin:

– Die ist bös, die Kleine, sagte sie, aber mir gefällt das.

– Kann sein, sagte Diana ohne ein Lächeln, aber du müßtest wissen, was du willst, schließlich und endlich.

Gina schluckte ihren Campari bitter, immer mit dem gleichen Lächeln.

– Da drum mach dir mal keine Sorgen, was ich will und was ich nicht will, sagte sie. Du schon gar nicht.

Ludi und der Mann erschienen. Sie schwätzten wie Kameraden.

– Es tut mir leid, daß ich nicht mit Ihnen auf den Berg gegangen bin, sagte der Mann. Ich bin sehr müde.

Er war so groß wie Ludi, aber schwächer gebaut. Er trug das gleiche weiße Hemd wie allabendlich.
– Das kann vorkommen, sagte Gina – es schien, als sei sie plötzlich in der Laune, zu reden – die Hitze, und die ersten Bäder haben das oft zur Folge.
– Und die Nächte sind so drückend, sagte Diana, gar nicht ausruhsam.
Der Mann sah zu Diana hin. Ein dünnes Lächeln tanzte in seinen Augen.
– Das ist wahr, sagte er. Die Nächte sind zum Ersticken.
Gina bestellte einen weiteren Campari bitter, und Ludi schien glücklich darüber. Jacques nahm einen dritten. Mit einem Mal, als er ihn getrunken hatte, streckte er sich, als erwache er eben aus dem Schlaf, und sprach wieder von einer kleinen Reise von ein paar Tagen, die er gern gemacht hätte.
– Aber was habt ihr denn alle, daß ihr dauernd vom Platz wollt? fragte Gina.
Niemand ging darauf ein.
– Wir sollten jetzt ans Essen denken, sagte Diana. Einige Gäste setzten sich zu Tisch. Das Kindermädchen, das vor dem Hotel auf und ab ging, tauchte sofort auf, als Diana vom Abendessen sprach. Sie hielt das Kind an der Hand. Das Kind gähnte. Es entwischte den Händen des Kindermädchens und kletterte auf das Geländer der Terrasse.
– Also, was soll ich mit ihm, bring ich ihn heim?
– Ich will bei Ludi essen, sagte das Kind.
– Auch ich, sagte Ludi, möchte ihn gerne haben, heute abend.
– Man ißt ja wirklich so schlecht im Hotel, sagte Sara. Führen Sie ihn nachher heim.
– Und ich? fragte das Mädchen, wo esse ich?
– Bei mir, sagte Gina. Es ist genug da für Sie.
– Also bleibt's dabei für heute abend? fragte das Kindermädchen. Sie gehen aus?
Der Mann rührte keinen Muskel. Jacques' ganzes Gesicht zuckte, aber er hatte sich gleich wieder in der Gewalt. Das

Kindermädchen wartete auf Antwort, machte es unverändert deutlich, wie sehr am Ende aller Geduld es sei.
– Ich weiß es nicht, sagte Sara.
– Das wußte ich im voraus, sagte das Mädchen, immerhin müßte man allmählich wissen, was Sie wollen.
– Ich sage es Ihnen gleich, sagte Sara.
– Das ist es nicht, sagte das Mädchen, aber heute früh haben Sie gesagt, Sie gingen aus, und jetzt aber . . .
– Jetzt aber werde ich wahrscheinlich heimgehen, sagte Sara.
– Sie treiben's zu weit, sagte das Kindermädchen.
Jacques hatte gespannt auf das Kindermädchen gesehen. Nun sagte er plötzlich:
– Jedermann kann sich einmal etwas anders überlegen. Sie werden schon sehen, was sie tut.
Das Mädchen nahm das Kind bei der Hand, zuckte die Achseln und ging zu Ludi. Sie hatte keine zehn Schritte gemacht, da machte sie kehrt und sagte:
– Sollte es Ihnen wieder einfallen, es sich anders zu überlegen, sagte sie, dann können Sie es mich ja immer zu Frau Ludi wissen lassen.
– In Ordnung, sagte Sara.
– Heute abend wäre ich nicht ungern mit dem Boot ein bißchen herumgefahren, sagte Diana leichthin.
– In den Nächten gehen, um diese Jahreszeit, die Wellen ein wenig hoch, sagte der Mann, aber schließlich, so wenig . . .
– Sieh mal an, sagte Jacques, ich dachte, du hättest genug von den Freuden des Meeres.
Die anderen hatten schon begonnen, wieder einmal von diesen Ferien zu sprechen, die wahrhaftig nicht geglückt seien, und von den Mitteln, die es dagegen gebe.
– Also ich, sagte Ludi, ich glaube, aller Jammer kommt daher, daß man alles zu spät tut, man ißt zu spät zu abend, man geht zu spät zum Boule-Spielen. Auf die Weise kommt man in der Früh nicht hoch und geht zu spät zum Baden und das ganze geht von vorn an . . .
– Wahrscheinlich, sagte Diana ausweichend, aber was tut

man schon nicht zu spät im Leben? Was heißt das genau, zur rechten Zeit aufstehen?

– Wir werden damit beginnen, heute sehr früh zu abend zu essen, verkündete Gina, um die neue Ära zu beginnen. Wenn es dir recht ist, sagte sie zu Ludi.

Sie brachen auf. Viele Gäste hatten schon zu essen begonnen. Der Mann saß allein an seinem Tisch, wie gewohnt, neben ihnen. Wieder einmal standen auf dem Menu Fleischbrühe und gebratener Fisch. Schweigend schütteten sie die Brühe hinunter. Auch Jacques. Und auch der Mann. Dann kamen die gebratenen Fische. Jacques sah sie lange an, dann nahm er die Schüssel, und stellte sie an den Rand des Tisches.

– Diesmal nein, sagte er. Jetzt ist es aus. Ich kann nicht mehr.

– Ich auch nicht, sagte Diana.

Jacques nahm die Schüssel und hob sie über den Tisch. Seine Hände zitterten. Er rief nach dem Hotelbesitzer.

– Wozu soll das gut sein, sie auf die Erde zu schmeißen, sagte Sara.

– Auch wahr, sagte Jacques.

Der Wirt kam. Ein unförmiger, stumpfsinniger Mann.

– Sie können Ihre Fische wieder haben, sagte Jacques. Ich kann sie nicht mehr essen.

– Es gäbe Schnitzel, sagte hastig der Wirt, und Eier, wenn Sie etwas wünschen.

– Schnitzel und Eier, sagte Jacques. Beides.

Der Wirt verzog sich mit seinen Fischen, mitten im Vorgarten aber machte er kehrt.

– Ich vergaß zu erwähnen, daß solche Extra-Wünsche das Doppelte des Preises für ein Menu ausmachen.

– Meinetwegen das Dreifache, sagte Jacques und lachte endlich, von mir aus.

Auch der Mann hatte den Fisch nicht berührt. Er rauchte weiter und wartete, bis der Wirt die Fische von Jacques' Tisch in die Küche zurückgebracht hatte, dann rief er seinerseits nach ihm.

– Entschuldigen Sie, sagte er, aber . . . wirklich, auch ich

kann diese Fische nicht mehr essen. Ich will statt dessen Schnitzel und Eier.
– Beides?
– Ja. Welches auch der Mehrpreis sei.
Jacques drehte sich um. Sie lächelten einander zu. Die anderen Gäste hatten ihren Fisch bereits gegessen. Einigermaßen verschüchtert berief sich der Wirt auf sie.
– Wenn man ans Meer fährt, tut man es dann nicht, um Fisch zu essen, guten ganz frischen Fisch? Ich weiß nicht, was die Gäste in diesem Jahr haben.
– Am Meer oder nicht, sagte ein Gast, das muß man zugeben, kein Mensch kann alle Tage Fisch essen. Wir haben alle genug davon.
Der Wirt enteilte nach den Küchen. Da drehte Jacques sich nach dem Manne um und er lachte.
– Die Geduld hat ihre Grenzen, sagte er.
– Ja, sagte der Mann.
Sie lachten sehr. Auch Diana tat es. Sie beugte sich zu Sara vor und sagte ihr:
– Es ist doch erstaunlich, wie jedermann sich dieses Menu gefallen läßt, ohne aufzumucken. Bravo, Jacques.
– Nur etwas Fantasie war nötig, siehst du, sagte Jacques.
Alle Gäste des Hotels begannen nun von diesem schlechten Wirt, von diesem schlechten Hotel zu sprechen. Aber darüber waren alle sich einig. Man wechselte rasch den Gesprächsstoff. Man sprach von etwas anderem. Von diesen mißlungenen Ferien also. Von der Hitze. Von früheren Ferien, von kommenden, die man besser zu verbringen sich versprach. Von den unterschiedlichen Vorzügen der Berge und der See, der Kälte und der Hitze, sei es für die Erwachsenen oder für die Kinder. Jeder kannte einen ganz besonderen Ort, wo gute Ferien zu verbringen waren, aber keiner sagte, warum er nicht dorthin gefahren war. Im Grunde fanden es alle natürlich, daß sie an diesen Ort zurückgekehrt oder an ihm verblieben waren. Diana traf Unterscheidungen zwischen guten Ferien und langweiligen Ferien. Diese Ferien

hier, waren sie langweilig, oder waren sie nur eben unleidlich? Sie waren eher unleidlich, nicht eigentlich langweilig, darin stimmten die meisten überein, bis auf eine Frau, die sie langweilig fand. Über die Hitze wurde gesagt, sie sei so hartnäckig, man könne ihr so wenig entgehen, daß sie allein einen die ganze Zeit beschäftige. So könne die Hitze allein schon als Beschäftigung gelten. Das war ja schon etwas. Hitze und Kälte seien sehr unterschiedliche Dinge. Hitze sei mit dem Begriff von Ferien verbunden, Kälte nicht. Die Traurigkeit der Hitze, die Sonnenangst, wie Diana sich ausdrückte, wurde zweifelsohne seltener empfunden als die Angst vor der Kälte, aber sie stellte einen stärker auf die Probe. Und doch war man bei Hitze nicht zur Arbeit geneigt, sondern zu völliger Ruhe, während die Kälte offenbar fruchtbarer war, zur Tat anspornte. Im Winter kamen den Menschen die Gedanken. Im Sommer hingegen zeigte sich viel eher die wahre Natur der Leute. Wie sich die Menschen jeweils aufführten, das war im Sommer viel aufschlußreicher als im Winter. Jedenfalls konnte man dieser Ansicht sein. Unter der Sonne öffneten sich die Charaktere, wurden sie sichtbar. Ein jeder hatte eine Ansicht über das Wesen der Ferien. Einige glaubten nicht an ihre Unentbehrlichkeit im Leben. Andere fanden sie unentbehrlich. Die Städte reiben die Nerven der Menschen auf. Darüber waren sich alle einig: das Leben war ganz allgemein hart. Man diskutierte über die jeweiligen Städte, in denen man dieses Leben verbrachte, über jene, in denen man es gerne verbracht hätte, über die Hauptstädte, die Provinzstädte, die großen Weltstädte, über ihre unterschiedlichen Vorzüge und ihre Nachteile. Ein jeder sprach von seiner Stadt mit unverkennbarem Heimweh, beinahe als wäre er verbannt. So hart es sein mochte, ein jeder hielt auf die Form, die er seinem Leben gegeben hatte, und war bereit, sie als die noch wenigst schlimme zu verteidigen.

Die Gruppe des Mannes, Jacques', Dianas und Saras sprach sehr wenig. Aber von dem Zwischenfall mit dem Menu, den

Jacques veranlaßt hatte, abgesehen, verlief das Abendessen ruhig und wie gewohnt. Gina und Ludi kamen sehr bald von ihrem Abendessen zurück. Die Unterhaltung kam dieserhalb nicht ins Stocken. Ludi nahm sofort an ihr teil. Er sagte, er persönlich hätte am liebsten in einer großen internationalen Kapitale gelebt, es sei das der Traum seines Lebens. Gina sagte, sie hasse diese Art von Gesprächen, weil sie ganz allgemein zu gar nichts führten, das Dringendste sei nun das Boule-Spiel, sie vergehe vor Sehnsucht danach. Die anderen stimmten zu, ohne sich zu übereilen. Die Wechsel in Ginas Launen, die viele als willkürlich empfanden, verärgerten nicht wenige Leute. Eben als man vom Boule-Spiel sprach, setzten, wenige Minuten hintereinander, auf beiden Seiten des Flusses die Tanzmusiken ein. Die diesseitige, nähere, spielte Blue Moon, die andere ein unbekanntes Stück. Der Mann sah nach Sara wie ein Dieb. Alle standen von Tische auf. Nur der Mann blieb sitzen. Jacques zögerte, ging zu ihm hin. Der Mann blieb sitzen.

– Sie kommen nicht zum Boule-Spiel?

Sie sahen einander sehr genau an.

– Ich bin müde, sagte der Mann, und ich habe keine Lust dazu.

– Am besten gehen Sie ins Bett, sagte Gina. Die ersten Tage ist das so, morgen wird es schon besser gehen.

– Ich hätte gern gehabt, daß Sie mitkommen, sagte Ludi, aber wenn Sie müde sind . . .

– Ich auch, sagte Jacques. Man hätte seinen Ton für freundlich halten können.

Diana belauerte Jacques.

– Er muß zur Genüge wissen, welche Freude er uns machen würde, wenn er mitkäme, sagte Diana, ohne daß wir weiter darauf zu bestehen hätten.

– Seien Sie mir nicht böse, sagte der Mann zu Jacques, aber es kommt dazu, daß ich zu dem Tanz auf der anderen Seite des Flusses gehe.

– Das ist aber ein Gedanke, sagte Ludi. Er zwang sich, zu la-

chen. Die Mädchen bei dem Tanz drüben sind schöner als auf dieser Seite, soviel ist sicher, ich weiß nicht wieso . . .
– Also, sagte Jacques, es hat keinen Sinn, weiter in Sie zu dringen?
– Entschuldigen Sie mich, sagte der Mann. Er fügte hinzu: Und dann muß ich morgen sehr früh aufstehen. Ich wollte Ihnen sagen, daß auch ich eine kleine Reise von einigen Tagen machen werde.
Es trat eine kurze Stille ein. Jacques stand immer noch vor dem Manne aufgepflanzt.
– Das ist schade, sagte endlich Ludi, daß er Ihnen auch nicht gefällt, dieser Ort hier.
– Ich werde in einigen Tagen zurückkommen, mein Boot holen. Ich kann es Ihnen dalassen, wenn Sie wollen. Er lächelte Ludi zu. Ich werde Ihnen beibringen, wie man es fährt.
– Nein, sagte Ludi, was mir Freude macht, das ist zu mehreren Boot fahren, nicht allein.
– Mir gefiele es auch allein, glaube ich, sagte Gina.
Ludi schien sie nicht zu hören.
– Selbst für den letzten Abend wollen Sie nicht mitkommen? fragte Jacques.
– Nein, sagte der Mann. Entschuldigen Sie mich.
Die Gruppe zerstreute sich etwas, auf dem Weg zum Boule-Spiel. Jacques ging ganz allein vor allen anderen los. Diana rief ihn und er schloß sich ihr an. Sara ging eine kurze Zeit allein. Dann schlich wie eine Katze Ludi an ihre Seite.
– Du trägst es mir immer noch nach, sagte er weich.
– Daß du gesagt hast, ich sei böse?
– Ja.
– Und sonst willst du nichts wissen?
– Nein. Ich habe das im Zorn gesagt. Jacques hat mir erzählt, er habe es dir wiedergesagt, auch er im Zorn. Ich bereue es sehr.
– Nein, sagte Sara. Ich habe es dir einige Tage nachgetragen, obwohl mir klar war, daß du recht hattest. Jetzt trage ich es dir nicht mehr nach.

– Warum sagst du mir das, ich hätte recht gehabt? Also bist du doch noch zornig auf mich?
– Nein, weil es wahr ist, daß ich ein wenig böse bin. Sowas weiß man.
– Wahr ist es schon, sagte Ludi nachdenklich, daß du ein wenig böse bist. Aber wer ist es nicht? Ich bin es. Auch Jacques ist es.
– Ich bin böser als Jacques.
– So wie Gina?
– Weiß ich nicht.
– Und warum sind wir nun alle böse?
Sara antwortete nicht.
– Weißt du, begann Ludi wieder, vielleicht ist es die Liebe, die einen auf die Dauer derart böse macht. Das goldene Gefängnis der großen Lieben. Nichts sperrt einen so ein wie die Liebe. Und eingesperrt sein macht einen auf die Dauer böse, selbst den besten.
– Das wird es sein, sagte Sara. Sie fügte nach kurzer Pause hinzu: Du mußt mich aber trotzdem gern haben, weil ich ja weiß, daß ich böse bin.
– Mein kleines Mädchen. Ludi drückte sie an sich. Ich werde dich immer gern haben.
– Es wäre schrecklich, sagte Sara, wenn du mich nicht mehr gern hättest.
– Ich werde euch immer gern haben, dich und Jacques. Mein ganzes Leben lang. Ich mag euch so gern, daß es mir manchmal vorkommt, als wäret ihr der Punkt, von dem aus ich Freundschaft überhaupt entdeckt habe.
Er fügte, immer noch nachdenklich, hinzu: Der Punkt auch, von dem aus ich Leute, die keine solchen Freunde haben, wie wir es einander sind, beinahe für eine Art Krüppel halte.
Sie gingen weiter.
– Sie quälen mich irgendwie, diese Geschichten mit dem Bös-Sein, fuhr Ludi fort. Aber wie soll man es ändern?
– Vielleicht läßt es sich nicht ändern, sagte Sara.

Er sagte nichts mehr darüber. In einem ganz anderen Ton fragte sie ihn:
– Hast du Gina gesehen, wie froh sie heute ist?
– Ich hab's gesehen.
– Ach, was wollte ich, daß sie sich ändert, daß sie immer so wäre.
– Wer weiß, sagte Ludi. Er dachte nach. Sag mal, du gibst ihr, Gina, Schuld?
– Ja. Aber ich würde sie gegen die ganze Welt verteidigen.
– Ich weiß, sagte Ludi. Ich bin auch so, was Gina betrifft. Aber vielleicht bin ich ein wenig böse zu ihr.
Die Gedanken Ludis wanderten weiter.
– Sag mal, ich finde, der Bursche hat sich verändert, uns gegenüber. Er sagt, er sei müde, und dann spricht er davon, zum Tanz auf die andere Seite des Flusses zu gehen, also warum sagt er, er sei müde?
– Man kann einer Sache müde sein, ohne deswegen gleich zu Bett zu gehen.
– Schon, sagte Ludi, aber es wäre mir nicht recht, wenn er uns etwas nachtrüge. Vielleicht hat Jacques damit recht, daß er, wie soll man da sagen, in seiner Art etwas verschieden von uns ist, vielleicht ist er von der Art, die sich nicht so viele politische und andere Fragen stellt. Ich finde ihn aber trotzdem sehr nett, und er war eine Abwechslung von den anderen, er gefiel mir.
– Das ist wahr, sagte Sara, er war eine kleine Abwechslung.
Ludi sah verstohlen zu ihr hin.
– Jacques ist ein wenig streng beim Urteil über Leute. Mit ihm, finde ich, ist er's gewesen.
– Aber jetzt, glaube ich, gefällt er ihm auch ganz gut.
– Jedenfalls reden sie jetzt miteinander, in einem merkwürdigen Ton vielleicht, aber sie reden miteinander.
– Richtig.
– Du, du kommst gut aus mit dem Burschen, sagte Ludi.
– Ja.
Leichthin fügte Ludi hinzu:

– Ich finde, du kommst besser aus mit den Leuten als Jacques, du bist . . . ich weiß nicht, wie ich sagen soll . . . vielleicht weniger schwierig.
– Das kann mal so sein, sagte Sara, aber es stimmt nicht immer.
Sie machten kurz halt, eben lang genug, sich eine Zigarette zu nehmen und anzuzünden.
– Das mag ich gar nicht, wenn du traurig bist, sagte Ludi.
– Ich möchte gern mit dir reden.
– Nein, rede nicht mit mir, sagte Ludi.
Er ging auf einmal etwas rascher, hielt dann inne und nahm Saras Arm.
– Meine kleine Sara, sagte er. Versuche, nicht traurig zu sein.
– Ich bin nicht traurig.
– Vielleicht solltest du auf diese Reise gehen, mit Jacques und Diana.
– Vielleicht.
Jetzt stapfte er gesenkten Kopfes vor sich hin. Seine Liebe zu Gina war unwiederholbar und ausschließlich gewesen. Die Verschiedenheit, die Widersprüchlichkeit der menschlichen Sehnsüchte verstörten ihn immer.
– Ich wollte dir etwas sagen . . . – er sprach mühevoll, langsam – daß das, was du mir gestern abend gesagt hast, ich weiß selbst nicht warum, mir ein wenig Angst gemacht hat. Ich habe nochmal darüber nachgedacht, und es hat mir ein wenig Angst gemacht.
– Was?
– Die Dinge, die du über das Reden gesagt hast, über die Bitterkeit. Als du sagtest, man könne auch andere Sachen tun, die die gleiche Wirkung täten wie reden und einen ebenso von Bitterkeit und Bösartigkeit befreien, du weiß genau?
– Man redet so daher, du brauchst keine Angst zu haben.
Sie machten noch ein paar Schritte. Ludi drückte ihren Arm noch etwas stärker.
– Ich wollte dir noch etwas anderes sagen . . . daß ich, beispielsweise, viele Leute, tausend so Burschen, hergeben wür-

de . . . um Jacques Kummer zu ersparen. Es lag mir daran, dir das zu sagen. Das ist meine Art von Ekligkeit.
Er wartete ab, einen Augenblick.
– Und du, würdest du sie hergeben? fragte er.
– Aber sicher, sagte Sara.
Sie langten an. Wie am Abend zuvor wurden die Mannschaften mit Eifer zusammengestellt. Wie am Abend zuvor lehnte es Sara ab, zu spielen, und es erschien den meisten Leuten natürlich. Gina nahm Jacques in ihre Mannschaft. Auch Diana. Weder Diana noch Jacques hatten sehr viel Lust zu spielen, aber sie waren trotzdem bereit.
Jacques kam als erster dran. Er war allein auf der Bahn, er zielte, sein schönes Gesicht von Schatten zerstückt. Ihm bekam die Hitze. Nicht umsonst war man an diesen Ort gekommen. Es schien Sara, als sei es sehr lange her, daß sie miteinander geredet hatten.
Sie wartete lange, so lange, bis alle anderen Spieler dran gewesen waren und daß Jacques wieder spiele, ehe sie ging. Jacques war dran. Beiderseits von ihm beobachteten Diana und Gina gespannt sein Spiel. Ihre Mannschaft war am Verlieren. Jacques spielte und brachte drei Kugeln der gegnerischen Mannschaft, jener Ludis, ins Rollen. Diana und Gina stießen Freudenschreie aus. Nun verblieben Jacques noch zwei Kugeln. Sara erhob sich von der Bank und verließ den Platz. Als sie sich auf dem Weg befand und sich umwandte, sah sie Jacques mit seinen Kugeln in der Hand, wie er eben auf die leere Bank sah. Aber Gina drängte ihn, er solle weiterspielen. So spielte er. Nur Ludi sah noch auf die Bank.

Der Fährmann war da, lag der Länge nach in seiner Barke. Er redete mit den beiden jungen Leuten, die am Vorabend darüber geklagt hatten, daß die Tanzabende aufgehört hätten.
– Nun seht ihr es, sagte der Fährmann, am Ende hat man doch wieder damit angefangen.
– Wenn man bei jedem Menschen, der im Dorf stirbt, mit den Tanzabenden aufhören wollte, sagte einer der jungen Leute.

Der Fährmann erklärte, das sei nicht irgend ein Tod gewesen, dieser junge Mann sei ein Opfer, ein sehr nachträgliches Opfer gewiß, aber ein unbezweifelbares des Krieges gewesen, und dieserhalb habe die Gemeinde die Trauer eingehalten. Dann befragten die beiden jungen Leute den Fährmann über die Tanzabende auf der anderen Seite des Flusses. Gab es da viele junge Mädchen auf der anderen Seite?

– Man sagt so, sagte der Fährmann. Man behauptet, es sei lustiger, es seien mehr Leute da.

– Und die Musik?

– Ihr hört sie von hier aus, sagte der Fährmann, es ist ungefähr das gleiche, was?

Sie ließen sich überreden.

– Und Sie, wollen Sie rüber? fragte der Fährmann Sara.

– Nein, sagte Sara, es ist zu spät.

– Sie fahren nie rüber zu dem Tanz dort, soviel ich gesehen habe.

– Man denkt einfach nicht dran, sagte Sara.

Sie brachen auf. Sie ging flußabwärts dem Ufer entlang. Da droben am Berg brannten die Sturmlaternen nicht mehr. Sie schienen zu schlafen – ihre letzte Nacht, ehe sie ihren toten Sohn mit sich nahmen. Sie, die Alte, schlief wohl nicht, oder schlief nur wie eine Fliege, obenhin über ihrem Schmerz, im ätzenden Brandgeruch, inmitten des schwarzen Explosionsgerölls. Man konnte sich diese Alte nicht ausdenken, sie war jenseits alles Ausdenkbaren. Rund um sie ging die Welt ihren gewohnten Gang weiter. Die Ufer des Flusses waren einsam. Welche waren beim Tanz. Andere fuhren auf Booten spazieren, um besser die Kühle der Nächte zu nutzen. Auf dem Berg hatte das Feuer sich weiter ausgebreitet. Da und dort befleckte der Feuerschein die glatte Wasserfläche mit Blut. Man sprach von nichts anderem im Dorf. Dieser Fluß war unbestreitbar wundervoll. Der Widerschein vom Meer her erhellte ihn ganz, weithin bis zu den ersten Schleifen, und er leuchtete wie Wildnis des Ostens. Es war, im Grunde, ein schöner Ort, und bestimmt nicht schlechter als manche andere, um die Ferien da zu verbringen. Aber der Sommer war allzu schwer. Am anderen Ufer berauschte, sie auch, die Ebene sich an der Kühle der Nächte, ganz hingegeben ihrer Fruchtbarkeit ohne Scham. Im Westen umschloß sie der weiße Ring des Strandes. Nicht mehr hob sich davon die dichte Masse der Maisfelder ab.

Jacques kam an, ehe noch der Fährmann zurück war. Er sah sie nicht sofort. Er ging auf die Landungsbrücke und sah, er nun, nach den Maisfeldern um Ufer des Meeres.

Sie erklomm die Uferböschung, da wo sie heruntergestiegen war, und kam zu ihm. Er fuhr auf wie einer, der jäh erschrickt.

– Guten Abend, sagte er.

– Guten Abend.

– Du wartest auf den Fährmann?

– Nein, ich warte nicht auf den Fährmann, ich warte ein wenig, ehe ich heimgehe.

Er setzte sich auf den Boden, mitten am Weg. Sie sah, im Lichte der Straßenlaterne, daß er die Augen schloß. Sie ging einen Schritt zurück, wendete sich wieder dem Fluß zu. Er stand auf und kam zu ihr.

– Es war nicht so ernst, sagte sie. Halt Ferien, die ich von dir nehmen wollte.

– Ich weiß. Es steht bei dir, sie zu nehmen.

Sie sahen beide nach dem Fluß, ohne ein Wort zu sprechen.

Der Fährmann kam schon zurück.

– Es steht bei dir, sie zu nehmen, wiederholte er.

Auf dem Weg kam Ludi daher, wieder katzengleich.

– Wenn du meinst, sagte sie, könnten wir nach Paestum fahren.

– Wenn du meinst, sagte er ein wenig später.

– Wir könnten auch mit Ludi hinfahren, sagte sie. Nun war Ludi bei ihnen.

– Guten Abend, sagte er. Und fügte hinzu: Ich weiß nicht warum, diese Boule-Spielerei langweilt mich heute abend.

– Wir sprachen eben von einer kleinen Reise, die man nach Paestum machen könnte, sagte Sara.
– Paestum ist sehr schön, sagte Ludi.
– Du könntest mit uns kommen, sagte Jacques. Wir würden in Tarquinia halt machen.
Sara erkannte Jacques' Stimme kaum. Er sprach wie zu Tode erschöpft.
– Das ist ein guter Gedanke, Tarquinia, sagte Ludi. Da könnt ihr die Pferdchen an den etruskischen Grabmälern sehen. Sie sind so schön wie nur irgendwas.
– Du könntest sie uns zeigen, sagte Jacques.
Ludi kratze sich am Kopf.
– Ich habe im Augenblick nicht so sehr Lust zu reisen, sagte er, es ist schade dieser Pferdchen wegen, ich hätte sie euch gerne gezeigt. Manchesmal zeigen die Führer sie nicht, weil das Grabmal weit vor der Stadt liegt, deswegen.
– Aber wir können doch Gina mitnehmen, sagte Jacques, im Wagen ist Platz genug.
– Sie wird nie wollen, sagte Ludi kopfschüttelnd, nie, du kennst sie nicht . . . Sie wird irgendwas sagen, sie findet schon was, um nicht mitzukommen.
– Wenn ich mit ihr redete, sagte Jacques.
– Nein, sagte Ludi. Und doch hätte ich sie gerne auch mit ihr gesehen. Ich darf gar nicht daran denken. Ich muß aufhören, daran zu denken, daß ich die Dinge mit ihr sehen könnte, muß nur an die Dinge denken, die ich sehen könnte, selbst ohne sie neben mir. Ich glaube, ich muß so weit kommen.
Der Fährmann langte an, ohne daß sie sich Weiteres über Tarquinia zu sagen gehabt hätten. Zwei junge Frauen entstiegen der Barke, sehr aufgeräumt.
– Wir sollten trotzdem noch darüber reden, sagte Jacques, sogar mit Gina.
– Wenn du meinst, sagte Ludi, können wir noch immer darüber reden. Er wandte sich an Sara: Komm mit uns Boule-Spielen.
– Laß sie heimgehen, sagte Jacques.

Sie machte einige Schritte mit ihnen, bis zu der toten Platane, von der man, an schlimmen Tagen, behauptete, keineswegs nur der Makadam habe sie umgebracht.

– Ich muß nach Hause, sagte sie, es ist nicht einzusehen . . .

Ludi zögerte, sagte dann zu Jacques:

– Ich bleibe einen Augenblick mit ihr, komm dir dann nach zum Spielen.

– Ich habe auch nicht so sehr viel Lust zum Spielen, sagte Jacques.

– Dann könnten wir ein Gläschen trinken, sagte Ludi, wir drei zusammen.

– Wenn du magst, sagte Jacques.

– Ich kann nicht, sagte Sara. Ich wollte Ludi etwas sagen. Daß der Bursche da drüben auf der anderen Seite des Flusses im Café auf mich wartet, und er sollte hingehen und ihm sagen, daß es keinen Sinn hat, auf mich zu warten.

Ludi antwortete nicht. Er senkte den Kopf und starrte auf den Weg.

– Wir müssen höflich sein zu diesem Burschen, sagte Jacques.

Ludi antwortete immer noch nicht, hob nicht einmal den Kopf.

– Geh schon hin, sagte Jacques, ich warte auf euch im Hotel.

– Ich geh heim, sagte Sara.

Jacques ging in den Vorgarten des Hotels. Sara bleib allein mit Ludi.

– Du willst wirklich, daß ich hingehe?

– Ich sehe nicht ein, warum du nicht hingehen solltest.

– Ich werd ihm das nie erklären können.

– Du brauchst nie etwas zu erklären, man sieht dich an und hat schon verstanden.

– Hattest du sehr Lust, ihn nochmals zu treffen?

– Es ist nicht schlimm, ich kenne ihn gar nicht.

– Ich werd hingehen, sagte Ludi.

Er machte einen Schritt auf die Landungsbrücke, kam zu ihr zurück.

– Es gibt keine Ferien für die Liebe, sagte er, sowas gibt's nicht. Die Liebe muß man ganz leben samt ihrer Langeweile und allem, davon gibt's keine Ferien, das ist nicht möglich. Er sprach ohne sie anzusehen, zum Fluß hin.
– So ist sie, die Liebe. Sich ihr entziehen, das gibt's nicht. So wenig wie dem Leben, seiner Schönheit, seiner Scheiße und seiner Langeweile.
Geduldig wartete der Fährmann. Ludi war sein einziger Fahrgast.
– Wenn ihr in Tarquinia haltmacht, fuhr Ludi fort, dann werde ich, scheint mir, doch mit euch fahren. Fügte hinterlistig hinzu: Weil die Führer, die sind faul, und sie würden euch die Pferdchen nicht zeigen. Wenn ihr die nicht sehen solltet, wäre es gar nicht der Mühe wert, hinzufahren.
– Vielleicht kommt Gina mit uns, sagte Sara.
– Vielleicht. Aber man darf sie nicht zu sehr zwingen, mitzukommen.
– Nein, das darf man nicht.
– Auch sie hat ein Recht auf ihre Bösartigkeit, das verstehst du.
– Und ob.
– Aber ich habe ihr derart viel erzählt von diesen Pferdchen, daß sie am Ende vielleicht doch mitkommt.
– Ich frage sie mal morgen früh am Strand, sagte Sara.
– Gut so, sagte Ludi – er fügte sanft hinzu – und jetzt werd ich zu dem Burschen gehen . . . du . . . gehst heim?
– Ich geh heim.
– Ja, sagte Ludi.
Ludi sprang in die Barke. Sara blieb einen Augenblick da, sah Jacques zu, wie er, allein, im Vorgarten des Hotels einen Campari trank, dann ging sie.

Das Kindermädchen hatte sich schon hingelegt, schlief aber noch nicht.
– Na ja, das wußte ich doch, sagte sie, als sie Sara sah.
Sie setzte sich an den Rand des Bettes und zündete eine Ziga-

rette an. Das Kindermädchen wunderte sich etwas, sagte aber nichts.

– Sie wissen schon wie's geht, sagte Sara. Am Morgen hat man Lust auf etwas, zum Tanzen zu gehen, dann am Abend . . . sowas kommt halt vor.

– Ich versteh schon, sagte das Kindermädchen.

– Übrigens, sagte Sara, wissen Sie, daß die morgen früh weggehen?

– Sie hat unterschrieben?

– Alles passiert mal. Sie hat unterschrieben.

– Die Arme, sagte das Kindermädchen. Solche Sachen sind schrecklich. Aber schauen Sie, schließlich ist es besser, sie gehen weg, man konnte ja gar nicht mehr atmen, man dachte daran . . . Selbst gestern abend, beim Tanz, dachten alle daran.

Sie stand auf und begann sich zu kämmen. Sara, auf dem Bettrand sitzend, sah ihr dabei zu.

– Was wird der froh sein, sagte sie, sich selbst im Spiegel zulächelnd.

Sie lief ins Badezimmer, sich anzuziehen. Sara sah nach dem Kind. Wieder einmal war das Fenster geschlossen. Sie öffnete es und kehrte zum Kind zurück. Sie legte sich zu Füßen des Bettes auf die kühlen Steinplatten des Zimmers. Und da begann sie wieder, von anderen Ferien zu ihm zu sprechen. Ferien mit kühlen Nächten und mit Wind. Sie hoffte, daß in dieser Nacht nun Regen kommen werde, und dies hoffend schlief sie, sehr spät erst, ein.

Marguerite Duras
Ihr Werk im Suhrkamp Verlag

Ganze Tage in den Bäumen. Erzählung. Aus dem Französischen von Elisabeth Schneider. BS 669 und st 1157

Hiroshima mon amour. Filmnovelle. Aus dem Französischen von Walter Maria Guggenheimer. st 112

Der Liebhaber. Roman. Aus dem Französischen von Ilma Ingold-Rakusa. Leinen

Moderato cantabile. Roman. Aus dem Französischen von Leonharda Gescher und Walter Maria Guggenheimer. st 1179

Der Nachmittag des Andesmas. Aus dem Französischen von Walter Boehlich. BS 109

Die Pferdchen von Tarquinia. Roman. Aus dem Französischen von Walter Maria Guggenheimer. Leinen

Ein ruhiges Leben. Aus dem Französischen von Walter Maria Guggenheimer. Roman. st 1210

Sommer 1980. Aus dem Französischen von Ilma Rakusa. es 1205

Die Verzückung der Lol V. Stein. Roman. Aus dem Französischen von Katherina Zimmer. st 1079

Der Vize-Konsul. Roman. Aus dem Französischen von Walter Maria Guggenheimer. st 1017

Marguerite Duras/Michelle Porte, Die Orte der Marguerite Duras. Gespräche. Aus dem Französischen von Justus F. Wittkop. es 1080

20/1/7.85

Das Werk von Hermann Hesse

Gesammelte Schriften in sieben Bänden. Leinen und Leder
– Werkausgabe. Zwölf Bände. Leinenkaschur
Gesammelte Briefe in vier Bänden. Unter Mitwirkung von Heiner Hesse herausgegeben von Ursula und Volker Michels. Leinen
Die Romane und die Großen Erzählungen. Jubiläumsausgabe zum hundertsten Geburtstag von Hermann Hesse. Acht Bände in Schmuckkassette
– Gesammelte Erzählungen. Geschenkausgabe in sechs Bänden
Gesammelte Werke in Einzelausgaben in blauem Leinen. Von dieser Ausgabe sind gegenwärtig lieferbar:
– Beschwörungen. Späte Prosa – Neue Folge
– Das Glasperlenspiel. Vollständige Ausgabe in einem Band. Dünndruck
– Demian. Die Geschichte von E. Sinclairs Jugend
– Der Steppenwolf. Roman
– Frühe Prosa
– Gedenkblätter. Ein Erinnerungsbuch. Erweiterte Ausgabe zum 85. Geburtstag des Dichters
– Narziß und Goldmund
– Prosa aus dem Nachlaß
– Siddhartha. Eine indische Dichtung
– Traumfährte. Erzählungen und Märchen

Einzelausgaben:
– Aus Indien. Erinnerungen, Erzählungen, Tagebuchaufzeichnungen. Herausgegeben von Volker Michels. st 562
– Aus Kinderzeiten. Gesammelte Erzählungen. Band 1 1900-1905. st 347
– Ausgewählte Briefe. Zusammengestellt von Hermann Hesse und Ninon Hesse. st 211
– Briefe an Freunde. Rundbriefe 1946-1962. Zusammengestellt von Volker Michels. st 380
– Briefwechsel:
Hermann Hesse – Rudolf Jakob Humm. Briefwechsel. Herausgegeben von Ursula und Volker Michels. Leinen
Hermann Hesse – Thomas Mann. Briefwechsel. Herausgegeben von Anni Carlsson. Leinen
Hermann Hesse – Peter Suhrkamp. Briefwechsel 1945-1959. Herausgegeben von Siegfried Unseld. Leinen
– Dank an Goethe. Betrachtungen, Rezensionen, Briefe. Mit Abbildungen. it 129

14/1/8.84

Das Werk von Hermann Hesse

Einzelausgaben:

- Das Glasperlenspiel. st 79
- Demian. Die Geschichte von E. Sinclairs Jugend. BS 95 und st 206
- Der Europäer. Gesammelte Erzählungen Band 3. st 384
- Der Steppenwolf. Roman. BS 226 und st 175
- Illustriert von Gunter Böhmer. 1981. 1000 numerierte Exempl. in Leinen. 200 numerierte und vom Illustrator signierte Exemplare in Leder.
- Der verbannte Ehemann oder Anton Schievelbeyn's ohnfreywillige Reisse. Handgeschrieben und illustriert von Peter Weiss. it 260
- Der Zwerg. Ein Märchen. Mit Illustrationen von Rolf Köhler. it 636
- Die Erzählungen. SA. Leinen 2 Bde. in Kassette
- Die Gedichte 1892-1962. Herausgegeben von Volker Michels. 2 Bde. st 381
- Die Kunst des Müßiggangs. Kurze Prosa aus dem Nachlaß. Herausgegeben und mit einem Nachwort von Volker Michels. st 100
- Die Märchen. st 291
- Die Morgenlandfahrt. Erzählung. BS 1 und st 750
- Die Nürnberger Reise. st 227
- Die späten Gedichte. IB 803
- Die Stadt. Ein Märchen. Ins Bild gebracht von Walter Schmögner. it 236
- Die Verlobung. Gesammelte Erzählungen Band 2. st 368
- Die Welt der Bücher. Betrachtungen und Aufsätze zur Literatur. Zusammengestellt von Volker Michels. st 415
- Eigensinn. Autobiographische Schriften. Auswahl und Nachwort Siegfried Unseld. BS 353
- Eine Literaturgeschichte in Rezensionen und Aufsätzen. Herausgegeben von Volker Michels. st 252
- Gertrud. Roman. st 890
- Geschichten aus dem Mittelalter. Herausgegeben von Hermann Hesse. it 161
- Glück. Späte Prosa. Betrachtungen. BS 344
- Hermann Lauscher. Illustriert von Gunter Böhmer. it 206
- Hölderlin. Dokumente seines Lebens. Herausgegeben von Hermann Hesse. it 221
- Innen und Außen. Gesammelte Erzählungen Band 4. st 413
- Italien. Schilderungen, Tagebücher, Gedichte, Aufsätze, Buchbesprechungen und Erzählungen. st 689.

14/2/8.84

Das Werk von
Hermann Hesse

Einzelausgaben:

- Kindheit des Zauberers. Ein autobiographisches Märchen. Handgeschrieben, illustriert und mit einer Nachbemerkung versehen von Peter Weiss. it 67
- Kindheit und Jugend vor Neunzehnhundert. Hermann Hesse in Briefen und Lebenszeugnissen 1877-1895. Herausgegeben von Ninon Hesse. Leinen und st 1002
- Kindheit und Jugend vor Neunzehnhundert. Zweiter Band. Hermann Hesse in Briefen und Lebenszeugnissen 1895-1900. Herausgegeben von Volker Michels. Leinen
- Klein und Wagner. st 116
- Kleine Freuden. Kurze Prosa aus dem Nachlaß. Herausgegeben von Volker Michels. st 360
- Klingsors letzter Sommer. Erzählungen. Mit einem farbigen Frontispiz. BS 608
- Knulp. Drei Geschichten aus dem Leben Knulps. BS 75
- Knulp. Drei Geschichten aus dem Leben Knulps. Mit dem unveröffentlichten Fragment ›Knulps Ende‹. Mit Steinzeichnungen von Karl Walser. it 394
- Krisis. Ein Stück Tagebuch. BS 747
- Kurgast. Aufzeichnungen von einer Badener Kur. st 383
- Legenden. Zusammengestellt von Volker Michels. st 909
- Lektüre für Minuten. Auswahl Volker Michels. st 7
- Lektüre für Minuten 2. Neue Folge. st 240
- Magie der Farben. Aquarelle aus dem Tessin mit Betrachtungen und Gedichten. it 482
- Magie des Buches. Betrachtungen. BS 542
- Mein Glaube. Eine Dokumentation: Betrachtungen, Briefe, Rezensionen und Gedichte. Herausgegeben von Siegfried Unseld. BS 300
- Morgenländische Erzählungen. Herausgegeben von Hermann Hesse. it 409
- Musik. Betrachtungen, Gedichte, Rezensionen und Briefe. Mit einem Essay von Hermann Kasack. BS 483
- Narziß und Goldmund. BS 65 und st 274
- Peter Camenzind. Erzählung. st 161
- Piktors Verwandlungen. Ein Liebesmärchen. Vom Autor handgeschrieben und illustriert. Faksimiledruck der Originalhandschrift. Limitierte Auflage. 1000 Exemplare in Leinen und it 122

14/3/8.84

Das Werk von
Hermann Hesse

Einzelausgaben:
– Politik des Gewissens. Politische Schriften 1914-1962. Herausgegeben von Volker Michels. Mit einem Vorwort von Robert Jungk. 2 Bde. Leinen und st 656
– Roßhalde. Roman. st 312
– Schmetterlinge. Betrachtungen, Erzählungen, Gedichte. Zusammengestellt und mit einem Nachwort von Volker Michels. it 385
– Schriften zur Literatur. 2 Bände. Leinenkasch.
– Siddhartha. Eine indische Dichtung. BS 227 und st 182
Sinclairs Notizbuch
Mit vier farbig reproduzierten aquarellierten Federzeichnungen des Verfassers. BS 839
– Stufen. Ausgewählte Gedichte. BS 342
– Stunden im Garten. Zwei Idyllen. Mit teils farbigen Zeichnungen von Gunter Böhmer. IB 999
– Tractat vom Steppenwolf. es 84
– Unterm Rad. Erzählung. st 52 und BS 776
– Von Wesen und Herkunft des Glasperlenspiels. Die vier Fassungen der Einleitung zum Glasperlenspiel. Herausgegeben und mit einem Essay von Volker Michels. st 382
– Wanderung. BS 444
Hermann Hesse. Vierundvierzig Aquarelle in Originalgröße. Ausgewählt von Bruno Hesse und Sandor Kuthy. Limitierte Auflage in 500 Exemplaren in einer Schmuckkassette.
Mit Hermann Hesse durch das Jahr. Mit Reproduktionen von 13 aquarellierten Federzeichnungen von Hermann Hesse.

Materialien zu Hesses Werk. Herausgegeben von Volker Michels:
– Zu ›Glasperlenspiel‹ Band I. ›Das Glasperlenspiel‹. st 80
Band 2. Texte über das Glasperlenspiel. st 108
– zu ›Demian‹. Band 1. st 166
Band 2. Texte über den ›Demian‹. st 316
– zu ›Siddhartha« Band 1. stm. st 2048
Band 2. Texte über Siddhartha. stm. st 2049
– zu ›Der Steppenwolf‹. st 53

14/4/8.84

Das Werk von Hermann Hesse

Hermann Hesse. Rezeption 1978-1983. Herausgegeben von Volker Michels. stm. st 2045

Über Hermann Hesse

Herausgegeben von Volker Michels. Bd. 1. st 331. Bd. 2. st 332

Hermann Hesse. Sein Leben in Bildern und Texten. Herausgegeben von Volker Michels. Gestaltet von Willy Fleckhaus. Mit Anmerkungen, Namenregister, Zitat- und Bildnachweis. Vorwort von Hans Mayer. Leinen

Hermann Hesse – Eine Chronik in Bildern. Bearbeitet und mit einer Einführung von Bernhard Zeller. Mit 334 teilweise großformatigen Bildern. Leinen

Hermann Hesse – Leben und Werk im Bild. Herausgegeben von Volker Michels. it 36

Hermann Hesse – Eine Werkgeschichte. Von Siegfried Unseld. Inhalt: Werkgeschichte. Bibliographie ausgewählter Sekundärliteratur. st 143

Hermann Hesses weltweite Wirkung. Internationale Rezeptionsgeschichte. Herausgegeben von Martin Pfeifer. Band 1. st 386. Band 2. st 506

Schallplatten:

Hermann Hesse – Sprechplatte. Langspielplatte

Hermann Hesse liest »Über das Alter«. Langspiel-Sprechplatte. Zusammengestellt von Volker Michels.

14/5/8.84

Verzeichnis
der suhrkamp taschenbücher
Eine Auswahl

Achternbusch: Alexanderschlacht 61
– Der Depp 898
– Servus Bayern 937
Adorno: Erziehung zur Mündigkeit 11
– Versuch, das ›Endspiel‹ zu verstehen 72
Alain: Die Pflicht, glücklich zu sein 859
Anders: Erzählungen. Fröhliche Philosophie 432
Ansprüche. Verständigungstexte von Frauen 887
Artmann: How much, schatzi? 136
– The Best of H. C. Artmann 275
Bachmann: Malina 641
Ball: Hermann Hesse 385
Ballard: Der ewige Tag 727
– Das Katastrophengebiet 924
Barnet: Der Cimarrón 346
Becher, Martin Roda: An den Grenzen des Staunens 915
Becker, Jurek: Irreführung der Behörden 271
– Jakob der Lügner 774
Beckett: Das letzte Band (dreisprachig) 200
– Endspiel (dreisprachig) 171
– Mercier und Camier 943
– Warten auf Godot (dreisprachig) 1
Bell: Virginia Woolf 753
Benjamin: Deutsche Menschen 970
– Illuminationen 345
Bernhard: Das Kalkwerk 128
– Frost 47
– Salzburger Stücke 257
Bertaux: Hölderlin 686
Bierce: Das Spukhaus 365
Bioy Casares:
– Die fremde Dienerin 962
– Morels Erfindung 939
Blackwood: Besuch von Drüben 411
– Das leere Haus 30
Blatter: Zunehmendes Heimweh 649
– Love me tender 883
Böni: Ein Wanderer im Alpenregen 671
Brasch: Der schöne 27. September 903
Braun, J. u. G.: Conviva Ludibundus 748
– Der Irrtum des Großen Zauberers 807
Braun, Volker: Das ungezwungene Leben Kasts 546
– Gedichte 499
Brecht: Frühe Stücke 201
– Gedichte 251
– Gedichte für Städtebewohner 640
– Geschichten von Herrn Keuner 16
– Schriften zur Gesellschaft 199
Brecht in Augsburg 297
Bertolt Brechts Dreigroschenbuch 87
Brentano: Theodor Chindler 892
Broch, Hermann: Werkausgabe in 17 Bdn.,
Buch: Jammerschoner 815
Carossa: Ungleiche Welten 521
– Der Arzt Gion 821

2/1/6.84

Carpentier: Die verlorenen Spuren 808
– Explosion in der Kathedrale 370
Celan: Atemwende 850
Chalfen: Paul Celan 913
Cioran: Syllogismen der Bitterkeit 607
Cortázar: Album für Manuel 936
– Die geheimen Waffen 672
Das sollten Sie lesen 852
Dick: UBIK 440
Die Serapionsbrüder von Petrograd 844
Dorst: Dorothea Merz 511
Dorst/Fallada: Kleiner Mann – was nun? 127
Dort wo man Bücher verbrennt 905
Eich: Ein Lesebuch 696
– Fünfzehn Hörspiele 120
Eliot: Die Dramen 191
Ellmann: James Joyce, 2 Bde. 473
Enzensberger: Gedichte 1955-1970 4
– Der kurze Sommer der Anarchie 395
– Der Untergang der Titanic 681
– Museum der modernen Poesie, 2 Bde. 476
– Politik und Verbrechen 442
Ewen: Bertolt Brecht 141
Federspiel: Paratuga kehrt zurück 843
– Der Mann, der Glück brachte 891
– Die beste Stadt für Blinde 979
Feldenkrais: Bewußtheit durch Bewegung 429
Fleißer: Ingolstädter Stücke 403
– Abenteuer aus dem Engl. Garten 925
Franke: Einsteins Erben 603
– Transpluto 841
– Ypsilon minus 358
Freund: Drei Tage mit J. Joyce 929
Fries: Das nackte Mädchen auf der Straße 577
Frisch: Andorra 277
– Der Mensch erscheint im Holozän 734
– Herr Biedermann / Rip van Winkle 599
– Homo faber 354
– Mein Name sei Gantenbein 286
– Montauk 700
– Stiller 105
– Tagebuch 1966-1971 256
– Wilhelm Tell für die Schule 2
Fuentes: Nichts als das Leben 343
Gandhi: Mein Leben 953
García Lorca: Über Dichtung und Theater 196
Ginzburg: Mein Familienlexikon 912
Goytisolo: Spanien und die Spanier 861
Gründgens' Faust 838
Handke: Chronik der laufenden Ereignisse 3
– Das Gewicht der Welt 500
– Die Angst des Tormanns beim Elfmeter 27
– Die linkshändige Frau 560
– Die Stunde der wahren Empfindung 452
– Der kurze Brief zum langen Abschied 172
– Falsche Bewegung 258
– Die Hornissen 416
– Langsame Heimkehr. Tetralogie. st 1069-1072
– Wunschloses Unglück 146

2/2/6.84

2/3/6.84

2/4/6.84

2/5/6.84

2/6/6.84